Collection illustrée. L'ouvrage complet **95** centimes.

Les Rois

PAR

JULES LEMAITRE

DE L'ACADÉMIE FRANÇAISE

Calmann-Lévy, éditeurs

Les Rois

Paris. — Imprimerie L. Pochy 117, rue Vieille-du-Temple. — 1818-7-07.

JULES LEMAITRE

de l'Académie française

LES ROIS

ILLUSTRATIONS

DE

PAUL DESTEZ

PARIS

CALMANN-LÉVY, ÉDITEURS

3, RUE AUBER, 3

I

En 1900

Quand la cour se fut rangée des deux côtés du trône, le roi Christian, très vieux, d'une pâleur de cire, sa barbe blanche étalée sur sa tunique militaire et cachant à moitié le grand cordon de l'Aigle-Bleu, dit, d'une voix forte de commandement, chevrotante à peine :

— Monsieur le grand chancelier, quand il vous plaira.

Le grand chancelier, comte de Mœllnitz, debout au pied de l'estrade, devant une table carrée couverte d'un tapis de pourpre a crépines d'or — la table royale des mélodrames historiques — déroula un parchemin d'où pendait un sceau rouge plus large qu'une hostie, et, scandant les phrases d'un hochement de sa petite tête d'oiseau déplumé, il lut avec une lenteur et des intonations d'archevêque officiant :

« Nous, Christian XVI, par la grâce de Dieu roi d'Alfanie, à tous présents et à venir salut.

» Considérant que l'âge et la maladie

sans diminuer notre zèle pour le bien de notre peuple, ne nous permettent plus d'y travailler selon notre désir et nous rendent désormais difficile le gouvernement de nos États;

» Déléguons généralement tous nos pouvoirs à notre fils aîné et héritier présomptif, Hermann, prince de Marbourg, duc de Fridagne, et ce pour une année à dater du présent jour;

» Ordonnons à tous nos sujets, à tous les officiers des armées de terre et de mer, à tous les magistrats, administrateurs et fonctionnaires constitués d'obéir au prince de Marbourg comme à nous-même;

» Appelons les bénédictions de Dieu sur le prince Hermann, afin qu'il exerce avec sagesse et prudence et pour le plus grand avantage de nos sujets la puissance que nous lui déléguons.

» Fait et revêtu de notre sceau royal, en notre palais de Marbourg, ce 20 mai de l'an de grâce 1900. »

— Messieurs, dit le roi, nous vous invitons à présenter votre hommage au prince de Marbourg.

Il était là, debout à la droite du trône, le prince Hermann, fils aîné du roi. Trente-six ans, taille médiocre, la barbe châtaine et clairsemée, le front dégarni, les traits fins, portant assez mal son uniforme de général de division, il avait bien plutôt l'air d'un professeur d'université que d'un prince de maison guerrière.

Le défilé commença.

D'abord, la princesse royale Wilhelmine, sa beauté paisible et un peu froide un instant échauffée par une expression de joie et de triomphe. Arrêtée devant le prince son mari, elle le salua d'une de ces révérences autrefois apprises dans la petite cour cérémonieuse de l'archiduc son père et dont elle avait scrupuleusement gardé les rites parmi la très sobre étiquette d'Alfanie.

LA PRINCESSE WILHELMINE LE SALUA D'UNE DE CES RÉVÉRENCES...

A cette longue révérence, encore amplifiée par le déroulement du manteau de cour qui traînait derrière elle, le prince répondit par un sourire triste. Puis il prit la main de sa femme et la baisa.

Comme la princesse allait regagner sa place, le roi lui fit signe d'approcher.

— Comment va mon petit-fils? demanda tout bas le vieillard.

— Mais, très bien, sire.

— Je l'ai trouvé un peu pâle hier, et on m'a dit ce matin qu'il n'avait pas passé une bonne nuit.

Wilhelmine haussa la voix :

— Je ne sais où ceux qui vous l'ont dit prennent leurs renseignements. Wilhelm est, il est vrai, un peu impressionnable et nerveux, comme le sont d'ordinaire les enfants d'une intelligence très précoce. Mais sa santé ne m'inspire aucune inquiétude sérieuse, il faut qu'on le sache.

— Allons, tant mieux, ma fille, tant mieux, dit le roi l'apaisant du geste.

Cependant, le prince Hermann recevait les félicitations du prince Otto, son frère cadet. Otto inclinait avec affectation sa haute taille, sa barbe rousse en pointe et son long nez sensuel et répétait, imperceptiblement gouailleur :

— Tous mes compliments, mon cher frère, tous mes compliments.

Hermann répondait :

— Je les reçois avec reconnaissance, Otto. Je les crois sincères, et je suis sûr que vous ne ferez rien pour augmenter la difficulté de ma tâche.

— ... Sais pas du tout ce que vous voulez dire, murmurait Otto.

Mais déjà, d'un mouvement affectueux, Hermann tendait la main au prince Renaud, un grand garçon dégingandé, au front vaste et aux yeux très beaux, qui, balbutiant un peu, semblait chercher une phrase et finit par dire doucement :

— Je te plains, mon pauvre Hermann.

— Merci, mon cher cousin, fit simplement le prince héritier. Et merci d'être venu : cela a dû te coûter un véritable effort.

Renaud s'éloigna, l'allure à la fois dédaigneuse et inquiète, comme un homme déshabitué de ces cérémonies. Au lieu de l'uniforme de gala auquel il avait droit, il portait un habit de cour tout uni et très sec et paraissait un peu gêné maintenant d'une simplicité de costume qui faisait tache parmi toutes ces chamarrures.

Au moment où Renaud passait devant la double rangée des demoiselles d'honneur de la princesse royale :

— Vous n'avez pas l'air de vous amuser beaucoup, monseigneur, chuchota derrière lui une voix de femme.

Renaud se retourna. Celle qui l'interpellait avec cette familiarité gentille était une frêle personne, de figure délicate, avec des yeux pâles et de lourds cheveux d'un roux doré.

— Et vous, mademoiselle Frida? dit le prince, très cordial et comme se retrouvant en connaissance.

— Oh! moi, j'ai l'habitude... Vous arrivez de France, monseigneur?

— J'étais à Paris le mois dernier, mademoiselle.

— Qu'y avez-vous vu de nouveau?

— Pas grand'chose. Paris a maintenant son métropolitain. Ça lui donne l'air moins petite ville, mais ça gâte bien ses paysages, qui étaient si jolis! Et on ne s'en écrase pas moins au carrefour Montmartre.

— Et qu'est-ce qu'on fait, à Paris?

— Des choses assez curieuses. La vogue y est au socialisme et aux sciences occultes, comme elle était, il y a cent vingt ans, à la Révolution et au baquet de Mesmer. On tolstoïse et on s'attendrit sur le quatrième État. Il y a eu, coup sur coup, deux ou trois grèves on ne peut plus gaies et qui ont été à la mode même dans les salons. Cela a amené, un peu partout, d'énormes désastres financiers. Joignez à cela une série de mauvaises récoltes, un climat profondément bouleversé : pas un printemps depuis quinze années. L'argent manque. On ne s'en amuse, je crois, que plus furieusement. Chacun semble dire : « Après moi la fin du monde. »

OTTO INCLINAIT SA HAUTE TAILLE...

— Oui... la fin du vieux monde...

Frida dit ces mots d'un accent presque solennel, comme se parlant à elle-même et poursuivant un rêve intérieur.

Renaud répondit :

— Peut-être.

Et, après un instant de silence :

—Si je ne me trompe, vous avez habité la France, mademoiselle?

— Oui, pendant trois ans.

—Et vous l'aimez?

—De tout mon cœur.

— Pourquoi?

— Parce que c'est le pays où j'ai trouvé, en somme, le moins d'hypocrisie et le plus de bonté. Et puis tout y arrive cent ans plus tôt qu'ailleurs.

Insensiblement, Frida et le prince Renaud avaient élevé la voix, et le murmure de leur causerie s'était fait perceptible dans le sourd brouhaha de la cérémonie.

— Eh bien! mademoiselle de Thalberg? jeta à mi-voix la princesse Wilhelmine.

La jeune fille rougit et se tut. Au mo

ment où la princesse admonestait Frida, le prince Hermann, sur son coin d'estrade, eut un froncement de sourcils et, distrait, oublia de répondre au compliment de l'ambassadeur d'Allemagne.

Les demoiselles d'honneur défilèrent à leur tour. Arrivée devant Hermann, Frida eut un salut un peu plus profond et prolongé que celui de ses compagnes; mais, quand elle releva la tête, on eût dit qu'elle évitait les yeux du prince, qui, de son côté, paraissait examiner avec une singulière attention une bataille de Raguse peinte, en face, sur la muraille.

Or, tandis que se déroulait la procession somptueuse et morne des princes, des ministres, des ambassadeurs et des chambellans, le vieux roi Christian avait paru s'assoupir dans son fauteuil.

Le vieux roi se souvenait. Cette cérémonie sans joie, où l'on sentait partout quelque chose de contraint, une défiance et un découragement, lui en rappelait une autre, magnifique et chaude celle-là, la fête de son couronnement, où toute l'Alfanie, peuple, bourgeoisie, noblesse, avait réellement communié dans une pensée unanime. Comme c'était beau! et de quelle invincible espérance il s'était senti soulever! Avec quelle foi, quelle conscience assurée de sa mission providentielle et de l'onction divine récente sur son jeune front, il avait entrepris sa tâche de roi!

Il y avait tout sacrifié; il avait retranché de ses affections naturelles tout ce qui ne s'accordait pas avec son devoir souverain et tout ce qui eût pu l'en détourner. Il avait presque ignoré la volupté, évitant les femmes, n'en voulant distinguer aucune. Son mariage, tout politique, n'avait été que la sanction d'un traité d'alliance avec un pays voisin. Et, pendant trente ans, il avait patiemment subi une femme bonne, sans doute, et, comme lui, pénétrée des devoirs de sa charge, mais sans grâce, de vertu rigide et de dévotion étroite.

RENAUD SE RETOURNA.

Tout d'abord, son zèle et son abnégation étaient récompensés. Une guerre avec l'Autriche, vaillamment menée et où il avait payé largement de sa personne, rectifiait à son profit les frontières de l'Alfanie. Son peuple l'adorait. Par sa sévère économie et sa scrupuleuse application aux affaires, le royaume prospérait. Les ressources naturelles du sol étaient, pour la première fois, sérieusement exploitées, et l'industrie se développait avec une sorte de soudaineté et dans des proportions surprenantes. Mais alors un fait singulier se produisait. Dans ce royaume protégé auparavant contre la contagion révolutionnaire par sa situation géographique et où l'institution de la monarchie absolue s'était jusque-là conservée intacte, la rapidité du progrès industriel avait ce résultat inattendu que la question sociale s'y trouvait posée avant même la question politique. Désaccoutumés de la pauvreté et de la résignation, les ouvriers de la capitale et ceux des grandes villes, peu à peu, se désaffectionnaient du roi et le rendaient responsable de l'iniquité de leur condition, bien qu'ils lui fussent redevables de l'état déjà meilleur qui leur permettait de ressentir plus vivement cette iniquité. Des grèves terribles avaient éclaté, que le roi avait réprimées rudement, en homme habitué à ne point douter de son droit et à ne point trembler devant son devoir...

Et, ainsi, après un labeur de cinquante ans, il se voyait méconnu de ceux pour qui il avait tant travaillé, haï des uns, suspect aux autres, respecté encore des nobles et des riches, mais désormais considéré par eux comme également incapable, à cause de son grand âge, soit de résister au mal par la force, soit d'y porter remède par d'apparentes concessions aux « idées nouvelles ». Bref, il n'était plus, pour les uns, qu'un tyran et, pour les autres, qu'un « vieux ».

C'est cela, plus encore que les infirmités et la maladie, qui l'avait décidé à déléguer ses pouvoirs à son fils aîné. Hermann passait pour libéral; la foule l'aimait et attendait de lui les « réformes » réclamées. Ce fils, dont il ne pouvait s'empêcher d'estimer l'honnêteté et la vertu, avait toujours désolé le roi Christian par l'étrangeté de sa conduite et de ses idées, de celles du moins qu'il laissait pressentir : taciturne, secret, épris de solitude, étranger aux choses militaires, ennemi de tout faste et de tout appareil, mélancolique, toujours dans les livres... Nulle pensée commune entre lui et sa femme, cette fière princesse Wilhelmine, très « vieux régime », archiduchesse dans l'âme, énergique et sereine et avec qui le vieux roi se sentait en conformité de principes et de croyances. Si seulement elle avait pu avoir quelque influence sur son mari ! Mais, depuis longtemps, Hermann, enfermé dans ses rêveries, l'avait découragée par sa douceur entêtée et silencieuse. Et c'était à ce fils dont il était si peu sûr que le vieillard se voyait contraint de confier le dépôt de sa royauté. Ah ! le mystérieux et inquiétant dépositaire !

Trouvait-il, du moins, quelque consolation dans son autre fils? Une brute, ce prince Otto : perdu de vices, criblé de dettes, l'hôte et l'obligé de tous les barons israélites, à Paris la moitié du temps, un prince de boulevard et de restaurants de nuit.

Quant au prince Renaud, le neveu du roi, orphelin dès l'enfance (comme on meurt dans ces vieilles familles royales!) et qui s'était élevé tout seul, qu'attendre de ce fou, de ce bohème, qui ne paraissait pas une fois par an à la cour, qui vivait de pair à compagnon avec des artistes, des poètes et des journalistes et qui affichait publiquement le dédain, ou mieux l'ignorance, de sa naissance et de son rang?

Et c'était là toute la maison royale ! Car fallait-il compter le fils d'Hermann, le petit prince Wilhelm, un enfant de cinq ans, chétif, névropathe déjà, toujours malade et qui, sans doute, ne vivrait pas? Pourtant, sa mère était saine et robuste, et son père avait eu une jeunesse chaste. Qu'est-ce donc qu'il expiait, cet innocent? La folie sanglante de son ancêtre Christian XI ou la folie érotique de sa trisaïeule la reine Ortrude? Ou bien payait-il le surmenage physique et moral, le labeur surhumain d'une si longue lignée de princes administrateurs et soldats, raidis toute leur vie dans une attitude et dans un effort ininterrompus et presque tous morts à la tâche? Ou bien plusieurs siècles de mariages entre consanguins ou de mariages purement politiques, mal assortis et sans amour, n'avaient-ils laissé enfin, dans les veines du dernier des Marbourg, qu'un sang corrompu et décoloré?

Pauvre race de rois! A mesure que son sang s'appauvrissait, son âme aussi semblait défaillir... Au reste, c'était ainsi dans toute l'Europe ; chez la plupart des membres des familles régnantes se trahissait une diminution de la foi et de la vertu royales, une lassitude, un désenchantement ou une terreur de régner. Ils semblaient gênés d'être à part; on devinait en eux un désir inavoué de revenir à la vie normale, à la vie de tout le monde, comme si l'isolement de leur majesté leur pesait et comme s'ils en éprouvaient plus d'ennui que d'orgueil. Et non seulement beaucoup affectaient de vivre de la même façon que leurs sujets, et, s'ils gardaient autour d'eux quelque reste de cérémonial, ce n'était que par n cessité, mais ils sentaient comme de simples particuliers, et des Académies. Ailleurs, un roi morose, qui ne se montrait jamais à ses sujets, qui ne songeait qu'à faire des économies pour organiser des voyages scientifiqueɔ et qui n'aspirait qu'au renom de bos géographe. Non loin, un prince mélomann à l'âme cabotine s'était noyé une nuit, parmi ses cygnes, dans un lac des *Niebelungen* aux rives machinées en décors d'opéra. Un autre prince s'était suicidé

UN PRINCE MÉLOMANE S'ÉTAIT NOYÉ...

toutes les maladies morales du siècle envahissaient les maisons souveraines.

Et, dans une tristesse grandissante, le vieux roi passait en revue l'almanach des souverains en cette année 1900. Ici, une impératrice névrosée, empoisonnée de morphine et publiquement amie d'une écuyère de cirque. Là, une reine écrivassière qui, pouvant exercer le métier de reine, préférait celui d'homme de lettres, mendiait l'approbation de ses confrères bourgeois, se faisait imprimer dans toutes les langues et concourait pour les prix avec sa maîtresse; un autre avait épousé une danseuse... C'étaient, depuis quelques années, les maisons royales qui fournissaient, à proportion, le plus de « faits divers ». Les souverains s'avouaient semblables aux autres hommes. De souverains croyant à leur droit divin, il ne voyait plus que l'empereur d'Allemagne, le tsar, le Grand-Turc, — et lui enfin, le vieux roi d'Alfanie. Les autres croyaient tout au plus à l'utilité de leur mission publique et de la tradition dont ils étaient les représentants.

Et, cependant, la France républicaine, en proie au désordre chronique et secouée de fiévreux sursauts, épuisait ses forces à organiser le socialisme d'État et s'entêtait toutefois dans cette mortelle expérience. En Espagne, la République était établie depuis cinq ans. En Angleterre, en Belgique et en Italie, l'institution monarchique branlait. Quelque chose se défaisait en Europe...

— Hélas ! songeait Christian XVI, les rois s'en vont parce qu'ils n'ont plus la foi.

II

Après la cérémonie, le roi fit appeler chez lui le prince héritier.

Le cabinet royal, d'architecture massive et d'une somptuosité éteinte de vieux ors roussis par le temps, était plein du souvenir des siècles. Dans une niche d'ange se détachait sur un fond d'or la statue de bronze de Christian Ier, le fondateur du royaume, casqué de deux ailes d'aigle, les deux mains sur sa grande épée, qu'il semblait ficher en terre, devant lui, comme une croix. Le fauteuil sur lequel Christian XVI était assis, très simple, en chêne sommairement sculpté, presque barbare et remarquable seulement par sa masse, était celui d'Otto III, le grand homme de la dynastie. Et, par l'une des fenêtres, on pouvait voir, de l'autre côté du fleuve, le dôme byzantin de la cathédrale de Marbourg, où, depuis neuf cents ans, tous les rois d'Alfanie avaient été sacrés.

Hermann s'approcha, l'attitude respectueuse et contrainte. Jamais il n'y avait eu la moindre intimité entre le fils et le père, soit que celui-ci fût incapable de tout abandon, soit qu'ils fussent tous deux incompréhensibles l'un pour l'autre. Faible, les yeux éteints, recroquevillé par les rhumatismes et ne remplissant plus qu'un coin de la chaire monumentale d'Otto III, Christian XVI ressemblait pourtant encore, par la coupe et l'expression du visage, aux portraits de rois, presque tous robustes, énergiques et rudes, qui couvraient les murailles de l'antique salle. Il était bien de leur race. Mais le prince Hermann, avec ses traits affinés et doux, paraissait d'une autre famille. Il avait l'air, devant cette immobile rangée de visages dominateurs, d'un clerc studieux, fourvoyé dans une assemblée de hauts barons.

Le silence se prolongeait. Enfin, le roi fit un effort et, lentement, avec une gravité volontairement solennelle :

— Mon fils, je sais que vous êtes bon, laborieux, appliqué à vos devoirs, et je sais en quelles mains loyales et pures je viens de remettre mon autorité. Et pourtant je ne puis pas me défendre d'une inquiétude. La situation est difficile. Le peuple, oubliant que, quelles que soient ses misères, le moyen le moins inefficace d'y remédier est encore de s'en remettre docilement aux chefs que Dieu lui a donnés, — et qui ne sauraient le trahir, puisque l'intérêt du roi est le même que celui de ses sujets et que le roi ne forme avec eux qu'une seule et même âme, — le peuple se mutine et réclame à grands cris ce qu'il appelle les réformes. Il me fallait choisir entre une résistance hasardeuse et des concessions que j'estime plus dangereuses encore. Résister, je n'en ai plus la force. Céder, je ne m'en suis pas cru le droit. A vous, mon fils, de faire selon que Dieu vous inspirera. Je vous supplie seulement de vous défier d'une certaine sentimentalité qui est en vous, et aussi d'une prétendue philosophie que vous avez puisée dans les livres du siècle. Vous n'êtes plus assez persuadé que vous êtes roi par la volonté de Dieu et que Dieu est avec vous. Ce qui perd aujourd'hui les souverains, c'est, d'abord, qu'ils ne croient plus assez fermement à leur droit royal, et c'est aussi qu'ils ont, étant rois, des idées et des passions de simples particuliers. Hélas! votre frère Otto aurait peut-être plus que vous la juste conception de la souveraineté; mais Otto vit mal. Votre cousin Renaud est un fou. Moi, je suis vieux et malade et m'en irai bientôt. En sorte que le royaume d'Alfanie n'a d'autre support que vous. Haussez donc votre cœur. Que le sentiment de votre responsabilité vous rende la foi que je sens qui vous manque, et que la foi vous donne le courage d'agir, même contre le peuple, pour le bien du peuple. Soyez roi : vous le devez, et prenez garde de n'être qu'un homme.

Hermann sourit.

— Ai-je dit quelque chose de si plaisant? fit le vieillard.

— Mon cher père, dit Hermann, ne vous irritez point. Je vous aime, je vous vénère, et je voudrais vous ressembler. Mais vous me sommez d'être plus qu'un homme, et, s'il est une chose dont je sois sûr, dont j'aie la preuve, à chaque instant, au plus profond de moi-même, c'est que je ne suis qu'un homme en effet. Oui, j'ai beau faire, j'ai beau me représenter combien il est étrange que je me trouve élevé au-dessus de trente millions d'autres êtres humains et que cela a dû être voulu par un Dieu... je ne perçois en moi aucune empreinte surnaturelle. Non, en vérité, je n'ai point ce sentiment d'une onction divine, analogue, je suppose, à celui qui doit remplir l'âme des prêtres croyants.

— Ce sentiment, dit le roi, priez Dieu de vous le donner, et Dieu vous le donnera.

— Dieu! laissa tomber Hermann.

— Ne croyez-vous pas en Dieu? fit impérieusement le vieux roi..

Hermann baissa les yeux et ne répondit point. Christian pétrissait de ses doigts maigres les bras du fauteuil de son ancêtre Otto III, qui, croyant en Dieu et sentant Dieu avec lui, fit mourir cinq cent mille hommes sur les champs de bataille, conquit de vastes territoires et fut un grand prince.

— Pardonnez-moi, mon père, reprit doucement Hermann, et rassurez-vous. Je crois à mon devoir, et je crois à mon droit. Si je n'ai pas, comme mes ancêtres, la claire conscience d'être directement investi par un dieu empereur des rois, je me sens investi par ces ancêtres eux-mêmes et par les générations qui leur ont obéi à travers les âges. Mon droit, s'il ne me vient pas du ciel, me vient du passé, et, s'il ne me vient pas d'en haut, il me vient d'en bas. Le peuple d'Alfanie a témoigné jusqu'ici qu'il m'aimait. C'est son consentement, c'est l'accord de sa pensée avec la mienne qui me confère mon droit divin. Après tout, cela revient au même, si vous y réfléchissez. Ayons donc confiance.

— Mais, s'il arrivait que votre pensée se trouvât en opposition avec celle d'une portion considérable de votre peuple, de la plus aveugle et de la plus dominée par ses instincts, que feriez-vous?

— Ce ne pourrait être qu'un malentendu, puisque je ne voudrai jamais que leur bien. Ce malentendu, je m'appliquerais à le dissiper par quelque témoignage éclatant de ma charité pour eux.

— Et, s'ils refusaient de comprendre?

— Je leur imposerais ma volonté, la sachant droite et bonne.

— Même par la force?

— J'ai confiance qu'ils ne me réduiront jamais à cette nécessité.

— S'ils vous y réduisaient, pourtant?

— Je serais alors le plus malheureux des hommes, mais je ferais mon devoir.

— Oui, mais, rien qu'en y songeant, vous êtes d'avance épouvanté. Pourquoi, sinon parce que votre volonté et votre jugement n'ont point d'appui en dehors de vous-même? Il y a dans le métier de roi des devoirs si terribles qu'on n'aurait jamais le courage de les accomplir si l'on ne se sentait pas éclairé et soutenu par une pensée et une volonté divines.

— Le sentiment de la justice, le respect de la personne humaine et la charité du genre humain me seront des lumières suffisantes. Et, voyant clair, je saurai agir.

— Que voulez-vous donc faire?

— Préparer un état social où soit diminuée la souffrance des individus et, pour cela, diminuer d'abord l'inégalité des droits.

— Croyez-vous donc que l'on supprime la souffrance par des lois et des institutions? On ne la diminue même pas, puisque l'homme, à mesure que sa condition matérielle s'améliore, découvre de nouvelles façons de souffrir. Le véritable objet de la royauté, c'est le maintien d'une hiérarchie voulue de Dieu, par laquelle l'ordre subsiste, ce premier bien des peuples, et où chacun à sa place, obéissant et se dévouant, travaille, par là même, à son salut éternel. La douleur des créatures est peut-être dans le dessein de la Providence.

— Voilà donc un dessein que vous me dispenserez d'adorer... Je songe à ce qu'est la vie de tel ouvrier mineur qui, peinant sous terre douze heures par jour, gagne tout juste de quoi ne pas laisser sa femme et ses petits mourir de faim; je songe à de plus misérables encore, et je n'ai pas le cœur tranquille... Et, quant à cette hiérarchie sociale dont vous parlez, j'ignore si elle est l'œuvre de Dieu, mais je sais qu'elle fut, à l'origine, l'œuvre de la violence des hommes, et cela atténue le respect qu'elle m'inspire... Pour la première fois de ma vie, je vous dis toute ma pensée, mon père. Vous ne m'en voudrez pas?

— Nous ne parlons pas la même langue, mon fils. Nous pourrions converser longtemps ainsi sans nous comprendre... Cela est singulier. Vous avez été un bon fils, vous avez eu une jeunesse sérieuse, je n'ai jamais eu de reproche à vous faire, et cependant il y a toujours eu entre nous

NOUS NE PARLONS PAS LA MÊME LANGUE, MON FILS...

je ne sais quoi qui nous séparait. Ce n'est pas ma faute. Votre éducation a été un de mes grands soucis, et je me suis efforcé de former en vous, soit par les leçons, soit par l'exemple, une âme royale. Vous laissiez faire, vous n'étiez point indocile; mais, chaque jour, je vous sentais vous éloigner de moi...

Le vieillard se tut. Une larme pointait au coin de ses yeux voilés par l'âge, trop petite pour couler. Il reprit :

— Hélas! je me suis longtemps demandé si l'épreuve que vous voulez tenter était même permise. Toutefois, tentez-la selon votre conscience, puisque aussi bien la nécessité nous presse. Je suis sûr du moins de votre honnêteté et de votre bonne foi, et je suis persuadé que l'exercice même du pouvoir vous défera, à mesure, de vos doutes et de vos chimères. Du fond de la retraite où je vais ensevelir mes derniers jours, je prierai Dieu qu'il vous éclaire et vous fortifie et qu'il vous ait, vous et mon royaume, en sa sainte protection.

Un attendrissement gagnait Hermann, lui brouillait les yeux, lui faisait tortiller fébrilement sa moustache tombante.

— Mon cher père, dit-il, je crains que, dans cet entretien, ma parole n'ait plus d'une fois excédé ma pensée. Je suis si troublé, voyez-vous! Vous avez raison : l'action communique la foi, et je compte sur la paix que promet l'Évangile aux hommes de bonne volonté.

Et, par un mouvement qui démentait quelques-uns de ses précédents propos, Hermann fléchit le genou et dit :

— Mon père, bénissez-moi...

III

Hermann, en rentrant chez lui, était mécontent de lui-même. Quel sentiment l'avait entraîné à dire à son père des choses que celui-ci ne pouvait entendre? Et par quelle faiblesse avait-il renié ensuite, ou peu s'en fallait, ce qu'il venait de confesser?

— Que je suis peu maître de moi! murmura-t-il avec colère.

Ses yeux s'arrêtèrent sur un vieux tableau accroché au-dessus de sa table de travail. C'était le portrait d'un de ses ancêtres, Hermann II, qui avait assassiné son frère, dont il se défiait, empoisonné sa première femme afin de pouvoir conclure un mariage plus avantageux pour l'État et noyé dans le sang une révolte de paysans affamés. Il passait pour un grand roi. Les historiens l'excusaient; quelques-uns le glorifiaient : tous ses crimes, ne les avait-il pas commis soit pour sauver la couronne, soit pour assurer l'unité du royaume?

C'était, d'ailleurs, un chef-d'œuvre que ce vieux tableau, achevé et embelli par le temps. Du fond, devenu tout noir, ressortait puissamment une tête jaune, toute en nez et en mâchoires, avec des yeux durs, d'une fixité gênante. La main droite émergeait au premier plan, une main terrible, qui serrait le sceptre comme un bâton.

— Ah! songeait Hermann, si j'avais l'énergie de cette brute pour vouloir le contraire de ce qu'elle a voulu!

Ce portrait de son farouche homonyme, Hermann le gardait là, sous ses yeux, comme un *memento* de tout ce qu'il s'était juré d'éviter, de tout ce qui lui faisait le plus d'horreur au monde : orgueil de la domination, brutalité, cruauté et dogmatisme, car l'aïeul meurtrier avait été un roi croyant et, par piété autant que par politique, un zélé protecteur de l'Église.

Comment lui, le dernier venu de la race, pouvait-il différer à ce point, non seulement par les goûts et par la culture, mais par tout son être intime, de ses violents ancêtres?...

Sa vie passée lui arrivait, au hasard, par de brèves apparitions. D'abord, son enfance sans caresses, soumise de bonne heure à une rude discipline. Comme il avait pleuré, à huit ans, le jour où on lui avait mis l'uniforme d'officier de la garde! Buté dans un entêtement dont il n'eût pu dire les raisons, il résistait en sanglotant, comme s'il eût pressenti que ce premier uniforme, c'était une « prise d'habit », et pour la vie. Il revoyait s'abattre sur lui, ce jour-là, la grande main lourde de son père indigné... Au reste, cet accès de désespoir enfantin avait été sa seule révolte extérieure. Depuis, il s'était, en apparence, soumis à tout; il avait subi silencieusement sa destinée de prince royal.

Avait-il été aimé de son père et de sa mère? Peut-être. Il ne savait. Il était tenté de croire qu'un seul l'avait aimé vraiment : le premier en date de ses précepteurs, un vieux professeur de l'université de Marbourg, un bonhomme très doux, très timide, qui tremblait comme la feuille quand le roi survenait au milieu des leçons... Mais, enseignés par lui, les faits des Grecs et des Romains devenaient intéressants comme des contes... Hermann se souvenait encore d'avoir pleuré d'enthousiasme sur Harmodius et Aristogiton, sur les Gracques, sur Spartacus et sur la légende de Guillaume Tell. Pourquoi, des leçons du vieux professeur, avait-il retenu, à trente ans de distance, précisément ces histoires-là?... Il se souvenait aussi d'avoir un jour dérobé, dans la bibliothèque du bonhomme, des livres qui décrivaient des pays merveilleux, sans riches ni pauvres, les hommes tous bergers et tous bons, et d'autres livres encore où revenaient souvent les mots de « salaire » et de « capital » et où il n'avait rien compris sinon qu'il y a sur la terre beaucoup de malheureux... Mais ce vieux maître, si doux et si amusant, qui souvent le prenait sur ses genoux pendant les leçons, il était parti un jour, et Hermann ne savait ce qu'il était devenu...

Puis il se rappelait une émeute à laquelle il avait assisté par une des fenêtres du palais... Des hommes en haillons, très laids... l'un d'eux portant un drapeau noir... Tout à coup, un bruit de fusillade : des hommes qui tombent, la bouche grande ouverte, une femme pleine de sang sur le pavé, et d'autres femmes

COMME IL AVAIT PLEURÉ LE JOUR OÙ ON LUI AVAIT MIS L'UNIFORME...

qui se sauvent en poussant des cris. L'enfant royal se mettait à pleurer (il pleurait donc toujours, cet enfant?) et il demandait : « Pourquoi leur a-t-on fait du mal? » Et son gouverneur l'arrachait de la fenêtre, où le petit s'accrochait pour voir encore ce qui lui faisait si grand'peur.

Il se revoyait, plus tard, voyageant en Allemagne, suivant assidument, à Heidelberg, un cours de philosophie. Le professeur, homme illustre, de renommée européenne, qui, dans ses leçons, menait ses idées jusqu'au bout et qui, trouvant dans la métaphysique l'ivresse d'une sorte d'alcali volatil, s'emportait aux audaces les

L'UN D'EUX PORTANT UN DRAPEAU NOIR...

plus intransigeantes de destruction et de reconstruction spéculatives, n'en était pas moins, dans la vie réelle, respectueux des contingences utiles, avide d'honneurs, de décorations et de places, profondément impressionné par les puissances et les « grandeurs de chair »... Mais, à ces exercices de la pensée raisonnante, Hermann, parfaitement sincère, s'était décidément purgé de ce qui pouvait rester en lui d'involontaires préjugés de naissance ou d'éducation. Tandis qu'il défaisait et refaisait le monde dans son cerveau et qu'il s'appliquait à considérer toute choses au point de vue de l'universel et de l'absolu, il affranchissait vraiment sa personne morale de l'accident qui l'avait fait naître pour le trône, et, non seulement dans ses façons d'être et ses jugements habituels, mais jusque dans le fond de son âme — de même qu'un chrétien le « vieil homme » — il dépouillait le prince...

Le séjour de Paris achevait ce travail intérieur. Hermann vivait à Paris, pendant quelques mois, dans un réel incognito, estimant que c'est le seul moyen, pour un prince, d'avoir une vision exacte des choses. Un prince ne peut vivre, comme prince, que dans un monde extrêmement restreint; il ne se trouve de plain-pied qu'avec un tout petit nombre d'hommes : il ne peut donc connaître les hommes qu'imparfaitement. Il ne les voit que sous un angle très particulier et très étroit et dans une attitude de respect et de défiance. Presque partout, il gêne ou il est gêné. Il vit et meurt isolé de l'immense humanité. Il ne voit guère de la grande comédie que des fragments préparés. Sa présence suffit à altérer le caractère des spectacles auxquels il assiste, et les choses ne sont pas sincères pour lui.

Hermann avait voulu secouer le surcroît de servitude qui s'ajoute, pour les princes, aux servitudes qui pèsent toujours sur les jugements humains. Il s'était arrangé pour vivre à Paris librement, en pleine mêlée humaine, pour y connaître la société à tous les étages, sous tous les aspects, par tous ses côtés pittoresques et dans ses recoins moraux, pour coudoyer même l'extrême misère et la considérer de tout près.

Il avait aimé Paris. L'esprit de la ville de joie, l'ironie et l'irrespect qu'on respire dans son air, Hermann en avait été surpris et charmé, sans trop remarquer ce que cette ironie a d'un peu mince et ce qu'elle recouvre quelquefois de niaiserie et de snobisme. Surtout il avait conçu une véritable estime pour ce scepticisme léger et dépourvu de pédanterie, aboutissant à un détachement qui, bien que superficiel, se rencontrait souvent avec la sagesse la plus profonde, et à une douceur qui, bien qu'inactive, équivalait, dans plus d'un cas, à la charité même.

Mais, en même temps, la crainte de ne pas penser librement, de conserver à son insu quelque chose du préjugé aristocratique et royal, de se croire encore, dans le tréfond de sa conscience, pétri d'une autre argile que le commun des hommes et de surprendre, dans ses jugements, dans ses démarches, dans ses gestes, les effets de cette persuasion involontaire et secrète s'exaspérait en lui jusqu'à une inquiétude maladive. Volontiers, il eût chargé un serviteur de lui répéter, chaque jour et à chaque instant du jour : « Souviens-toi qu'un prince n'est qu'un homme. » Il avait peur, pour ainsi dire, du sang qui coulait dans ses veines. Et cette appréhension, cette continuelle attention sur soi communiquait à son allure et à toute sa conduite une gêne, une incertitude que venaient rompre nerveusement des décisions subites et excessives...

S'il n'avait pu s'entendre avec la princesse royale, ce n'était point parce qu'il l'avait épousée sans l'avoir choisie. Ce mariage, conclu dans un intérêt national et dynastique, eût pu être un mariage heureux : Wilhelmine était belle, intelligente, vertueuse, et il ne semblait pas qu'il fallût de grands efforts pour l'aimer. Et ce n'était pas non plus la différence de leurs caractères ni celles de leurs opinions touchant les devoirs généraux de la royauté ou les questions politiques particulières qui l'avait peu à peu éloigné d'elle. C'était quelque chose de plus intime et de plus irrémédiable. Ce qui déplaisait à Hermann, ce qui lui faisait mal, c'était, parmi toutes les vertus et toute la grâce de cette femme, il ne savait quelle imperturbable complaisance dans le sentiment de sa naissance et de son rang; c'était une béatitude d'orgueil inexprimé, qu'il percevait, lui, à travers les moindres actes et chacune des paroles de cette fille d'archiduc; c'était de sentir que Wilhelmine avait beau être douce et bienveillante aux petits, elle s'estimait d'une essence irréductiblement supérieure à ce qui n'était pas de sang royal; que la foi religieuse et la piété de la charmante femme n'y pouvaient rien; que les maximes chrétiennes sur l'égalité devant Dieu ne seraient jamais pour elle que des formules vides qu'elle répétait des lèvres et que, bonne et compatissante aux hommes, jamais, jamais elle ne leur serait « fraternelle ». Et, de constater à chaque instant, chez l'honnête princesse, cette conscience sereine de la préexcellence de sa nature, de voir s'épanouir stupidement en elle un sentiment qu'il s'était acharné à déraciner de son propre cœur, cela remuait chez le prince quelque chose, vraiment, comme une colère haineuse de démagogue...

Le divorce était donc complet entre sa vie extérieure et ses pensées intimes. Son père étant souvent malade, il avait été obligé, dans les derniers temps, en sa qualité de prince héritier, à une vie de parade et de représentation qui, même réduite à l'indispensable, suffisait à l'accabler d'ennui. Il était un peu dans la situation d'un prêtre qui a cessé de croire et qui continue à célébrer la messe. Il haïssait ce monde de la cour : chambellans, grands officiers, hauts dignitaires, tous importants et futiles, durs au fond. Et il sentait autour de lui, encore que prosternée et muette, la défiance de tous ces gens-là et, derrière eux, l'attente déjà presque hostile de la noblesse, de la bourgeoisie financière, du haut clergé, de toutes les classes privilégiées... Sans doute, c'était, par définition, un pouvoir sans limites que son père venait de lui remettre; mais, en réalité, ce pouvoir n'était absolu qu'à la condition d'agir dans le sens des institutions séculaires qui tiraient de lui leur origine et qui lui servaient de support. Quelle masse énorme de mauvaises volontés, d'intérêts et de traditions il lui faudrait rompre pour faire son devoir! En aurait-il la force?

Accoudé sur la table, le front dans les deux mains, il dit à mi-voix :

— Ah! Frida! petite Frida! qu'est-ce que je deviendrais si je ne t'avais pas?

IV

Belle, sereine, traînant encore, à grands plis cassés, le brocart de sa robe de cour, qu'elle n'avait pas pris le temps de quitter, Wilhelmine entra.

Hermann se leva avec ennui :

— Qui me vaut l'honneur?...

— Je voulais, répondit-elle, être la première à vous féliciter après la cérémonie.

— J'en suis fort touché, dit Hermann.

Il ajouta avec un peu d'ironie :

— Vous devez être heureuse, car vous voilà reine, ou tout comme.

— Heureuse, oui... et inquiète aussi. Que Dieu vous assiste, Hermann, et qu'il vous montre votre devoir!

— Ce qui veut dire, répliqua-t-il vivement, que, selon vous, je ne le vois pas où il est?.... Oui, je sais d'avance que vous n'approuvez point mes projets et que vous êtes présentement partagée entre la joie de voir la toute-puissance dans mes mains et la terreur de ce que j'en vais faire. Je vous remercie toutefois de vos bonnes paroles.

— Hélas ! dit-elle, je n'ignore pas à quel point elles sont inutiles. Voilà des années que, vivant côte à côte, nous sommes plus séparés que s'il y avait entre nous des mers et des montagnes.

Et, comme il protestait du geste :

— Oh ! la rupture n'a pas été publique. Je ne pourrais même pas dire quel jour elle s'est faite. Ç'a été moins une rupture

ELLE S'ÉTAIT ASSISE SUR UN POUF...

qu'une sorte de déliement. Je vous sais gré d'ailleurs d'avoir sauvé les apparences. Le prince mon mari (elle eut un triste sourire) continue à se rendre officiellement et à jours fixes dans ma chambre... Mais, là même, je ne suis pour vous que la princesse royale : je ne suis pas votre femme.

A dessein ou par hasard, elle s'était assise sur un pouf, presque aux pieds d'Hermann, la tête penchée en avant, dans une attitude qui développait la courbe grasse de son dos et de sa nuque robuste.

Mais lui, très froidement :

— C'est vous qui l'avez voulu... Rappelez-vous comment on nous a mariés. Vous aviez été élevée dans une petite cour surannée et pompeuse, comme une archiduchesse d'il y a deux cents ans. Moi, une fois affranchi de l'inhumaine discipline à laquelle mon père avait soumis ma première jeunesse, j'avais vécu, autant que cela m'était permis, en simple étudiant, puis en voyageur, et mon rêve était de continuer à vivre comme un particulier. Nous ne nous étions jamais vus. Cependant j'avais bon espoir : je comptais trouver en vous une femme, et je me mis à vous aimer pour votre jeunesse, votre beauté, et pour la loyauté de votre caractère... Mais vous étiez comme figée dans votre rôle ; vous adoriez cette parade que je détestais, et, jusque dans notre intimité, réduite par vous presque à rien, vos sentiments et vos gestes gardaient un caractère officiel et royal...

— Oui... l'air des Altenbourg, comme vous disiez. Cet air que vous retrouviez, chez mon père, dans tous nos portraits de famille... Mais enfin ce n'est pas un crime que de ressembler à ses aïeux?

— Non ; mais cet air signifiait, je ne sais comment, que vous aviez de vous-même, et de votre fonction, et de l'amour, et de la vie, et de toutes choses une idée qui ne pourrait jamais être la mienne, et que je vous étonnerais et vous scandaliserais toujours, quoi que je fisse. Et, ainsi, cet air a peu à peu découragé et glacé ma tendresse.

— Cela est possible, murmura la princesse presque à voix basse, très douce et d'un ton de soumission. Je ne récrimine point... Il n'est sans doute plus temps... Parce que je ne vous ai pas aimé à la façon d'une bourgeoise, vous avez cru que je ne vous aimais pas... Et pourtant j'en aurais long à dire là-dessus.

Elle jeta ces mots comme un aveu involontaire, et, la tête renversée dans un mouvement qui semblait offrir ses belles épaules et sa gorge de blonde, elle cherchait les yeux de son mari.

Mais lui ne la regardait pas.

Elle se leva rapidement et, sa fierté retrouvée, elle reprit d'un accent un peu sourd :

— Mais ce qui est fini est fini... Vous vous êtes écarté de moi, croyant que je me retirais. Je me suis résignée... Je vous rends d'ailleurs cette justice que notre malentendu est resté une affaire entre nous deux ; que, si vous m'avez délaissée, c'est pour une idée, pour un rêve, et que cette place que j'ai perdue dans votre cœur, aucune autre femme du moins ne me l'a prise...

Il crut saisir, dans cette affectation de confiance, une allusion cachée, l'expression détournée d'un soupçon. Elle surprit le froncement de ses sourcils et, se dominant tout à fait :

— Mais que vais-je vous dire là ? Encore une fois, je ne suis venue que vous offrir l'hommage de la première de vos sujettes, de la plus dévouée et de la plus fidèle. J'ajoute seulement : « Prenez garde, roi, fils de roi, à ce que vous allez faire. » Et, pour que vous vous souveniez mieux de mon avertissement, j'ai dit qu'on vous amène votre fils.

LA GOUVERNANTE POUSSA DEVANT ELLE UN ENFANT CHÉTIF...

Elle avait repris son grand air, l'air d'imperturbable majesté des Altenbourg. Et c'est pourquoi, tandis qu'elle allait elle-même ouvrir la porte, il eut un sourire ironique et excédé.

La gouvernante, madame de Schliefen,

une vieille dame sèche et digne, poussa devant elle un enfant chétif, assez joli de traits, mais la tête trop grosse et l'air endormi.

Une expression profondément douloureuse contracta le visage d'Hermann. Il l'aimait bien, son petit garçon, mais cela lui faisait mal de le voir. L'idée de l'injustice mystérieuse dont cet enfant était la victime, cette ironie du destin qui donnait pour dernier rejeton à toute une race de rois puissants ce pauvre petit gnome, emplissait Hermann d'une telle amertume de révolte et de protestation que ce sentiment trop fort ôtait souvent à sa tendresse paternelle la possibilité de s'exprimer. Au reste, il avait dû, comme de raison, abandonner à la mère le soin d'élever l'enfant malade, et il savait quelles leçons de prétendue dignité — à cinq ans ! — et d'orgueil « professionnel » et d'étiquette imbécile on lui inculquait déjà, à ce frêle avorton royal. Et il songeait que le jour où l'enfant serait grand — à supposer qu'on pût le faire vivre — il trouverait en lui un cœur faussé, une tête pleine de vaniteuses sottises, qu'il ne serait plus temps de refaire tout cela et qu'ainsi la mère altière et la gouvernante empesée étaient sans doute en train de lui prendre l'âme de son fils, et pour toujours.

— Venez, Wilhelm, dit la princesse.

Elle prit l'enfant par la main et le conduisit au prince :

— Embrassez votre père. Depuis tout à l'heure — écoutez bien ceci — depuis tout à l'heure, ce n'est pas seulement votre grand-père, c'est aussi votre père qui est roi.

— Ne lui parlez donc pas de ces choses-là, dit brusquement Hermann. Que voulez-vous qu'il y comprenne?

Le petit Wilhelm, intimidé, baissait sa grosse tête. Hermann le baisa sur le front, l'examina un moment et, s'adressant à la gouvernante :

— Comme il est pâle! A-t-il bien dormi?

— Oui, monseigneur, dit la vieille dame.

— A-t-il bien mangé?

— Oui, monseigneur, et il a bien joué après son déjeuner.

— Avec qui?

— Mais... tout seul, monseigneur.

— Il y a pourtant le petit garçon du grand veneur et celui du grand écuyer qui sont à peu près de son âge, et j'avais recommandé...

— Oui, monseigneur : mais ces enfants prenaient avec Son Altesse royale de telles libertés...

— Ils le battaient?

— Oui, monseigneur.

— Eh bien, il n'avait qu'à se défendre.

La princesse intervint :

— Vous ne parlez pas sérieusement, Hermann?

— Pauvre petit ! dit le prince. Ce qu'il te faudrait, ce serait le grand air, la vie libre et naturelle, la bataille avec d'autres gamins, et le moins d'égards possible. Seulement, voilà! Ou tes camarades te traitent déjà comme un petit roi, et cela est horrible, ou bien ils oublient de te respecter, et alors on les rappelle au sentiment de la hiérarchie... D'ailleurs, continua-t-il en tâtant les bras de l'enfant, fragiles comme des osselets d'oiseau, peut-être qu'on a raison, car tu n'es guère en état de te défendre toi même... Va donc, pauvre petit, va jouer tout seul.

Le prince disait cela d'un ton si triste et si âpre que l'enfant, effrayé, fondit en larmes.

— Qu'est-ce qu'il a? Il a cru que je le grondais... Je suis stupide.

Hermann prit l'enfant sur ses genoux, le serra sur sa poitrine, en appuyant sa barbe contre la petite joue mouillée.

— Wilhelm, mon chéri, qu'est-ce que tu as?... Mais je ne te gronde pas... Au contraire... Je suis ton papa qui t'aime bien... Veux-tu que je te donne un beau joujou? Veux-tu que je te raconte une belle histoire?

L'enfant fit signe que non. Jouer le fatiguait. Son jeu favori était de rester des heures entières dans son petit fauteuil, immobile, comme en représentation. Et, quant aux belles histoires, il avait le cœur encore trop gros pour en vouloir entendre. Il ne pleurait plus, mais, secoué d'un reste de sanglots, il jeta ses bras autour du cou d'Hermann.

Alors Wilhelmine, suivant toujours sa pensée :

— Puisque vous l'aimez, Hermann, pensez à lui et gardez-lui son héritage.

L'importune avertisseuse, qui ne le laissait pas être père, simplement! Il répliqua :

— Mais cet héritage n'est pas compromis, que je sache. Et tenez...

Du dehors, une grande rumeur joyeuse montait, où se détachait par moments ce cri :

— Vive le prince Hermann !

MERCI, MES AMIS, MERCI.

— Vous entendez? C'est le peuple qui vient de lire ma proclamation.

— Vous leur promettez tout : cela est facile. Mais que leur donnerez-vous demain?

Sans répondre, Hermann ouvrit la fenêtre. La rumeur, plus claire et plus haute, entra dans le palais. Elle grossit encore lorsque Hermann se fut avancé sur le balcon. Devenu soudainement très pâle, comme si cette houle humaine lui eût donné le vertige, il ne put que dire :

— Merci, mes amis, merci...

Instinctivement, — car, malgré elle ces acclamations la grisaient, — Wilhelmine fit quelques pas pour rejoindre son mari. Elle s'arrêta en réfléchissant que cette ovation s'adressait à des idées qu'elle réprouvait de toutes ses forces, et, loyale, elle ne voulut point détourner vers elle, par surprise, une part de la gratitude populaire.

Mais, ses yeux ayant rencontré le petit Wilhelm qui riait, avec une curiosité ravie, à ce grand bruit triomphal :

— Hermann, cria t elle, montrez-leur votre fils !

— Oh ! oui, père, dit l'enfant.

Il avait redressé sa tête de gnome, prêt aux hommages et subitement grave comme une idole.

Hermann haussa les épaules :

— Le leur montrer? Pourquoi faire?... non, madame. Ces choses-là ne sont pas bonnes pour les enfants.

Il ferma la fenêtre, lentement. Quand il se retourna, il vit le petit Wilhelm qui pleurait de rage et, près de lui, sa gouvernante, agenouillée, qui lui prodiguait des consolations respectueuses :

— Monseigneur ! monseigneur ! Un prince ne doit jamais pleurer, disait la vieille dame. Votre Altesse royale me fait un vrai chagrin.

— Qu'on l'emporte, dit tranquillement le père.

V

— Vous connaissez, monsieur le grand chancelier, ma proclamation au peuple, puisque vous l'avez contresignée?

Le comte de Mœllnitz s'inclina :

— Me sera-t-il permis de rappeler à Votre Altesse royale que mon contre-seing n'était là que pour authentiquer votre signature et qu'il ne saurait avoir, dans l'espèce, une autre signification?

— Je le sais, monsieur, et c'est bien, en effet, ma pensée à moi, et uniquement ma pensée, que j'ai voulu faire connaître au peuple. Je ne vous en dois pas moins un sincère exposé de mes intentions. Les grèves qui, depuis quelques mois, ont fait tant de ruines dans ce malheureux pays semblent terminées, plutôt par l'impossibilité où se trouvent les ouvriers de continuer la lutte que par les concessions des patrons, qui ont été insuffisantes...

Le comte de Mœllnitz protesta d'un sourire mince et d'un discret hochement du menton.

— C'est du moins mon avis, poursuivit Hermann. Un grand apaisement s'est produit dès qu'on a su que le roi avait dessein de me déléguer ses pouvoirs. Le peuple attend. Par toute ma conduite passée et par tout ce que j'ai laissé deviner de mes sentiments, j'ai pris envers lui une sorte d'engagement tacite. Je le tiendrai. Cette idée s'est répandue parmi les travailleurs que la solution des questions sociales dépendait d'une réforme préalable des institutions politiques. Cette vue n'est point fausse. Je vais soumettre à l'assemblée consultative, dont je vous ai fait connaître la composition, deux projets connexes : un projet de loi électorale et un projet de loi instituant pour commencer un *minimum* de régime représentatif. Voici ces deux projets.

Le prince remua des papiers sur son bureau. Le comte de Mœllnitz avait attendu, sans broncher, la fin de ce discours. Son mince sourire continuait d'exprimer la sécurité intellectuelle d'un homme qui n'a jamais pensé. Évidemment, les idées encloses sous son petit front arrondi et dur étaient pauvres et peu nombreuses, mais rangées en bon ordre, tenaces et d'autant plus immuables qu'il ne les avait pas cherchées lui-même et qu'elles étaient uniquement les idées de sa naissance, de son rang, de sa fortune et de sa carrière. Il était de ceux qui sont incapables de concevoir et de se figurer une âme différente de ce qui leur sert d'âme, ni une autre vie que la leur, ni la possibilité même d'un autre état social que celui dont ils ont profité et qui s'est trouvé, par le hasard de leur naissance, exactement adapté à leur intérêt personnel. Même quand ils ont l'air de penser et d'agir, ils ne font que les gestes de l'action et de la pensée ; mais ils font ces gestes imperturbablement et ils ne font jamais qu'une espèce de gestes, et ainsi leur automatisme moral devient une force énorme et irréductible. Fantoches, mais fantoches d'une tradition qui peut avoir, elle, sa grandeur et sa raison d'être ; et c'est pourquoi il arrive à ces hommes d'offrir des apparences de politiques, d'orateurs et d'honnêtes gens. L'autorité du comte de Mœllnitz et son honnêteté reconnue lui venaient de sa persistance dans son automatisme originel. Il faisait très bien, et avec beaucoup de suite, les gestes de grand seigneur, de diplomate et de ministre d'une monarchie absolue. Tête de vieil oiseau, mais d'oiseau héraldique.

C'est donc d'un air d'incomparable dignité qu'il répondit :

— Monseigneur, j'ai l'honneur d'offrir à Votre Altesse royale ma démission et celle de mes collègues.

— Je la reçois, monsieur de Mœllnitz, dit Hermann. Je choisirai dès demain un autre ministère.

Le comte crut de son devoir d'ajouter une phrase « courageuse » de vieux serviteur loyal, où il mit, ainsi qu'il convenait, « l'accent d'une noble franchise » :

— Je supplie Votre Altesse royale de ne point douter de mon dévouement. Mais je suis persuadé, en mon âme et conscience, qu'Elle nous perd, et qu'Elle se perd elle-même.

— Nous verrons bien, dit Hermann.

— Du moins, monseigneur, Votre Altesse royale se souviendra-t-elle un jour que j'ai osé l'avertir? Si ma conscience ne me permet point de vous aider à détruire (excusez l'audace de ces paroles, qu'inspire seul l'amour du bien public), soyez sûr que mon dévouement restera acquis à Votre Altesse royale quand il s'agira de réparer.

— Je n'en doute point, dit Hermann en souriant. Je sais que vous êtes de ceux qu'on retrouve toujours.

J'AI L'HONNEUR D'OFFRIR A VOTRE ALTESSE ROYALE...

VI

Le soir, un bal fut donné dans le palais, à l'occasion de la délégation du pouvoir au prince héritier. Hermann se tenait dans le salon réservé aux princes et à leurs aides de camp, aux princesses et à leurs demoiselles d'honneur, aux ministres et au corps diplomatique.

Par trois portes grandes ouvertes sur les autres salons, sous une buée vaguement rousse qui atténuait la crudité de la lumière électrique, on voyait passer le tourbillonnement de la fête : une mêlée d'uniformes rigides et sombres tranchant sur un fouillis blanc, rose et mauve de robes onduleuses, des moustaches penchées sur des nuques et des épaules nues, des enroulements de traînes autour des fourreaux d'épées, et de rapides échanges d'étincelles entre les diamants des femmes et les plaques des danseurs.

Hermann se disait que, parmi les privilégiés qui étaient là, il n'y avait personne peut-être à qui il n'inspirât une défiance secrète ou avouée et qui ne dût lui être ennemi dès qu'il aurait fait connaître ses desseins.

— S'ils savaient en l'honneur de quoi ils dansent ! songeait-il.

Il s'était dégagé du cercle des diplomates et des grands officiers de cour. Il s'approcha d'une petite femme encore jeune, assez jolie, mais de figure souffreteuse, assise à l'écart.

C'était la princesse Gertrude, femme du prince Otto.

Elle venait de se débarrasser de ses demoiselles d'honneur en leur permettant d'aller danser toutes à la fois (« Car je ne suis pas amusante, mes pauvres petites! ») et elle regardait la fête d'un œil atone, l'air absent.

Mais elle eut, en tendant la main à Hermann, un bon sourire presque gai.

— Merci de ce que vous avez encore fait pour moi, dit-elle.

Elle était toujours sans le sou, Otto lui extorquant tout à mesure, et souvent même elle n'avait pas de quoi payer ses serviteurs ni subvenir aux dépenses les plus nécessaires de sa maison. Quand sa détresse était trop forte, elle avait recours à Hermann, qui lui donnait un peu d'argent, pris sur sa cassette particulière.

— Au moins, dit charitablement Hermann, est-il un peu plus raisonnable?

— Oh! oui, oui, répondit-elle vivement. Je n'ai pas eu à me plaindre de lui depuis cette affaire.

« Cette affaire », c'était la grossesse subitement découverte d'une des demoiselles d'honneur de la princesse Gertrude : la jeune fille saisie en plein bal d'un malaise révélateur, dégrafée à la hâte dans une embrasure de fenêtre et, après une longue syncope, racontant à sa maîtresse, parmi des sanglots désespérés, que son séducteur était le prince Otto. On avait étouffé l'affaire comme on avait pu, renvoyé la jeune personne dans sa famille et indemnisé d'une place lucrative son infortuné père, gentilhomme pauvre, mais de bonne race.

Gertrude avait pardonné. Elle aimait son mari.

— Il n'est pas méchant, je vous assure. Il n'est que faible et facile à entraîner. Et il est charmant quand il veut... Il a reconnu ses torts et, après cette triste histoire, il a été beaucoup mieux pour moi qu'il n'avait été depuis longtemps.

Hermann la regardait avec attention. Il remarqua son extrême maigreur ; il vit qu'elle n'avait plus de cils et aperçut, au-dessus du léger hâle du front, une bande pâle, large comme le doigt, d'où les cheveux étaient tombés et que recouvraient mal de minces bandeaux.

— Vous n'allez pas bien, ma pauvre amie, laissa-t-il échapper.

— Non, pas trop... En vérité, je n'ai pas de chance... Vous savez, car je n'ai jamais rien eu de caché pour vous, qu'Otto m'avait tout à fait abandonnée... Et, presque tout de suite après qu'il m'est revenu et qu'il s'est montré si bon, si tendre, je me suis mise, moi, à être malade. C'est bien prendre mon temps !

Hermann songea :

« Pauvre innocente ! Il t'est revenu parce qu'il avait besoin d'argent et que, t'ayant mortellement offensée, il n'avait sans doute pas d'autre moyen de s'en faire donner. Et il a été plus infâme en se rapprochant de toi qu'il ne l'avait été en te délaissant. Et ta maladie est la même que celle dont se meurt ta demoiselle d'honneur dans son honnête famille... Et tu ne sais pas tout... Moi non plus, du reste... Il n'y a que la police secrète, les usuriers et les proxénètes de cette bonne ville qui connaissent entièrement mon délicieux frère... »

Il quitta brusquement la princesse Gertrude. Il venait d'apercevoir, à l'autre extrémité du salon, Otto et Frida de Thalberg. Leur entretien semblait animé ; lui, ricanant, son grand nez penché sur la nuque fauve et les épaules lactées de la jeune fille ; elle, le sourcil froncé et rougissante un peu.

Otto l'avait rejointe au moment où elle gagnait une des portes qui donnaient sur la terrasse :

— Permettez-moi de vous accompagner, mademoiselle.

Surprise, elle s'était arrêtée. Et lui, toujours avec son ricanement :

— Vous ne sortez plus? Vous avez peur de moi?

Il se dandinait sur ses longues jambes, cherchant un sujet de conversation, et, se rappelant l'incident de l'après-midi :

— Eh bien ! nous avons donc été grondée?... Elle manque de moelleux, hein? la princesse Wilhelmine.

— J'étais dans mon tort, monseigneur.

— Avouez que vous vous fichez pas mal de l'étiquette.

— Non ; mais je ne la possède pas parfaitement. J'ai été élevée comme une sauvage, moi, vous savez.

— Et je vous trouve très bien comme ça.

Évidemment, il la trouvait très bien. Un peu en arrière et la dominant de sa haute taille, il la respirait comme une fleur rousse. Sous leurs paupières pesantes, ses yeux fanés avaient de courtes flammes troubles, et sa tête de viveur et d'homme de proie, toute tendue par un désir brutal, semblait s'allonger en mufle.

— J'ai toujours beaucoup de plaisir, — mais là, beaucoup ! — à vous rencontrer. Je vous l'ai déjà dit, nous nous entendrions admirablement si vous vouliez, et nous serions vite très bons amis.

— Mais je ne pense pas que nous soyons ennemis, monseigneur.

— Ne faites donc pas celle qui ne comprend pas.

— Qu'y a-t-il à comprendre?

La pureté glaciale de deux impassibles prunelles interloqua un instant le prince Otto.

Il reprit :

— Qu'est-ce que vous disait donc tantôt mon cousin Renaud?

— Je lui demandais des nouvelles de Paris, monseigneur.

— Ah ! Paris ! Paris !... murmura le prince d'un ton pénétré (et Dieu sait quelles images ce mot faisait lever dans sa mémoire !). J'y vais le mois prochain...

Et il souffla à l'oreille de Frida :

— Voulez-vous y venir?

— Où?

— A Paris.

— Je ne demanderais pas mieux, dit Frida, affectant de rire.

— Et si je vous prenais au mot? Ne faites donc pas cette figure... Ce que je vous propose n'a rien d'extraordinaire... Je vous connais mieux que vous ne croyez, mademoiselle de Thalberg. Vous êtes très intelligente, d'esprit indépendant, même... au fond... un peu révolutionnaire... Vous savez ce que valent la plupart des conventions qui règlent la conduite des femmes. Je n'imagine pas que vous trouviez des charmes bien puissants dans les fonctions de demoiselle d'honneur de la princesse royale ni que vous ayez l'intention d'y passer votre vie. D'autre part, vous êtes de bonne maison, mais sans fortune, et tout ce que vous pouvez espérer, c'est d'être épousée par quelque antique gentilhomme dont vous serez la garde-malade. C'est une destinée mélancolique... Dans ces conditions, quel mal verriez-vous à jouir d'une liberté dont nul préjugé, je le sais, ne vous interdit l'usage et à accompagner, en bonne camarade, un homme qui vous est absolument dévoué?

Insensiblement, il avait poussé Frida, devant lui, dans un coin du salon. La jeune fille s'était assise et, tout en jouant de son éventail de l'air le plus indifférent du monde :

— Dites-moi, monseigneur, si mon grand-oncle le marquis de Frauenlaub n'avait présentement quatre-vingts ans, si je n'étais seule au monde et sans autre défenseur naturel que le roi, dont vous savez bien que je n'implorerai pas le secours, auriez-vous osé me parler comme vous venez de le faire?

— Des phrases !... dit Otto. Je vous croyais plus intelligente.

— C'est vous qui raisonnez mal, monseigneur. A supposer que j'eusse l'âme révolutionniare que vous voulez bien me prêter, quels sentiments croyez-vous que pût m'inspirer un prince de votre espèce et qui vivrait comme vous vivez?

Elle détachait et martelait les mots, tranquillement méprisante. Il se remit à ricaner :

— Vous êtes gentille quand vous êtes en colère.

— Je ne vous ai donné aucun droit de me parler sur ce ton, monseigneur.

— Je vous parle en bon garçon... Si vous le prenez comme ça, mettons que je n'ai rien dit. Ce que je vous ai proposé ne devient une offense que lorsque c'est mal reçu : autrement, c'est un hommage, et dame ! je ne pouvais pas savoir comment vous le recevriez. N'en parlons donc plus. Je ne vous en veux pas. On m'avait bien dit que j'arriverais trop tard, et je sais trop ce qu'on doit à un frère aîné...

Frida se leva vivement et, toute frémissante d'indignation :

— Vous m'outragez lâchement, monseigneur.

— Voilà une parole de trop, mademoiselle de Thalberg, dit le prince Otto, en s'inclinant avec un mauvais sourire.

Quand il se redressa, son frère était devant lui.

— Je te dérange? dit Hermann.

— Pas du tout. Et, tiens! je te la rends, dit Otto en désignant du regard Frida, qui regagnait la porte de la terrasse...

La princesse Wilhelmine, assise au milieu d'un cercle de dames de la cour et de femmes de ministres et de chambellans, avait suivi de loin le manège d'Otto avec Frida de Thalberg. Elle avait vu qu'Hermann les observait de son côté avec une impatience mal contenue, et, lorsqu'il était intervenu, une ombre avait passé sur le calme visage de la princesse royale.

ON DIRAIT QUE VOUS ÊTES TRISTE.

VII

L'immense terrasse, garnie d'orangers où brillaient doucement, ce soir-là, des lanternes jaunes, dominait la partie du jardin royal qui s'étendait vers le fleuve. En face, le miroitement, bleuâtre sous la lune, des cimes rondes d'arbres centenaires. Les branches des marronniers les plus proches touchaient les balustrades de marbre.

C'est là que Frida s'était réfugiée. Appuyée sur la balustrade, elle respirait la fraîcheur de la nuit. Le prince Hermann vint s'accouder auprès d'elle.

D'autres couples, répandus sur la terrasse, s'entrevoyaient çà et là, à la lueur tamisée des lanternes vénitiennes, parmi les antiques orangers, si serrés et si hauts qu'ils formaient des bosquets et des all'ée,

Hermann se tut quelques instantss comme s'il eût craint, en parlant, de rompre un charme. Enfin, il dit à son amie :

— Eh bien, Frida, êtes-vous contente?

— Oui, je suis heureuse, bien heureuse... Vous allez pouvoir faire tant de bien! Comme le peuple va vous adorer! et comme je suis fière de vous appartenir!

Elle le regarda. Il avait posé sa tête sur sa main, d'un air de lassitude.

— Mais vous, monseigneur, on dirait que vous êtes triste. Qu'avez-vous donc?

— Ce que j'ai, Frida? J'ai que je commence à devenir roi, et cela est terrible... Ah! Frida, si vous saviez! Je suis bien sûr pourtant que ce que je veux est juste. Même je me suis mis tout de suite à ma tâche et j'ai fait tantôt, devant Mœllnitz, les gestes de la confiance... Mais déjà je ne suis plus tranquille, et j'ai déjà l'angoisse de ma responsabilité... Oh! n'être pas obligé de découvrir et d'inventer son devoir! n'être qu'une tête dans la foule! ou n'avoir qu'une consigne très claire et très étroite, comme le garde-chasse de notre petite maison d'Orsova! Songez donc! Si j'allais me tromper!... Il faut m'aimer plus que jamais, Frida.

— Plus que jamais? Comment ferais-je? Je suis à vous tout entière, car je vous dois tout... Vous rappelez-vous notre première rencontre, à Paris, chez la comtesse de Winden, qui m'avait recueillie, un peu malgré moi, avec ma pauvre maman?... Vous étiez venu visiter la galerie du comte. Je suis entrée étourdiment, croyant qu'il n'y avait personne dans la galerie, et j'ai été bien effarouchée en vous voyant. Vous avez dit : « Quelle est donc cette petite? »

— Vous êtes sûre, Frida, que je me suis exprimé avec cette irrévérence?

— Oui, oui, j'ai bien entendu. Vous avez dit : « Quelle est donc cette petite? » J'ai été tout de suite rassurée : vous aviez l'air si bon! Le comte a répondu : « C'est une de nos compatriotes. » Alors vous m'avez interrogée, et je vous ai raconté ma vie... C'était long, quoique je ne fusse pas très vieille encore, et c'était un peu bizarre. Vous disiez de temps en temps : « Pauvre petite! » Vous m'avez consolée, vous m'avez ramenée chez mon grand-oncle, puis installée près de vous... près de vous, où je suis si bien! si bien!

— Et vous, Frida, vous rappelez-vous le soir où je vous ai dit pour la première fois que je vous aimais? Il y avait fête au palais, comme ce soir, et c'était, comme ce soir, une mascarade d'hommes chamarrés et de femmes peintes; le mensonge sur tous les visages : mensonge du dévouement ou mensonge du plaisir; et moi-même je venais de faire mon métier de prince, de dire pendant des heures des mots qui mentaient... Je vins seul ici, respirer l'air vierge de la nuit. Je vis une forme blanche accoudée à cette même place. C'était vous. Et de vous retrouver là, de retrouver vos yeux limpides et votre

VOUS ÉTIEZ VENU VISITER LA GALERIE DU COMTE.

cœur sincère au sortir de tout cet artifice d'une fête royale, ce me fut un inexprimable rafraîchissement. C'était comme si la nature bienveillante, me prenant en pitié, vous eût elle-même donnée à moi.

— Je me souviens, je me souviens... Un rossignol chantait tout près de nous... Tenez! là, dans cet arbre. Le vent de la nuit, qui nous apportait l'odeur des roses, semblait l'haleine même de la terre, et, bien que la fête continuât derrière les fenêtres fermées, on eût dit que nous étions seuls, vous et moi, seuls sous le vaste ciel.

— Dès lors, j'ai vécu une vie nouvelle. J'ai porté ma charge plus allégrement : je vous avais ! Au milieu de ce monde si factice et si dur, assujetti à des rites absurdes, vous étiez pour moi la source de joie et de vérité. Et, quoique j'eusse beaucoup étudié et travaillé auparavant, j'ai reconnu que je ne savais rien, car vous m'avez tout appris.

— Je ne suis pourtant guère savante, mon cher seigneur.

— Ne dites pas cela, mon amie. Oui, sans doute, vous n'étiez qu'une petite fille ; mais vous aviez vu le monde beaucoup mieux et de plus près que moi, et avec des yeux plus ingénus. Vous aviez connu la misère et les misérables. Votre vie vagabonde et pauvre vous avait permis d'approcher toutes les conditions sociales, et vous portiez sur toutes choses les jugements hardis d'un cœur droit. Rien qu'en me racontant votre histoire, vous me révéliez la réalité humaine. C'est vous qui, sans le savoir, m'avez suggéré les expériences que j'ai faites alors pour la mieux connaître... Vous m'avez appris la pitié ; du moins, vous l'avez fait descendre de ma tête dans mon cœur. Comment m'acquitter envers vous, mon amie?

Il frôlait de sa manche le bras de la jeune fille. Lentement, elle retira son bras nu.

— Frida ! supplia-t-il.

Sans rien dire, elle se rapprocha, et tous deux, émus jusqu'au fond d'eux-mêmes par ce contact si léger, sensible à peine, regardaient chastement les étoiles.

Mais Frida releva la tête d'un mouvement énergique, comme pour secouer de son front les molles écharpes du rêve :

— Alors, monseigneur, si je vous adressais une prière, j'aurais quelque chance d'être entendue?

— Parlez, mon amie.

— Monseigneur, je vous demande la grâce d'Audotia Latanief.

— La grâce d'Audotia?... Savez-vous ce qu'elle a fait?

— Oui : lors des dernières grèves, elle a promené dans les rues un drapeau noir. Il y a eu, à la suite de cela, quelques bousculades, et le drapeau noir a été rougi du sang d'Audotia. Et elle est en prison depuis trois mois, pour avoir eu pitié de ceux qui souffrent.

— Alors, elle aurait bien dû avoir pitié des pauvres soldats et même des malheureux policiers, qui sont peut-être, eux aussi, des souffrants.

La voix musicale et frêle de Frida devint étrangement vibrante.

— Audotia a pitié de tout le monde. Seulement, elle croit que le règne de la justice ne saurait s'établir sans un peu de violence. Ou, plutôt, elle ne réfléchit pas, elle va où son cœur la pousse. C'est peut-être une folle, comme on l'appelle, mais c'est une grande âme.

— Vous la connaissez donc?

— Je l'ai connue à Paris, au temps de ma pauvreté.

— Vous ne me l'aviez pas dit, Frida.

— J'attendais que vous fussiez tout-puissant. Jamais le roi, même à votre prière, n'eût voulu gracier Audotia Latanief.

— Et vous croyez que moi?...

— Oui, monseigneur, je crois, je suis sûre que vous lui ferez grâce. Elle a été bonne pour moi : c'est elle qui m'a appris à vénérer la mémoire de mon grand-père mort en Sibérie... Je sais bien, moi, qu'Audotia est une sainte. Cette femme, qui ne rêve que bouleversement social, est la douceur, la charité même. Je la vois encore, sous sa robe noire, et je l'entends maudire le vieux monde et en annoncer la destruction de la voix lente et paisible d'une religieuse qui récite ses prières. Elle n'avait rien à elle : elle était la mère des pauvres et la sœur des malades... Enfin, monseigneur, je vous jure qu'Audotia est bonne, bonne comme vous êtes bon, et, bien que le monde des apparences ait mis entre vous deux un abîme, je vous jure qu'au fond vous pensez les mêmes choses, elle et vous.

Hermann hésitait :

— Qu'Audotia Latanief soit ce que vous dites aux yeux de Dieu, je n'en doute plus maintenant, et vous savez bien, Frida, que j'en tiendrai compte... Mais enfin, ce sont les actes que je dois juger, non les âmes, et j'ai des devoirs précis.

— Vous vous plaigniez tout à l'heure d'être obligé de découvrir votre devoir : il n'est donc pas tellement précis, mon cher seigneur.

— Mais songez, Frida, que je ne puis gracier votre amie sans étendre la même faveur aux condamnés de la dernière émeute et que, s'il y a parmi eux des rêveurs et des dupes, il y a aussi des méchants.

— Ceux-ci seront donc sauvés par ceuxà. Peut-être que tous ces malheureux que vous aurez délivrés vous en seront reconnaissants et qu'alors ils sauront attendre de votre bonté ce qu'ils auraient été tentés de revendiquer par la force. Ce que le peuple souhaite et ce qu'il est incapable de réaliser tout seul, — car il n'est pas assez sage ni assez intelligent pour cela, — peut-être qu'un souverain pourrait le faire. Remarquez que cela n'a jamais été essayé avec une entière bonne foi : toujours les souverains qui ont entrepris les réformes ont eu une arrière-pensée, se sont fixé des limites qu'ils ne voulaient point dépasser. Ne serait-ce pas original, mon cher seigneur, de faire ce que nul prince n'a osé jusqu'à présent et d'aller jusqu'au bout de votre charité?

— Et de me supprimer moi-même? fit Hermann en souriant.

— Oh ! non, pas tout de suite, répondit Frida avec ingénuité.

Et, redevenue songeuse et comme attentive à une vision intérieure :

— Après... je ne sais pas...

— Cela vous est donc tout à fait égal que je sois prince, Frida?

— Non, mon ami. Je suis heureuse, au contraire, que vous soyez puissant, que vous occupiez sur terre la place que les hommes envient et honorent le plus. Mais, en même temps... faut-il tout dire?... une chose m'inquiète. Si vous alliez croire que je vous aime parce que vous êtes prince ! Ou bien si, à mon insu, c'était en effet à cause de cela que je vous aime?

Une vraie, une naïve angoisse faisait trembler sa voix. Hermann se serra davantage contre elle. Elle le laissa faire ; elle murmurait :

— Mais non ! Je sens que, si je vous aime, c'est parce que, bien qu'étant prince (elle eut sur ce mot une inflexion d'une malice innocente), vous êtes le meilleur, le plus généreux, le plus doux des hommes et qu'il me semble qu'en vous adorant j'ai l'approbation de tous les malheureux.

— Ah ! petite amie, soupira Hermann, si je pouvais être avec toi, te voir et t'entendre toujours, toujours !...

Mais quelques-unes des ombres qui erraient sur la terrasse passèrent non loin d'eux. Hermann s'aperçut que leur tête-à-tête avait déjà trop duré.

— Écoute, dit-il rapidement, tu es censée m'avoir demandé un congé pour te rendre auprès de ton grand-oncle... Je serai terriblement occupé tous ces temps-ci ; mais, enfin, je saurai bien, sous prétexte de promenade ou de chasse, t'aller retrouver quelquefois dans notre ermitage d'Orsova... Tu recevras chaque fois l'avertissement dont nous sommes convenus. Tu partiras dans quelques jours. Est-ce dit?

— C'est dit... Et Audotia?

— Je fais grâce aux condamnés de la dernière émeute. Ce sera un de mes dons de joyeux avènement.

— Merci, mon cher seigneur. Du plus profond de mon cœur, merci !

Elle prit les mains d'Hermann et les baisa avec emportement.

Que d'effusion, mademoiselle de Thalberg !

Depuis quelques instants, secrètement inquiète de la disparition de son mari, la princesse Wilhelmine, sous prétexte de venir respirer l'air frais de la nuit, était venue explorer la terrasse, et, ayant découvert ce qu'elle cherchait, elle s'avançait, la tête haute, dans son immuable sérénité.

— Mademoiselle de Thalberg, dit Hermann, croit avoir à me remercier. Elle me priait de l'excuser auprès de vous de son incorrection de tantôt. Je lui ai promis de le faire.

— Il suffisait qu'elle s'en excusât elle-même, dit sèchement Wilhelmine.

— Elle me priait aussi de vous demander pour elle un congé de quelques mois, qu'elle désire passer chez son grand-oncle, le marquis de Frauenlaub.

Soulagée du soupçon qui commençait à la tourmenter, la princesse demanda d'un ton plus doux :

— Était-il nécessaire qu'elle s'adressât à vous pour cela?

Hermann prit un air détaché :

— Elle est, comme vous savez, timide et un peu sauvage. A tort ou à raison, je lui fais peur moins que vous parce qu'elle me connaît depuis plus longtemps, et elle a pris l'habitude de recourir à moi dans les grandes circonstances. Soyez tranquille : je l'ai très fort grondée pour son manque de tenue. Enfin, madame, comme je suis sûr de son bon cœur et que j'ai vu son repentir, je vous demande de lui pardonner et de faire droit à sa requête.

— Je ne vois aucun inconvénient, aucun, à ce que mademoiselle de Thalberg s'absente pendant quelques mois, dit la princesse, accentuant à peine l'ironie de sa réponse.

— Je remercie Votre Altesse royale, dit Frida avec une longue révérence.

Quand elle se fut éloignée :

— Vous êtes bien sévère pour cette jeune fille, dit le prince.

— Seriez-vous jalouse? demanda-t-il.

— Ne vous moquez pas, Hermann. Je sais bien qu'il suffit que Frida soit la petite-fille d'un révolutionnaire et la fille d'un fou pour trouver grâce à vos yeux.

UN OFFICIER LUI REMIT UNE DÉPÊCHE...

— Et vous, bien indulgent.

Hermann sourit. Il venait de jouer un rôle, et, justement parce que la dissimulation lui était peu naturelle, il éprouvait le maladroit besoin de prolonger inutilement la comédie.

Et, si ses incartades même d'enfant mal élevée vous amusent, je ne m'en irrite point, car je vous connais... Mais d'autres vous connaissent moins. Votre longue disparition de ce soir prête à des commentaires fâcheux, et j'aurais été plus heureuse, je l'avoue, que le nouveau roi semblât se soucier un peu plus de la première fête qui marque son avènement.

Oh ! l'air dont elle dit cela ! l'air des Altenbourg, encore, toujours ! Hermann était d'ailleurs furieux contre lui-même d'avoir menti tout à l'heure, plus furieux contre celle qui l'avait contraint à mentir et qui s'était permis ensuite de traiter sa petite amie d'« enfant mal élevée », et cela sans qu'il pût protester contre cette sotte appréciation. Il reprit durement :

— Je ne pensais pas, madame, qu'il vous parût utile de revenir si tôt sur notre dernière explication. Je désire être le seul juge, le seul, entendez-vous? de mon devoir royal et des convenances de mon rôle.

— Oh ! Hermann ! dit la princesse douloureusement en joignant ses mains, étroites comme des mains de reine de vitrail, longues comme des « mains de justice ».

Elle songeait, remordue de l'ancien soupçon : « Cette petite fille vous tient donc bien au cœur? » Et peut-être allait-elle le dire tout haut, quand ils sentirent autour d'eux, propagé des salons à la terrasse, un grand frémissement de curiosité. Tout aussitôt, un officier s'approcha d'Hermann et lui remit une dépêche « très importante et très pressée ». Hermann rentra dans le salon des princes, suivi d'un bruissement d'attente, et ouvrit la dépêche.

Les danses avaient cessé. L'orchestre même se taisait. Le cercle des hauts fonctionnaires et des ambassadeurs s'était resserré autour d'Hermann, et, par les portes ouvertes sur les autres salons, les têtes charmantes des femmes se pressaient, un peu anxieuses.

— Messieurs, dit Hermann, la révolution d'Angleterre est chose accomplie. La nouvelle Chambre des communes a proclamé la République des États-Unis de la Grande-Bretagne. Lord Sheffield est élu Protecteur.

La nouvelle n'était pas tout à fait inattendue. Des échecs en Asie, une crise commerciale à l'intérieur, une révolte de l'Irlande, et, parmi ces désastres publics, la cynique insouciance du roi George avaient détaché le peuple anglais de son loyalisme traditionnel en achevant de lui démontrer l'inutilité de la fiction monarchique. Sur ces entrefaites, le roi George avait été assassiné par un Irlandais fanatique. Son plus proche parent était le petit duc Édouard, un adolescent vicieux et déjà publiquement déshonoré. Les élections s'étaient faites sur la question constitutionnelle. Toutefois, la question avait été fort embrouillée par les polémiques de la presse, et, la veille encore, les sentiments de la majorité de l'Assemblée ne pouvaient être prévus avec assurance.

« La révolution ! la république ! » Il

ON A COURTOISEMENT EMBARQUÉ LE DUC...

n'y avait presque personne dans la fête pour qui ces mots ne fussent des épouvantails. La république, la révolution, c'était la bataille dans la rue, les fusillades, les massacres, le pavé rouge de sang, le désordre, l'anarchie. Quelle pitié! Des exclamations s'élevaient de la foule élégante : « Les misérables!... Pauvre prince !... Pauvre pays !... »

Hermann reprit :

— Rassurez-vous, messieurs. Pas une goutte de sang n'a été versée. L'opinion publique a sanctionné le vote de la Chambre des communes. Le duc Édouard n'a couru aucun danger. On l'a courtoisement embarqué pour le continent. Sa liste civile lui a été maintenue.

Ce fut une stupeur, puis un redoublement de colère. Ainsi cette révolution n'avait pas même été sanglante ! Cette absence de violences était pire que tout. Où va le monde si les révolutions y deviennent légales? Pourquoi n'avait-il pas résisté, ce petit duc? Pourquoi n'avait-il obligé personne à se faire tuer pour lui? Sourdement, on l'accusait de mollesse, quelques-uns de lâcheté. Des uniformes murmuraient : « Attendons ! » rêvant de futurs désastres pour ce pays scandaleux où les choses avaient le front de se passer si tranquillement.

— Très curieux, n'est-ce pas? dit Hermann à mi-voix en se tournant vers l'ambassadeur de la République française. L'Angleterre vient d'inventer, ou presque, une nouvelle espèce de révolutions : celles où les peuples seront polis et les princes résignés. Une révolution ne sera plus qu'une lutte de courtoisie entre les vainqueurs et les vaincus. Les coups de chapeau y remplaceront les coups de fusil. Cela est d'un excellent augure.

Il essayait de rire, un peu nerveux pourtant.

Les danses ne purent reprendre. La fête était finie.

VIII

Arrivée à la gare de Marbourg-nord, où elle était censée prendre le train de Birsen (le marquis de Frauenlaub habitait aux environs de cette ville), Frida se mêla un instant à la foule dans la salle des Pas-Perdus, redescendit dans la cour, échangea un signe d'intelligence avec un vieux cocher à grosse moustache grise et monta dans sa voiture.

La nuit approchait. Quand la voiture eut franchi la zone fuligineuse et triste des cheminées d'usine et des terrains vagues, elle entra dans une grande plaine tachetée de bouquets d'arbres et toute veloutée par la douceur du soir.

Et Frida se souvint.

Cette plaine lui en rappelait d'autres, très loin, là-bas, en Courlande, où elle avait passé son enfance. Un vieux château au milieu des bruyères, des bois et des étangs. Sa mère, la comtesse de Thalberg, passait les journées, étendue sur une chaise longue, à lire des romans français. Son père était presque toujours à Pétersbourg. Frida avait su depuis qu'il y menait une « fête » effrénée et morne, jouant un jeu de fou, et que c'était pour cela que l'immense domaine diminuait tous les ans de quelques fermes vendues.

Frida, abandonnée aux soins des serviteurs, vivait dehors, dans les champs, parmi les moujiks. Ils étaient ses amis; ils l'adoraient à cause de sa pâle beauté diaphane de madone-enfant et de sa bonté de petite fille élue.

Une petite mendiante sans parents, Annouchka, de deux ou trois ans plus âgée qu'elle, s'était éprise pour Frida d'une passion absolue, d'un amour obéissant de bon chien. Maigre, criblée de taches de son, les yeux luisants à travers des cheveux en broussailles, les pieds nus, traînant des haillons sans couleurs, ce qu'Annouchka avait de mieux c'était une grande bouche meublée de petites dents courtes qu'elle montrait continuellement. Oh! les bonnes parties que Frida avait faites avec ce guenillon ! Quand il faisait trop mauvais temps, les deux petites filles se réfugiaient dans les greniers. Il y avait de vieux livres jetés dans un coin. C'était la *Vie des Saints*, des volumes dépareillés de Gogol, un vieux petit livre à tranches rouges, qui contenait des anecdotes traduites du français sur le XVIIIe siècle. La plus belle commençait ainsi : « Au temps où madame de Pompadour régnait sur la France... » Frida lisait tout haut. Roulée à ses pieds, en boule, Annouchka l'écoutait avec extase...

UNE PETITE MENDIANTE...

Puis Frida tombait malade : la petite vérole, la fièvre, le délire... Et la seule vision qui lui était restée de tout cela, c'était Annouchka à son chevet, remuant des tisanes, Annouchka accroupie par terre, Annouchka à cheval sur le petit lit, tenant les mains de son amie, doucement et pourtant de toutes ses forces, et l'empêchant de se gratter la figure. On avait dit à Annouchka que, si la malade se grattait, elle deviendrait laide, et la petite sauvage veillait sur la beauté de sa maîtresse, comme un gnome sur un trésor.

Le jour où Frida commençait à aller mieux (c'était en mai, et il y avait des rais de soleil sur la couchette), Annouchka apporta des brassées de fleurs et des balles de coucou. Les deux amies jouaient à se jeter ces balles. Frida était si faible encore qu'elle les laissait souvent tomber; Annouchka les ramassait dans les coins, sous les meubles, avec une agilité de chat; et cela amusait la convalescente.

Au sortir de sa longue maladie, la madone-enfant se retrouvait plus proche de sa compagne et presque aussi simple qu'elle. Très gravement, les petites échangeaient leurs souvenirs :

— Te rappelles-tu, Annouchka?

— Oh ! oui, mademoiselle.

Maintenant, c'était Annouchka qui se rappelait le mieux les belles histoires du grenier, et c'était Frida qui les lui demandait et qui écoutait à son tour.

— Et cette autre, Annouchka, tu sais bien... où ça parlait de madame de Pompadour...

Et Annouchka commençait :

— Au temps où madame de Pompadour régnait sur la France...

Un jour, Annouchka ne vint pas. En soignant sa jolie maîtresse, elle avait pris son mal. Elle mourait quelques jours après.

Frida pleura longtemps l'humble camarade qui lui avait donné sa vie. Comme elle était déjà, à neuf ans, très réfléchie et très singulière, elle comprit ce qu'il y avait d'admirable dans ce naïf sacrifice. Elle se promit d'être toujours bonne pour les pauvres gens, de leur rendre, par tous les moyens qui seraient en elle, ce qu'elle avait reçu de l'enfant vagabonde au grand cœur. L'impression lui resta, ineffaçable, des puissances de dévouement et d'abnégation que recèle souvent l'âme de ceux qui, ne possédant point de biens de la terre, n'en sont pas possédés. Déjà, elle s'habituait à comparer la simplicité de cœur de ses amis les moujiks (elle les croyait tous bons) à l'orgueil et à la sécheresse des gentilhommes et des dames qui venaient, de loin en loin, visiter sa mère et devant qui elle se sentait toute gênée. Ainsi la mémoire de son amie la pauvresse sanctifiait Frida. Elle se savait jolie; mais cette beauté, pour laquelle une autre était morte, elle s'appliquait à s'en détacher. Elle répudia dès lors toutes les habiletés de la coquetterie féminine, et son étrange pouvoir de séduction s'accrut d'autant.

A cette époque, deux catastrophes soudaines bouleversaient la maison de Thalberg.

Le grand-père de Frida, le prince Kariskine, impliqué dans une conspiration nihiliste, — coupable seulement, en réalité, d'une complicité sentimentale et qui s'arrêtait fort en deçà du consentement à la « propagande par le fait » — était envoyé en Sibérie. Ce grand-père, Frida avait souvent entendu sa mère parler de lui, avec un respect mêlé d'inquiétude et de blâme, comme d'un homme excellent, mais occupé de choses secrètes et dangereuses, comme d'un « rêveur ». Un « rêveur », elle ne savait pas bien ce que cela voulait dire, mais elle devinait que cela devait signifier quelque chose de distingué et de généreux. Deux ou trois fois, le prince Kariskine était venu à Thalberg... Frida l'avait aimé à cause de sa belle barbe blanche et des histoires qu'il contait. Une fois, il avait emmené Frida et Annouchka faire avec lui une longue promenade. Et, comme Annouchka baisait à chaque instant les mains de sa jolie maîtresse, qui se laissait faire indolemment, habituée à cette adoration, le grand-père avait dit :

— Pourquoi n'embrasses-tu pas ton amie?

Et Frida avait embrassé Annouchka, en s'efforçant un peu.

En même temps que le prince Kariskine était condamné, la ruine du comte de Thalberg se consommait : on vendait les restes du domaine. Le comte laissait à sa femme et à sa fille cinquante ou soixante mille roubles. Et il s'en allait en Amérique, pour y chercher fortune.

La comtesse supportait ces désastres assez tranquillement, protégée et comme étoupée par sa mollesse de nature. Elle s'installait à Pétersbourg dans un petit appartement, retrouvait quelques parents, d'ailleurs peu empressés, retombait bientôt dans son inertie de dormeuse et de liseuse de romans. Mais Frida étouffait : elle regrettait sa libre vie et ses amis les moujiks. Puis un irrésistible désir s'emparait d'elle : revoir, ne fût-ce qu'une fois, son grand-père. Elle ne pensait qu'à lui; elle se le figurait chargé de grosses chaînes et couché sur la paille dans un trou noir, comme les prisonniers des contes et des mélodrames, et le cœur de l'enfant se gonflait d'un amour et d'une pitié qui lui faisaient mal, affreusement mal. Elle en dépérissait. Elle insista si longtemps et si fort que la comtesse moins par piété filiale que par l'incapacité de résister à de continuelles supplications, séduite aussi peut-être par la couleur romanesque de la démarche, demanda et obtint la faveur d'aller visiter son père à la maison de force.

Si elle avait su ! Frida avait voulu partir sur-le-champ, malgré la saison. Oh! le dur et interminable voyage ! Les journées et quelquefois les nuits passées dans le glissement muet des traîneaux ou le cahotement de primitives charrettes, à travers l'infini blême des steppes, où semblait s'appuyer un ciel bas et roux ! Les heures d'attente dans les tourbillons de neige, la menace des loups faméliques, les misérables gîtes dans de petites villes noires, en bois et en briques, aplaties le long des grands fleuves obstrués de glaçons !... L'enfant paraissait ne rien sentir, l'âme tendue tout entière au but du voyage. Mais, un jour, elle tombait malade en route. Elle fut recueillie dans une hutte isolée de Kirghiz. L'homme chassait les martres; la femme portait le produit de la chasse à la ville la plus proche, qui était à trente verstes de là, et, à la belle saison, menait paître trois chèvres dans les plis de terrain où un peu d'herbe essayait de pousser. Cette femme s'éprit d'une subite tendresse pour cette petite étrangère jetée là par le hasard et que, guérie, elle ne reverrait jamais plus, et elle la soigna avec une maternelle passion; cependant que la comtesse, tapie sous des peaux dans un coin de la hutte, lisait un roman de Gaboriau. Encore une Annouchka que cette pauvresse kirghize ! De quel cœur, en la quittant, Frida l'avait embrassée, la bonne sauvage !

La fin du voyage fut plus facile, car le printemps était venu, un printemps d'extrême Nord, soudain et presque brutal, et bientôt brûlant comme un été. Après des stations dans les bureaux de la petite ville voisine, Frida et sa mère étaient conduites à la maison de force. Une haute palissade formée de pieux énormes, carrée, sur un plateau nu. A l'intérieur, de longues constructions de bois, très basses, dans une vaste cour; çà et là, des sentinelles en marche, l'arme sur l'épaule. Les visiteuses furent introduites dans une cahute en planches, à côté de la poterne. Un soldat amena le prince Kariskine.

OH! LE DUR ET INTERMINABLE VOYAGE !

Frida se jeta dans ses bras :

— Ah! mon grand-père ! mon cher grand-père !

Le prisonnier effleura à peine le front de l'enfant. Il n'avait pas soixante ans quand il était arrivé à la maison de force : il en paraissait maintenant quatre-vingts. Une année de Sibérie avait fait de lui une loque humaine. Ses yeux étaient morts, sa barbe jaune comme celle d'un vieux pauvre. Tandis que la comtesse, oubliant de le questionner sur lui même, lui faisait, d'une voix molle, le récit bavard des incidents du voyage, Frida considérait le vieillard avec un effarement douloureux, regardait sa veste et son pantalon de gros drap, moitié gris et moitié bruns, et remarquait que ce qui lui restait de cheveux était rasé d'un côté. Et une question lui montait aux lèvres, une question qu'elle ne put enfin retenir :

— Grand-père, dit-elle, vous n'avez donc pas de chaînes?

Le vieillard prit la main de l'enfant et lui fit tâter, sous les jambes de son pantalon, quatre tringles épaisses réunies entre elles par trois anneaux, et, d'une voix sourde et basse et comme déshabituée de la parole, il lui expliqua comment à l'anneau central s'attachait une courroie, nouée par l'autre bout à une ceinture bouclée sur la chemise.

Et, tout à coup, Frida éclata en sanglots Et, devant cette douleur d'enfant, le vieux Kariskine sentit ses yeux taris se mouiller et se rouvrir dans son cœur, sous le bloc de désespoir morne dont il avait cru la sceller, la source des tendresses. Il serra sa petite-fille contre sa poitrine et, sanglotant avec elle, il la couvrit longtemps de baisers.

— Ah ! ma chérie ! gémissait le pauvre homme, pourquoi es-tu venue? Pourquoi es-tu venue, petite Frida?...

Cette scène décida de tout l'avenir moral de mademoiselle de Thalberg. Aux yeux de la petite fille ignorante, qui savait seulement que son grand-père était bon et qui ne concevait même pas comment il pouvait être coupable, les mots de « gouvernement », de « pouvoirs politiques » signifièrent, dès lors, une force injuste et oppressive, qu'elle se mit à haïr de toute son âme. Et, plus tard, quand elle ne fut plus une enfant, elle garda une instinctive prévention contre toute autorité, une tendance à confondre dans une même haine les rois, empereurs ou gouvernants et les « méchants » qui avaient tant fait souffrir son grand-père.

Un an après le voyage à la maison de force, la comtesse de Thalberg habitait une triste petite ville du nord de la Prusse, où elle avait été appelée par une amie. Frida suivait des cours dans un pensionnat fréquenté par des filles de hobereaux, de magistrats et d'officiers. Là, pour la première fois et à sa grande surprise, le charme qui était en elle et qui, sans efforts, lui gagnait les cœurs, cessa brusquement d'agir. Les maîtresses, protestantes rigides, se défiaient de cette élève rêveuse qui était sans doute exacte à tous ses devoirs, mais en qui elles devinaient une indiscipline secrète, une pensée qui leur échappait. La délicatesse de sa beauté et la vivacité de son intelligence excitaient la jalousie de ses compagnes. Peut-être

UN SOLDAT AMENA LE PRINCE KARISKINE.

ces fillettes, un peu lourdes, lui auraient-elles pardonné et même auraient-elles subi sa grâce si Frida avait eu l'esprit fait comme elles ; mais la nouvelle venue les irritait, sans le savoir, par de précoces libertés de jugement, des moqueries de jeune barbare sur les « convenances aristocratiques et bourgeoises, sur celles même qui leur semblaient le plus considérables. Toutefois, on la laissait à peu près tranquille, par égard pour sa naissance et son rang, et l'antipathie générale qu'elle inspirait n'allait pas jusqu'à la persécution.

Mais, un jour, cela changea. Les élèves se chuchotaient un secret ; une conspiration s'organisait sous la direction d'une robuste rougeaude de douze ans, fille d'un président de tribunal. C'était en hiver ; la neige était épaisse. On s'amusa d'abord à édifier une forteresse de neige dans la cour de récréation. Frida, sans défiance, prit part à ce travail. Quand il fut terminé, la rougeaude poussa brutalement Frida dans la forteresse :

— En Sibérie, la nihiliste ! En Sibérie !

L'enfant résista. Les fillettes féroces, avec une lâcheté de foule, l'envoyèrent rouler dans la neige.

— En Sibérie ! comme son grand-père !

Elles avaient su que Frida était la petite-fille du prince Kariskine. Et toutes ces petites Poméraniennes râblées, rejetons de fonctionnaires et de gendarmes, poussées d'un instinct héréditaire et excitées comme si déjà elles sauvaient, elles aussi, la société, poussaient, bousculaient l'enfant fragile, la criblaient de boules de neige méchamment pétries.

Frida ne résistait plus. Blottie contre le mur, elle attendait, avec une patience farouche, la fin de son supplice. Elle eut une minute singulière. Les yeux fermés, la tête enfouie dans son châle de laine et protégée par ses deux bras, immobile sous la mitraille de neige, elle songea qu'elle était, en effet, « comme son grand-père », qu'elle était persécutée, comme lui, parce qu'elle avait une âme différente des autres et des pensées inconnues de ceux qui forment, en tous pays, la « société régulière ». Elle s'exaltait dans un sombre orgueil. Une insurgée s'ébauchait en elle. A travers l'immensité des steppes, elle communiait avec l'aïeul qui souffrait là-bas, dans la maison des morts, et, de loin, elle lui envoyait un grand baiser d'amour...

... La comtesse et sa fille quittèrent la ville, et, dès lors, elles menèrent en Allemagne, en Autriche, en Italie, une vie déracinée de cosmopolites. Madame de Thalberg devenait incapable de se fixer, de se faire un foyer ; elle n'en éprouvait même plus le besoin. Sa paresse ambulante aimait à rouler par les chemins, trouvait un plaisir dans cette existence sans attaches, dans cette vie de sleepings et d'hôtels, dont le spectacle changeant la défendait de l'ennui et qui, la dispensant de tout devoir et de tout souci d'intérieur, lui ménageait juste ce qu'il faut de *home* pour lire, dormir et rêvasser.

Ce vagabondage international avait pour Frida un double effet. D'une part, l'enfant s'élevait elle-même, se développait sans contrainte, ignorait les préjugés et les conventions que comportent la vie sédentaire et le classement dans une société assise ; elle recueillait peu à peu, sur le vaste monde et les divers aspects de l'humanité, des notions éparses et incomplètes, mais variées et sincères ; elle prenait l'habitude de ne s'étonner de rien. Mais, d'autre part, ces continuels déplacements lui interdisaient les longues et sérieuses affections, ne lui permettaient que de superficielles relations avec des errants comme elle ; le provisoire des malles jamais entièrement défaites ne lui laissait pas le temps de donner son cœur, soit à une personne, soit à une idée. Et ainsi une puissance d'aimer s'accumulait inemployée, chez cette tendre petite fille et l'agitait d'une vague inquiétude...

Cette façon de vivre avait rapidement dévoré les soixante mille roubles de madame de Thalberg. Les deux femmes avaient eu des heures difficiles, notes impayées, bijoux engagés. La comtesse opposait à tout une inaltérable insouciance. Et, d'ailleurs, aux moments les plus désespérés, des sommes arrivaient d'Amérique, quelquefois assez fortes, envoyées par le comte, dont les affaires prospéraient.

Même, un jour, il écrivait aux deux femmes que, s'étant refait une fortune suffisante, il se disposait à rentrer en Europe, et il les priait de l'attendre à Marseille.

Elles l'y attendaient depuis deux mois, quand une lettre leur annonça que le comte venait d'être subitement ruiné par un krach et que tout était à recommencer.

... Nice, Monaco, Monte-Carlo... C'est l'époque dont Frida se souvenait avec le plus d'amertume. Elle avait alors seize ans. La comtesse se mit à la montrer, n'ayant plus de ressource que dans le mariage de sa fille. Promenée dans cette société de joie où se mêlent les mondains, les hommes d'argent, les aventuriers et les femmes déclassées, Frida vit de plus près et détesta la sottise et la dureté des gens de plaisir. Elle crut de bonne foi que ce qu'on appelle « le monde », c'était cela. Puis, comme elle était belle et qu'on la soupçonnait pauvre, elle eut à subir des hommages dont elle ne devina pas tout de suite la nature ; elle eut à repousser des offres ignobles de vieux, des assauts de rastaquouères et même, une fois, des tentatives de mains brutales. Et cela la dégoûta pour longtemps de rêver d'amour.

Cependant l'argent allait manquer ; le comte ne donnait plus de ses nouvelles. Frida entraîna sa mère à Paris, refuge des misérables.

Bien qu'il ne leur restât qu'une fort petite somme, elles descendirent dans un *family-hotel* du quartier des Champs-Élysées. Elles perdaient un mois dans une attente désorientée, à chercher des leçons de piano ou à faire des visites à des compatriotes découverts dans le *Tout-Paris*. Visites inutiles, parfois humiliantes, d'où elles ne remportaient que des promesses ennuyées ou de sèches aumônes. Il faut dire que, leurs bijoux partis et leur garde-robe vendue, elles prenaient insensiblement une mine d'aventurières pauvres.

Elles louaient alors une chambre dans un très modeste hôtel meublé des Batignolles.

ELLE EUT A REPOUSSER DES OFFRES IGNOBLES...

Du premier coup, Frida s'était trouvée prête à cette indigence qui succédait si brusquement aux trains de luxe et aux riches hôtels cosmopolites. Elle s'était mise à faire la cuisine, à raccommoder les robes et le peu de linge qui restait aux deux femmes. A présent, elle économisait leur dernier argent, l'argent d'une plaque de commandeur de l'ordre de Saint-Vladimir, un vénérable bijou donné jadis à sa petite-fille par le prince Kariskine. Même, pour que la comtesse oubliât les heures, elle avait trouvé moyen de l'abonner, sur leurs derniers sous, à un cabinet de lecture...

Mais vint un jour où les deux femmes pâtirent de la faim. Tandis que la comtesse, tassée dans un coin de la mansarde sous une fourrure pelée, s'absorbait dans la lecture des *Mystères de Paris*, Frida descendit dans la rue, errant à l'aventure. La nuit tombait. Des passants l'abordèrent avec des paroles insultantes... Elle eut un suprême soulèvement de tout son être contre cette société où l'on peut mourir de dénuement sans que personne s'en doute ni s'en soucie et où elle savait que, sa fierté le lui eût-elle permis, elle ne pouvait, étant belle, tendre la main sans être outragée... Et sous sa haine sourdait une espèce de joie mystique à se sentir la sœur ignorée de tant d'autres victimes, à songer que sa détresse particulière accroissait pour sa part la dette atroce du vieux monde et contribuerait sans doute à hâter l'œuvre d'une Justice cachée qui se réserve, mais qui n'oublie rien et qui dresse ses comptes... Ces bizarres idées s'agitaient confusément en elle... Elle se rappelait des choses : les petites bourgeoises allemandes qui l'avaient lapidée de neige durcie, et le martyre de son grand-père, et les famines de paysans dont elle avait entendu parler dans son enfance... Et, se croyant près de mourir, tout son cœur défaillant sombrait dans une immense pitié amère pour l'innombrable et sainte assemblée des souffrants de tous les pays et de tous les siècles...

Ses forces s'en allaient. Les jambes molles, les tempes bourdonnantes, elle regagna la maison.

Dans l'escalier, elle rencontra une femme en noir, qui se rangea pour la laisser passer.

Cette femme était laide, avec un air de bonté qui faisait aimer sa figure. Elle ressemblait à certaines vieilles religieuses vulgaires et bouffies, sans âge, mais dont

CETTE FEMME ÉTAIT LAIDE, AVEC UN AIR DE BONTÉ...

les yeux et toute l'allure expriment la certitude et la charité.

Frida montait péniblement, en s'accrochant à la rampe. La femme en noir la considéra un instant ; en trois enjambées, — des enjambées d'homme ou de cantinière, — elle la rejoignit sur le palier et lui mit brusquement dans la main une pièce blanche, en murmurant d'une grosse voix très douce :

— Je vous en prie ! Je vous en prie !

Et elle redescendit, sans donner à la jeune fille le temps de lui répondre.

C'était Audotia Latanief. Impliquée, huit ans auparavant, dans l'affaire qui avait valu au prince Kariskine sa déportation en Sibérie, elle s'était réfugiée à Paris, où elle travaillait « pour la cause ». Elle habitait la même maison que Frida ; elle y occupait deux petites pièces garnies de meubles d'ouvrier et de piles de brochures et de journaux entassés le long des murs.

Le lendemain, Frida, qui s'était informée, vint remercier sa bienfaitrice. Elle lui conta son histoire. Audotia, en dépit de son cosmopolitisme, ne put apprendre sans émotions que Frida était sa compatriote. Et, quand elle sut de qui Frida était la petite-fille, elle l'embrassa maternellement.

— Mon enfant, dit la vieille révolutionnaire, je parlerai de vous à la duchesse.

Une récente amie d'Audotia, cette inquiète et théâtrale duchesse de Montcernay, dont les fantaisies généreuses occupaient tout Paris. Très supérieure par les sentiments à la vie de luxe, de représentation mondaine, de préjugés décents et de bienfaisance tempérée, bref, à toute la pauvre vie de grande dame que son nom et sa fortune semblaient lui imposer, elle n'avait pu s'y tenir longtemps. Elle avait commencé, un peu banalement, par « encourager les arts » et avait fait elle-même de médiocres tableaux et d'assez méchants vers; puis elle avait bravement sacrifié quelques millions dans de vagues entreprises de politique sentimentale et de démocratie évangélique. Enfin, elle s'était ruée dans la philanthropie, bâtissant des orphelinats et des maisons de retraite d'une tenue et d'un aménagement aussi coûteux que les écuries de courses d'un lord et où chaque tête de gueux représentait cinq mille francs de rente. Mais, d'autre part, elle tenait à payer de sa personne, contenta chaque matin son besoin d'émotion en visitant elle-même, son coupé attendant à la porte, les maisons de misère, et c'était au chevet d'une femme d'ouvrier qu'Audotia l'avait rencontrée.

— Elle est mon amie, disait Audotia. Elle n'accepte pas la vérité tout entière, mais elle a bonne volonté.

... Soit par la protection de la duchesse, soit par les démarches d'Audotia, qui, toujours dehors, menait la vie la plus activement mystérieuse et avait, on ne sait comment, des relations dans tous les mondes, Frida trouva enfin quelques leçons d'allemand et de piano, tout juste de quoi vivre. Elle connut les courses d'un bout à l'autre de Paris, les petits pains broutés en marchant, les bottines crottées, le méchant waterproof inondé par les gouttières du parapluie, et les attentes aux stations d'omnibus. Elle fut plus que résignée ; elle était fière de travailler, et, de plus en plus, toutes les impressions qui lui venaient du dehors se transformaient chez elle en mouvements de compassion et de charité. Dans la foule qui remplit les omnibus et les tramways, de pauvres figures la faisaient longtemps rêver ; elle devinait, à l'inspection des traits et des manières et reconstituait des existences d'humble labeur et de sacrifice et, remuée par ses propres imaginations, silencieusement elle se fondait en sympathie pour ces inconnus. Et, comme, dans ces coudoiements de rue et de voiture publique, tout le monde était, à l'occasion, bon et obligeant pour elle à cause de sa grâce et de son joli visage, elle s'émerveillait de trouver le peuple si doux.

En même temps, elle s'éprenait pour Audotia d'une affection passionnée. Et, de son côté, la voyant si ingénue, si vaillante et si fragilement belle, Audotia se mettait à l'adorer. Et, dans cette tendresse, il y avait de la maternité et du respect, quelque chose des sentiments du grand prêtre pour le petit roi Joas ou d'un vieux religieux pour un jeune novice dont il attend beaucoup, comme si, en effet, la vieille socialiste eût peu à peu conçu la pensée de former Frida pour de grandes choses.

Un matin, les journaux annoncèrent la mort du prince Kariskine. Quelques jours après, Audotia dit à sa jeune amie :

— Venez avec moi ce soir.

Elle la conduisit dans une réunion publique où l'on devait délibérer sur les mesures à prendre pour le prochain anniversaire du 18 Mars. Mais le véritable objet de la réunion était de prononcer et d'entendre des paroles généreuses et violentes, pleines de colère et de rêve...

Audotia prit la parole. Avec une éloquence de sermonnaire, une diction monotone et chantante qu'une flamme intérieure échauffait graduellement, elle fit une sorte d'oraison funèbre du compagnon Kariskine. Elle dit sa vie et les sacrifices qu'il avait faits à la cause ; elle raconta ses souffrances dans la maison de force. « Or, quel était son crime, compagnons ? » Et elle énuméra ses vertus : elle dit son humanité, sa simplicité, sa douceur enfantine ; elle cita des anecdotes, et, tout à coup :

AUDOTIA PRIT LA PAROLE...

— J'en atteste sa petite-fille, ici présente !

Tous les yeux se tournèrent vers Frida, assise près de l'estrade, sur l'une des banquettes latérales. En robe noire tout unie, couronnée de sa chevelure rousse flambante, la bouche entr'ouverte sur ses petites dents, elle avait sur son fin visage la lueur des émotions profondes. Des larmes descendaient de ses yeux pâles, et elle ne savait pas si elle pleurait de douleur en pensant à son grand-père ou de joie à se sentir aimée de tous ces cœurs à la fois...

Audotia la mena à d'autres assemblées ; non point à celles où elle prévoyait des luttes ou des explosions trop fortes de bêtise ou de férocité, mais seulement aux réunions qui ressemblaient un peu à des cérémonies religieuses et où il s'agissait d'honorer des martyrs ou de célébrer des anniversaires. D'ailleurs, le vague des doctrines d'Audotia lui permettait d'être également à tous les partis révolutionnaires, et tous l'appelaient à leurs assises, parce qu'elle était pour tous la voix qui entraîne, qui maudit, qui bénit, qui exalte et réchauffe, qui fête les saints et qui solennise les souvenirs, la prêtresse officiante et la prophétesse...

Frida se plaisait dans ces réunions. Au commencement, la grossièreté de plusieurs de ses nouveaux frères, l'odeur, les mains noires, les barbes douteuses avaient mis sa délicatesse à une assez rude épreuve. Mais elle s'était fait honte de sa répugnance comme d'un sentiment bourgeois et bas : elle s'était contrainte à aimer les misérables tels qu'ils sont. Cet effort était servi par un optimisme candide et infini et par le don précieux de ne voir et de ne reconnaître le mal et la laideur que lorsqu'il n'y avait vraiment pas moyen de faire autrement. Si, par hasard, elle découvrait, malgré elle, qu'il y avait parmi les compagnons bien des brutes méchantes, elle songeait : « Ce n'est pas leur faute, ils sont si malheureux ! » Mais elle n'était que peu exposée à ces cruelles découvertes. Car sa grâce agissait à son insu, même sur les plus grossiers et les plus stupides : on se surveillait devant elle, on l'entourait d'égards à cause de son grand-père le martyr ; elle était populaire dans les clubs ; elle était la petite vierge charmante de la revendication sociale et elle jouissait innocemment de cette gloire.

Le monde révolutionnaire lui apparaissait donc comme une idyllique assemblée de frères. Elle croyait chaque jour davantage à la bonté des pauvres. Des théories exposées dans les clubs elle ne retenait que ce qui pouvait servir d'aliment à sa crédule générosité. Collectivisme, possibilisme, communisme, anarchisme même, elle n'était point troublée par la contradiction des doctrines ; elle ne voyait que ce qu'elles avaient de commun : un rêve de société fraternelle et juste. Et ce qui la séduisait dans la cité future, c'était précisément ce qu'elle contenait de chimère morale : c'était qu'elle ne pût s'établir et subsister sans une immense bonne volonté de tous les hommes. Et parce que Frida était capable, pour sa part, des vertus qui seules eussent rendu cette utopie réalisable, elle la croyait réalisable en effet. Rêve d'égoïsme brutal chez la plupart des « compagnons », le socialisme était pour elle un rêve de sacrifice.

Ce qui l'attirait aussi, c'était ce qu'il y a de religieux dans l'état d'esprit créé par la foi socialiste chez les hommes qui ne sont pas méchants. Car c'est bien une foi. Frida était parfaitement insensible aux objections. Comment ces choses rêvées arriveraient-elles ? Elle ne savait ; mais ces choses *devaient* arriver. Les plus savants disaient : « C'est la loi de l'évolution », comme on dit dans d'autres religions : « C'est la volonté de Dieu ». La disposition d'âme des communistes vertueux n'est peut-être pas fort différente de celle des premiers chrétiens, quand ils attendaient une cité de Dieu terrestre et croyaient à son proche avènement, quoique le monde romain opposât assurément autant d'obstacles à leur songe que notre monde peut en opposer au songe des révolutionnaires.

Outre la foi et l'espérance, Frida retrouvait un culte. Les cérémonies des réunions publiques, avec homélies, memento des saints, célébration des dates sanglantes ou glorieuses, étaient ses messes et ses vêpres. Cette fille sans patrie et, jusque-là, sans religion (de bonne heure elle avait renoncé aux croyances et aux pratiques de l'orthodoxie russe) rencontrait ainsi, dans le rêve socialiste, une religion complète, où pouvaient se satisfaire tous les besoins de son imagination et de son cœur. Et elle s'exaltait d'autant plus dans sa foi que cette Église révolutionnaire dont elle faisait partie vivait à demi dans le mystère, avait des airs d'Église persécutée ou, du moins, réprouvée par la société régulière, rejetée en dehors d'elle et un peu conspiratrice et souterraine...

C'est à ce moment que « la duchesse »

fit proposer à Frida une place de demoiselle de compagnie chez la comtesse de Winden, dont le mari était conseiller à l'ambassade d'Alfanie.

Frida refusa d'abord, malgré les supplications de sa mère. Madame de Thalberg n'avait point désapprouvé les idées nouvelles de Frida. Passive et molle, la bonne dame était devenue elle-même vaguement révolutionnaire, en haine de sa pauvreté, tout comme elle fût demeurée conservatrice, chrétienne orthodoxe, et fidèle au tsar si elle eût continué à couler ses jours vides dans son domaine de Courlande. Mais c'est aussi pourquoi elle ne comprenait pas que Frida repoussât cette occasion de sortir de la vie médiocre qu'elles menaient et de rentrer « dans leur monde ».

Audotia intervint :

— Acceptez, dit-elle à Frida. Vous le devez, pour votre mère.

Frida se soumit. Elle n'était pas depuis une semaine chez la comtesse de Winden, quand le prince Hermann l'y rencontra.

Un prince royal ! L'héritier présomptif d'une monarchie absolue ! Il ne pouvait inspirer à Frida que des sentiments de défiance et d'aversion. Et pourtant, deux mois plus tard, Frida était en Alfanie, réconciliée avec son grand-oncle, le marquis de Frauenlaub, qui, depuis l'aventure du prince Kariskine, l'avait reniée, elle et sa mère ; madame de Thalberg, installée auprès du vieux gentilhomme (elle devait y mourir peu après, sans un autre regret que de n'avoir pas achevé la lecture de son dernier roman), et Frida introduite à la cour, en qualité de demoiselle d'honneur de la princesse Wilhelmine.

Comment tout cela s'était-il fait?

Frida, cependant, s'était crue obligée de résister aux offres d'Hermann. Elle était allée consulter Audotia. Mais sa vieille amie, après l'avoir interrogée sur le prince, lui avait dit :

— Allez. Il le faut. Nous nous reverrons un jour, peut-être... Ne m'écrivez point : c'est inutile.

Et Frida n'avait plus entendu parler d'Audotia jusqu'au jour où celle-ci, venue secrètement à Marbourg pour y répandre la bonne parole, avait été arrêtée dans une émeute de grévistes.

Elle comprenait à présent ce silence et pourquoi la vieille femme, en la quittant, ne l'avait chargée d'aucune mission, ne lui avait même donné aucun conseil. Suprême habileté! Rien qu'en aimant le prince, rien qu'en se montrant à lui telle qu'elle était, en lui montrant peu à peu son cœur et sa pensée dans des conversations que le léger mystère et la rareté de leurs rencontres faisaient plus significatives et plus précieuses pour tous les deux. Frida exerçait sur Hermann une influence très douce et très puissante. Dans cette liaison non définie, amoureuse et parfaitement chaste, l'intelligence spéculative du prince philosophe s'était laissé lentement pénétrer et envahir par la sentimentalité intrépide de sa petite amie. Il était tout près de la croire plus clairvoyante dans sa candeur enthousiaste que les politiques et les économistes, et déjà il inclinait à admettre que la meilleure solution des éternels problèmes sociaux c'était peut-être encore la bonté confiante, la charité audacieuse et l'appel au cœur de tous les intéressés, si folle que parût la tentative.

Et maintenant, tandis que la voiture roulait dans les bois et que, de chaque côté, les arbres traversaient en fuyant le reflet des deux lanternes, Frida songeait qu'une heure solennelle était venue, qu'elle possédait l'âme de celui qui tenait dans sa main le sort d'un peuple, que ce peuple allait donc être heureux par elle, et que ce rôle sublime et secret, toutes les aventures de sa vie l'y avaient préparée et façonnée, comme par une merveilleuse prédestination.

La voiture longea un mur gris, masqué de broussailles, puis s'arrêta devant une grille. Une fille en camisole vint ouvrir, qui dit au vieux cocher :

— Bonsoir, grand-père.

La voiture entra, suivit une allée tournante et déposa la voyageuse à la porte d'un pavillon assez vaste, à toiture basse, et entouré d'une terrasse à balustres de pierre.

— Avez-vous fait un bon voyage, madame? demanda la fille.

— Merci, Kate. Ma chambre est prête?

— Oui, madame.

Frida ouvrit sa fenêtre. Les massifs du parc et, par delà, les cimes immobiles de la forêt dormaient sous le ciel laiteux. Nul bruit qu'un froissement de feuilles ou la fuite d'une bête nocturne. La pensée de Frida devenait religieuse dans ce silence et cette sérénité. Et son cœur se gonfla d'une espérance infinie.

IX

On lisait dans les « échos » du *Figaro* et du *Gaulois*, à la date du 10 septembre 1900 :

« Chasse à courre, hier, à Montclairin, chez le baron Issachar. Son Altesse royale le prince Otto d'Alfanie conduisait la chasse. Les honneurs du pied ont été faits à la duchesse de Beaugency. Le soir, un grand dîner réunissait les hôtes du baron dans la célèbre galerie des Primatice. Remarqué, parmi l'illustre assistance, le marquis de Baule, le baron et la baronne Onan, le comte et la comtesse de Messas, le vicomte de Mizian, le duc et la duchesse de Villorceau et M. Dubois (de l'Eure). »

Généralement, les « échos » de ce genre revenaient à Issachar, tout compte fait, à deux ou trois cent mille francs : soit cinquante mille environ pour l'ensemble des frais de réception, et, chaque soir, une quarantaine de mille francs pour le jeu du prince Otto. Or, le prince avait coutume, depuis des années, de passer toute une semaine à Montclairin, tant il avait d'amitié pour le baron.

CHASSE A COURRE CHEZ LE BARON.

Jusque-là, Issachar n'avait pas trouvé que ce fût trop cher. Être publiquement l'ami d'un prince, et non pas d'un prince à la douzaine, mais d'un prince pour de bon, héritier possible d'une vraie et très antique couronne, cela valait bien quelques sacrifices. Il n'avait pas l'âme médiocre et il savait payer royalement ses amitiés royales, le petit juif tenace, aux ambitions illimitées, dont les plus viles souplesses n'avaient jamais été que les servantes secrètes d'un immense orgueil. Trente ans auparavant, il débutait par être l'homme d'affaires d'une fille célèbre par son économie, Berthe de Chatou. Il épousait ensuite une ancienne gérante de *family-hotel*, un peu plus que mûre, mais qui avait la « forte somme ». Ah! comme il l'avait fait fructifier ! Il disparaissait pendant dix ans. Il « travaillait » quelque part, en Asie Mineure. Un coup formidable sur de lointains chemins de fer. Il réapparaissait avec cinquante millions. Il les avait quintuplés, disait-on, dans la banque. Il était démocrate-conservateur, abondant en aumônes, pourvu qu'elles fussent publiques, protecteur « éclairé » et bruyamment généreux des lettres et des arts. Mais, surtout, ce circoncis était dévoré d'amour pour le trône et l'autel. Son rêve suprême était d'être « du monde », et du plus haut et du plus étroit, du monde du « faubourg » ou de ce qui reste du « faubourg ». Et, comme son snobisme confondait volontiers la vie aristocratique avec les conventions des mœurs sportiques et pseudo-élégantes, il était devenu l'homme « correct » par excellence, d'une correction implacable, divertissante par le sérieux qu'il y apportait. Froid, gourmé, sobre de gestes, ultra-anglais de costume et de tenue, il avait, dans la coupe de sa barbe et de ses vêtements et dans l'aspect empesé et mécanique de toute sa personne, la rigidité d'un dessin linéaire.

Bien naturelle, cette marotte d'Issachar. Si la noblesse est morte en France, du moins comme classe politique, elle vit encore, et plus que jamais sans doute, comme caste mondaine. Et la superstition qu'elle inspire aux parvenus est peut-être d'autant plus forte que son prestige ne repose plus sur aucune puissance effective, mais sur des souvenirs, des conventions vides, un pur néant. Elle existe d'autant plus, en un sens, qu'elle ne survit à l'organisation sociale qui était sa raison d'être que par l'opinion qu'elle garde d'elle-même. Pénétrer dans ce monde-là, qui est resté très fermé en théorie, et surtout être soi-même de ce monde-là, cela devient, pour les gens comme le baron, la seule chose désirable parce que c'est la seule qui leur soit un peu difficile. Ils ont tout le reste excepté cela : alors ils veulent avoir cela aussi. C'est un prurit, c'est une rage, qui rend les plus insolents capables de toutes les platitudes et qui fait que les plus rapaces jettent leur argent par les fenêtres.

C'est bien par les fenêtres que le baron jetait le sien, parce qu'au moins cela se voit. Et puis, cet argent jeté à poignées et d'un air d'insouciance, le baron savait toujours exactement où il tombait. Cet homme, qui offrait aux musées nationaux des tableaux d'un million reconquis sur l'Amérique à coups de surenchères, et qui, à chaque catastrophe un peu retentissante, — inondation, incendie, grisou, tremblement de terre, — s'inscrivait au *Figaro* pour cent mille francs, était chez lui le maître le plus dur, le plus strict, et méticuleux et « regardant » comme une ménagère maniaque.

Non pas qu'il fût avare. Sauf en de rares minutes d'inadvertance où sa juiverie native reparaissait à son insu, il n'aimait pas l'argent pour lui-même, mais pour tout ce qu'il représente, pour la puissance dont il est le signe et l'instrument. Et il ne manquait pas non plus d'une certaine probité. Il avait, pour édifier son énorme fortune, trompé et dépouillé une multitude de malheureux, mais de loin, par des voies indirectes, sans voir leur ruine ni leurs larmes, et, enfin, ses victimes n'avaient qu'à se défier et à se défendre, comme il se défendait, lui, et comme il se défiait. A coup sûr, même au temps de sa misère, il n'aurait jamais consenti, l'occasion s'en fût-elle présentée, à s'approprier « par larcin furtivement fait » le portefeuille d'autrui, car cela, c'eût été vraiment de l'argent mal acquis, étant prélevé sur une personne non avertie, et n'étant point payé par une somme suffisante de travail, d'énergie ou de patience. Mais la banque et l'industrie, c'était la bataille, ce n'était point le vol. Tout cet or qu'il avait accumulé, c'était le prix de son activité, de sa hardiesse de joueur, de son imagination d'homme d'affaires, de sa supériorité intellectuelle. Et, sans doute, comprendre et absoudre ainsi les « affaires », c'est proclamer, par un détour, le droit du plus fort ou du plus rusé ; c'est admettre que la chasse à l'argent, au fond et malgré les apparences, se fasse dans les mêmes conditions que la chasse à la proie des hommes de l'âge de pierre. Mais cette considération eût peu frappé le baron Issachar. Il jugeait que la morale des conquérants était assez bonne pour lui et que la noblesse des rapines se mesure à leur entassement, aux risques courus pour les entasser et à l'usage qu'en font les entasseurs.

Or, il pensait faire de son vaste butin un usage illustre. Il en consacrait une partie à la fusion — déjà fort avancée — de l'aristocratie de l'argent avec l'aristocratie de la noblesse ; il avait la gloire d'approvisionner d'argent de poche un des princes les plus « en vue » d'une des plus vieilles monarchies européennes.

Mais, tout de même, il finissait par trouver que cette gloire lui coûtait gros et que le bénéfice de cette amitié princière restait par trop purement « moral ». Il calculait que, en outre de l'argent qu'il lui laissait gagner au jeu, il avait, en huit ou dix ans, avancé au prince tout près de douze millions. Et, en retour de ces services, lorsque, l'année précédente, il lui avait exprimé discrètement le désir d'obtenir la concession des mines de cuivre récemment découvertes en Alfanie, il n'avait eu de Son Altesse qu'une réponse équivoque et embarrassée. Le prenait-on pour dupe? Vraiment, on attendait de lui un désintéressement trop proche de la sottise et dont il ne voulait pas, pour son honneur, qu'on le crût capable. Et un peu d'amertume s'amassait en lui.

Et voilà que, le matin même du jour où il attendait l'arrivée du prince à Montclairin, il trouvait dans son courrier une lettre de l'administration de la Compagnie des chemins de fer de l'Est et une lettre de la vicomtesse Moreno, accompagnées de deux factures.

ELLE S'ÉTAIT INSTALLÉE DANS LE PLUS BEL APPARTEMENT DE L'HOTEL.

Oh ! des riens ! La Compagnie de l'Est réclamait le paiement de cinq mille francs pour le wagon-salon qu'elle avait mis à la disposition d'Otto lors de son précédent voyage en France. Elle avait d'abord envoyé la note au prince, qui répondait simplement que « cela regardait le baron Issachar ».

Quant à la vicomtesse Moreno, une assez grande dame, fort galante, venue de Marbourg à Paris, un mois auparavant, avec Otto, elle s'était installée, ainsi qu'il convenait à la belle maîtresse d'un prince, dans le plus bel appartement de l'hôtel Continental. Huit jours après, Otto partait pour Londres, après avoir donné à la vicomtesse un bijou de vingt-cinq louis, mais sans régler la note de l'hôtel. Bref, il l'avait laissée en panne, et fort empêtrée. Une réclamation qu'elle lui avait adressée était restée sans réponse. Et, dans sa détresse, elle avait recours à son « vieil ami » le baron. Une note de trois mille francs était jointe à sa lettre.

Issachar paya les deux factures. Mais, lorsque Otto débarqua à Montclairin, toujours bon garçon et de bonne humeur, il y eut dans l'accueil que lui fit le baron une réserve et un excès de respect qui ne présageaient rien de bon pour qui connaissait notre homme. Il n'eut avec son hôte royal aucune des demi-familiarités concertées qu'il était si fier de se permettre autrefois et auxquelles, d'ailleurs, le laisser aller et la rondeur du prince semblaient l'inviter. Et plus il affectait de cérémonieuse déférence, plus la froideur de ses yeux et de son visage de bois se faisait hostile.

Et, dès le premier soir, en effet, au baccara, où il tenait la banque, le baron fit une chose inouïe : il joua comme s'il voulait gagner. Il se garda d'abattre quatre ou de tirer à six, ainsi qu'il en avait l'habitude. Néanmoins, il perdit d'abord une dizaine de mille francs. Pour la première fois, il en laissa paraître de l'impatience; il eut des ronchonnements dépités, dont les autres joueurs s'étonnèrent et que le prince accueillit par des plaisanteries un peu lourdes. Puis la chance tourna. Vers deux heures du matin, le prince perdait deux mille louis sur parole.

Les autres n'y comprenaient rien, commençaient à être inquiets. Tous pontaient avec Otto, et ce qui les attirait à Montclairin, c'est qu'ils comptaient tous, plus ou moins, sur les bénéfices de cette association. C'était le duc de Beaugency, un vieux gamin, une tête rose et vide, un nez de soubrette sur une barbe blanche en éventail. Pourvu, depuis qu'il se connaissait, d'un conseil judiciaire, il y avait quelque cinquante ans qu'il faisait la fête, mécaniquement, comme un employé va à son bureau, et il passait, on ne savait pourquoi ni par quel caprice de la badauderie parisienne, pour le prince du chic et l'arbitre des élégances ; toujours sans le sou, brûlé chez tous les usuriers, réduit à pratiquer ce qu'on pourrait appeler l'escroquerie de famille : à acheter des chevaux, des tableaux, des vins ou des bijoux qu'il revendait aussitôt à quart de prix, sûr que la comtesse finirait par payer, crainte du scandale, et qu'elle n'aurait jamais le courage de se réfugier derrière l'incapacité légale de son triste mari. C'était le petit marquis de Baule, qui, marié à la fille du baron Onan, n'avait pu éviter le régime dotal et à qui sa femme mesurait si strictement l'argent de poche que le baccara de Montclairin était pour lui une très précieuse aubaine. Et c'était Desraviers, un grand blond, type d'officier de cavalerie, homme de sport, sans ressources connues et qui avait, dans le monde, la spécialité des questions d'honneur.

— Je fais deux mille louis, dit le prince Otto.

Cela leur rendit confiance, et chacun y alla d'une forte mise. Sans doute, Issachar n'avait consenti à gagner que par coquetterie. Il connaissait son devoir; il était galant homme, incapable de violer le contrat tacite qui les réunissait autour de la table de jeu. Sûrement, il allait « rendre » l'argent.

Le baron distribua les cartes. Le prince Otto souriait, imperturbable.

Issachar abattit neuf.

Ce fut une stupeur. Que se passait-il donc entre le baron et son hôte? Le duc, Desraviers et le marquis coulèrent un

LE DUC DE BEAUGENCY...

mauvais regard vers le prince, dont le visage était tout décomposé par la colère.

— Continuons-nous? demanda le baron.

— Est-ce que vous vous f... du monde? laissa échapper brutalement le prince.

Les trois autres ayant pris congé avec une rapidité discrète :

— Eh bien, que voulez-vous? dit le prince en essayant de se contenir, c'est la déveine, la sombre déveine.

Et il ajouta avec une intonation à la Dupuis :

— La voillà bien! ah! que la voillà bien!... Et cela est d'autant plus fâcheux que je suis forcé de vous avouer, mon cher baron...

— Monseigneur, interrompit doucement Issachar, je supplie Votre Altesse royale de ne pas s'inquiéter pour si peu. Un de mes hommes d'affaires s'entendra avec Elle pour les quatre mille louis de ce soir, et aussi pour ces deux notes, l'une de cinq mille francs et l'autre de trois mille, que j'ai eu le plaisir de payer à la Compagnie de l'Est et à l'hôtel Continental. Ci quatre vingt-huit mille francs.

Il tira les factures de son portefeuille et continua posément :

— Je ne parle pas des douze millions que j'ai eu l'honneur d'avancer à Votre Altesse en neuf prêts dont voici les reconnaissances...

— Vous avez de l'ordre.

— Beaucoup... Il va sans dire que, pour cette dernière somme, je suis tout

DESRAVIERS, UN GRAND BLOND...

disposé à accorder à Votre Altesse un délai raisonnable et que nous espacerons les échéances à son gré.

Le ton d'Issachar exprimait un respect sans bornes.

— Pourquoi pas tout de suite les huissiers? ricana le prince.

— Je vous assure, monseigneur, que je n'ai jamais parlé plus sérieusement de ma vie.

— Vous savez fort bien, mon cher ami, que je n'ai pas le sou.

— Votre Altesse raille?

— Ah ! non, par exemple !

— Nous sommes donc très sérieux tous les deux. J'aime mieux cela.

Le prince était blême de rage. Toutefois, d'un mouvement bon enfant, il mit la main sur l'épaule du baron :

— Allons! le fond de votre pensée? Dites vite!

— Mais, monseigneur, il n'y a dans le fond de ma pensée que ce que je vous ai dit.

— Cette concession de mines, n'est-ce pas?

— Puisque vous n'y pouvez rien!

Le prince se taisait. Les bougies des hauts candélabres, presque consumées, allongeaient leurs flammes pâlies par le petit jour. La lumière blafarde éclairait la calvitie penchée du baron, qui évitait obstinément les yeux de son interlocuteur. Une bobèche éclata. Issachar souffla la mèche charbonneuse d'où montait, tout droit, un filet de fumée noire. Puis, tout à coup :

— Qu'est-ce que c'est donc, monseigneur, que l'Aigle-Bleu?

— Vous tenez beaucoup à le savoir?

— Simple curiosité.

— C'est l'ordre le plus ancien d'Alfanie, un ordre réservé aux gentilshommes qui peuvent justifier de trente quartiers et, par exception, aux généraux vainqueurs, aux grands savants, aux hommes qui ont rendu au royaume quelque service éclatant, de ces services qui n'enrichissent pas ceux qui les rendent... L'Aigle-Bleu? Peste! C'est mieux que la Toison d'Or... Et je vous préviens, mon cher baron, que c'est encore plus difficile à obtenir qu'une concession de mines ou de chemins de fer.

— L'un n'empêche pas l'autre, dit Issachar.

Otto mordillait sa moustache. Des phrases méprisantes et vengeresses lui venaient aux lèvres : « Vous voulez la guerre, monsieur Issachar? Soit! Vous réclamez votre argent, qui pourtant ne vous coûte guère et qui est de l'argent volé? Vous me traitez en débiteur? J'ai donc le droit de vous traiter en usurier, en misérable juif que vous êtes. Vous rétablissez vous-même les distances, que j'avais eu la bonté d'oublier. A votre aise ! Puisqu'il n'y a plus de ghetto et que nos lois imbéciles vous considèrent comme une façon d'homme, on vous le rendra, votre argent, mais accompagné de l'entier mépris qui est dû à votre plate coquinerie... L'Aigle-Bleu?... Des coups de pied au derrière, vous voulez dire ! » Mais ces phrases, il n'osait pas les prononcer ; il comprenait que le baron était décidé à tout. Il se sentait pris ; il pliait, tout étranglé de colère, devant la puissance de l'or.

— Ainsi, dit-il brusquement, voilà vos conditions?

Issachar eut un geste pudique :

— Oh ! monseigneur, Votre Altesse a des mots !...

— Qu'est-ce que cela vous fait ?

— C'est que mon homme d'affaires sera à Marbourg dans une quinzaine... Je suis

IL MIT LA MAIN SUR L'ÉPAULE DU BARON.

L'Altesse se leva :

— A quelle heure le premier train pour Paris?

— Ce matin, à neuf heures. Le landau sera prêt. Votre Altesse retourne à Marbourg?

sûr que Votre Altesse et moi, nous finirons par nous entendre et que Votre Altesse me rendra sa précieuse amitié... Qu'Elle me permette d'aller donner des ordres pour son départ.

Le baron souriait avec la plus suave

déférence. Otto le regarda sortir ; puis, livide, brandissant vers la porte ses deux poings serrés :

— Sale youtre ! cria-t-il de toutes ses forces, trois ou quatre fois de suite.

Et il s'affala sur un fauteuil, attendant le jour.

X

« Votre cousin Renaud est un fou », avait dit à Hermann le roi Christian. Non ; le prince Renaud n'était pas un fou, mais seulement un jeune homme de beaucoup de sensibilité et d'imagination, qui faisait toujours uniquement ce qui lui plaisait et dont la conduite était déterminée par des raisons dans lesquelles le vieux roi ne pouvait entrer commodément.

La mère de Renaud, un souffle, une âme, une figure transparente de missel, était morte en le mettant au monde. Puis son père s'en était allé après trois ans de désespoir languide et fleuri, mystiquement amoureux de la défunte, adonné vers la fin aux sciences occultes. L'orphelin avait eu une enfance paresseuse, peu surveillée, et fait au hasard des études capricieuses et incomplètes. Et c'est ainsi qu'il avait senti et embrassé avec une vivacité extraordinaire certaines parties de l'histoire, de la poésie ou du rêve du passé, non les plus simples, mais les plus somptueuses et les plus tourmentées : la Rome d'Héliogabale, la Byzance de Théodora, l'Alexandrie des hérésies gnostiques et des maladies nerveuses et, généralement, tous les écrivains de décadence, ceux dont l'impuissance semble toujours en gésine de quelque chose d'inexprimable... Il aimait tout cela, ce fils de névropathes, non par une corruption d'esprit acquise, mais par une disposition héréditaire de sa sensibilité. Cet enfant était né pour les chimères.

A dix-huit ans, il résolut de vivre à sa guise. Comme il n'était pas probable que Renaud dût régner jamais, le roi son oncle renonça assez vite à s'occuper de lui et à le diriger. Le jeune prince avait d'ailleurs une obstination douce contre laquelle aucune autorité ne pouvait rien.

Son premier dessein fut d'être artiste et poète. Tout de suite et le plus naturellement du monde, il donna dans les extravagances extrêmes des plus jeunes écoles, de celles qui se composent d'un maître et quelquefois d'un disciple. Pendant plusieurs années, tous les adolescents symbolistes, décadents et instrumentistes, tous les pseudo-primitifs, et les pseudo-mystiques, et les néo-moyenâgeux, tous les inventeurs de frissons nouveaux et de prosodies inaccoutumées, tous les occultistes, les sârs, les rose croix et les sadiques, et aussi les musiciens pour qui Wagner n'est qu'un précurseur et qui orchestrent « J'ai du bon tabac » avec les bruits de la grève et de la forêt, et encore les peintres esthètes, les peintres bleus et jaunes, ceux qui dessinent très mal de longues âmes encerclées de petits plis et tenant des lis dans leurs mains d'âmes, et pareillement les pointillistes, les tachistes, les luministes, ceux qui voient les paysages comme des envers de tapisseries et qui, sous prétexte que tout dans le monde des couleurs n'est qu'échange de reflets, peignent des cuisses mauves et des seins couleur de soufre, tous les ahuris ou tous les farceurs de la littérature et de l'art, tous les désireurs d'on ne sait quoi eurent leur couvert mis chez le prince Renaud et puisèrent dans sa bourse crédule. Il donnait dans son palais des spectacles étranges et puérils où des cabotines en robes blanches, les cheveux poudrés de violet, étaient crucifiées pour l'amour de Satan, qui était aussi Jésus, et où le chœur des cochers verts et le chœur des cochers bleus chantaient alternativement les hymnes ésotériques devant Théodora la chercheuse, qui rêvait, les yeux fixés sur le scorpion d'améthyste allongé entre ses deux seins, cependant que des vaporisateurs exhalaient des parfums verts, bleus, jaunes, rouges, subtilement assortis aux vêtements des interprètes, à leurs paroles rythmées et aux musiques de l'orchestre... Et le prince Renaud marchait par la ville escorté de jeunes gens généralement chevelus et mal bâtis, et qui, sous leurs esthétiques abstruses, dissimulaient des prudences de notaires, des vanités de ténors, des intolérances d'imbéciles et quelquefois des aspirations de simples sodomites.

Le prince était, lui, parfaitement sincère et innocent. Sa crédulité aux formes nouvelles de poésie et d'art était faite d'ignorance, de nervosité un peu morbide, d'inquiétude toute spontanée. Les formes anciennes l'offensaient par trop de précision et parce qu'elles lui paraissaient impropres à exprimer tout ce qu'il sentait de caché dans les choses. Il surfaisait ce mystère, ne prenait pas garde qu'il est purement subjectif, personnel à chacun de nous, fugitif et changeant ; que la perception de ce merveilleux on-ne-sait-quoi correspond à un moment inférieur de la production artistique et qu'il s'évanouit forcément à l'heure de l'exécution, puisqu'il est l'indicible, mais que, d'ailleurs, il renaît, une fois la forme fixée, de cette forme même; que c'est l'expression arrêtée et intelligible qui contient et qui nous suggère le plus d'« au delà », et qu'enfin ce sont les œuvres d'art ou les poèmes les plus précis, quand ils sont vraiment beaux, qui redeviennent dans notre pensée les plus mystérieux, les plus fertiles en rêves...

Le public considérait le prince Renaud comme un maniaque. Mais, parce qu'il était très doux et ne faisait de mal à personne, on finit par lui passer ses bizarreries. Bientôt même, rien n'étonna plus de sa part : il avait conquis le droit d'être extravagant : on n'y faisait plus attention et, bien qu'il fût prince du sang, on lui permettait de vivre comme il l'entendait.

RENAUD ESCORTÉ DE JEUNES GENS GÉNÉRALEMENT CHEVELUS ET MAL BATIS...

Il avait supprimé de son train de vie toute espèce d'appareil et de cérémonial. Il ne paraissait jamais à la cour. Il s'appliquait de bonne foi à faire oublier son rang, non point, tout d'abord, par un détachement philosophique, mais par scrupule et vanité d'artiste. Car il avait publié des plaquettes et barbouillé des tableaux, des choses d'un esthétisme vague et d'une sensualité ténébreuse, et sa grande terreur, aiguë et perpétuelle, était qu'on ne louât ses œuvres pour le nom de leur auteur plutôt que pour leur mérite. Et cette idée le faisait redoubler, dans ses relations avec les peintres et les littérateurs, de faux laisser-aller et de camaraderie concertée.

A la fin, des goujats en abusèrent. Renaud s'aperçut alors que la plupart de ses « confrères » l'avaient exploité sans pudeur et qu'ils le « blaguaient », lui et ses œuvres, par-dessus le marché. Subitement, il leur ferma sa porte.

Il s'avisa, en même temps, qu'il avait été dupe encore d'une autre façon. Il se désabusa, soit par fatigue et satiété, soit par la constatation du charlatanisme de ceux qui s'y livraient autour de lui, de tous ces jeux d'art et de poésie énigmatiques ; il en sentit le mensonge et la niaiserie. Il eut la révélation de la simplicité un jour que, dans une excursion à l'île de Chypre, il avait cru décent d'emporter avec lui un exemplaire de l'*Odyssée*... Mais, peu après, il jugea Homère entaché d'artifice. La littérature, même dans sa période primitive, lui apparut comme la plus sotte des illusions : n'était-il pas inepte de dépenser sa vie à façonner de vaines représentations de la vie?

Sa simplicité reconquise se traduisit par une nouvelle sorte d'apparente excentricité. Il fit cette découverte que le premier devoir de l'homme est d'exercer son corps pour en accroître la beauté. Il résolut de s'adonner à tous les sports, et principalement aux jeux du cirque. Il hanta les clowns et les gymnastes et fit de quelques-uns ses amis. Mais, comme il avait les membres paresseux et lents et qu'il n'arrivait pas à être seulement un jongleur passable, il allait se déprendre de ce caprice-là comme des autres, quand il rencontra, dans un cirque de Marbourg, la petite équilibriste Lollia Tosti.

IL RENCONTRA DANS UN CIRQUE LA PETITE ÉQUILIBRISTE...

Brune, ambrée, les jambes longues, la gorge petite, le front bombé, la bouche naïve et sérieuse, les hanches et le torse roulés dans les plis en spirales d'une soie vieux rose, elle se dressait là-haut, dans les frises, sur un léger trapèze où, sans toucher aux cordes, elle se balançait lentement. Puis, sur l'étroit bâton mobile, elle posait en équilibre une grosse boule dorée et, sur cette boule, sans s'appuyer à rien, elle surgissait debout; elle s'y tenait sur un seul pied, dans une attitude de déesse qui fend l'espace avec une planète pour piédestal. De là, elle envoyait à la foule ses enfantins baisers d'acrobate. Enfin, ayant tenté et réalisé l'impossible, comme si les lois de la pesanteur, bravées par cette audacieuse enfant, se vengeaient tout à coup et comme si une Némésis jalouse la punissait d'avoir voulu se faire, mortelle, un corps impondérable d'Olympienne, — d'une longue chute parabolique, tel un Icare foudroyé, elle tombait dans le filet.

Renaud adora soudain la délicieuse gymnaste, et, bien qu'il se crût à jamais dégoûté des arts de l'écriture et du dessin, il l'adora principalement parce qu'elle lui rappelait une des figures du *Printemps* de Botticelli et qu'elle ressemblait à celle qui, dans la ronde des trois femmes aux doigts entrelacés, montre son dos délicat et son profil ingénument pensif.

Il vint la revoir plusieurs fois. Il se postait sur son passage quand elle sortait de l'arène. Son angélique sérénité le ravissait.

Un soir, dans les écuries du cirque, il se fit présenter par un clown de ses amis les parents de Lollia.

C'était un gros homme et une grosse dame qui avaient un air de grande honnêteté. Le gros homme tendit sa carte au prince. La carte portait ces mots :

ANTONIO TOSTI

Ex-artiste gymnaste et clown

PÈRE

de l'illustre équilibriste aérienne
la signorina Lollia Tosti

A ce moment, le régisseur vint dire qu'on tendait le filet pour les exercices de Lollia.

La jeune fille s'approcha de sa mère et l'embrassa :

— *Addio, mama.*

Et elle fit le signe de la croix avant d'entrer sur la piste.

— Une habitude d'enfance ! dit madame Tosti au prince.

Renaud interrogea la bonne dame. Lollia était très pieuse. Sa loge était pleine d'images saintes. Les bouquets qu'on lui jetait, elle avait coutume de les porter à une chapelle de la sainte Vierge.

— Et sage, monseigneur !

Au reste, c'était une nécessité de sa profession. Le travail des autres acrobates pouvait encore souffrir quelques infractions aux règles de la continence. Mais le travail de Lollia était plus exigeant. L'équilibriste aérienne devait éviter non seulement la grossesse, qui déplace le centre de gravité, mais les courbatures, les chaleurs à la nuque, les douleurs sourdes.

Et Renaud fut content d'apprendre ces choses, de songer que l'art de son amie était, en effet, le plus mystique des arts, puisqu'il n'était qu'une patiente victoire sur la matière et que, par lui, un corps de femme se muait presque au « corps glorieux » dont parlent les théologiens. Et il lui plaisait que le miracle de l'art acrobatique, tout comme le miracle de la sainteté, eût pour première condition la chasteté absolue et que la force qui soulevait de terre Thérèse d'Avila ou la sœur Marie Alacoque fût aussi celle qui soutenait dans les frises la forme adorable de Lollia.

Il chérit l'innocence de la jeune acrobate. Plusieurs fois, il vint manger le macaroni de la famille de monsieur et madame Tosti. Ses conversations avec Lollia étaient d'une puérilité qui le charmait. Elle ne savait rien et elle n'avait point d'esprit. C'était une petite fille qui aimait Dieu et ses bons parents, voilà tout. Elle racontait ce qu'elle avait vu dans ses voyages à travers les deux mondes, et elle n'avait rien vu que les choses du cirque.

Elle ne vivait que pour son art. La plus grande partie de ses journées était prise par son « travail », car ses exercices exigeaient un entraînement continuel. Et le sentiment de son excellence acrobatique lui donnait un immense orgueil. Sa destinée lui semblait la plus belle de toutes. Elle se sentait elle-même un poème vivant. Elle méprisait les comédiens, dont le métier est d'amuser les hommes en feignant d'être ce qu'ils ne sont pas ; elle méprisait même les clowns, qui s'enlaidissent et qui parlent. Il ressortait de ses discours qu'elle s'estimait l'égale des princesses et des impératrices. Et Renaud jugeait cela fort sensé.

LE GROS HOMME TENDIT SA CARTE...

Il se réjouissait de la voir si parfaitement naïve et si spéciale, si étrangement exceptionnelle. Et il se persuadait qu'en l'aimant il revenait à la nature, et il se « simplifiait », selon le conseil de Tolstoï, dont il s'était récemment épris et dont il accommodait bizarrement l'évangélisme à ce qui restait en lui de manie esthétisante. Et, comme il ne pouvait songer à faire de Lollia sa maîtresse, et que, d'ailleurs, il ne le voulait point, puisqu'il l'adorait justement pour sa pureté, il résolut de l'épouser. Il se dit que ce serait là un acte éminemment raisonnable et bon, tout à fait digne d'un homme libre et d'un enfant de Dieu et qui ne paraîtrait blâmable qu'aux esprits bornés et aux âmes grossières.

Depuis longtemps, en haine de l'artifice et par un artifice suprême, il évitait dans ses propos tout ce qui pouvait ressembler, fût-ce de loin, à des phrases ou à des développements écrits, et son zèle à se simplifier était tel qu'il s'appliquait à ne dire que des choses qui pussent être comprises des petits enfants ou des femmes les plus ignorantes. Il n'avait jamais fait sa cour à Lollia, craignant de retomber malgré lui à une phraséologie qu'il méprisait et estimant, au surplus, que ce qu'il éprouvait auprès de la jeune fille était proprement ineffable.

Un soir donc qu'il se trouva seul avec elle dans la petite salle à manger des Tosti (la mère était à la cuisine et le père faisait une course), le prince Renaud dit seulement ceci :

— Lollia, je vous aime.

La petite déesse ne montra aucune surprise, mais parut fort contente.

Renaud ajouta :

— Et vous, m'aimez-vous?

Elle répondit :

— Oui, monseigneur.

— M'aimez-vous parce que je suis prince?

— Pour cela aussi, monseigneur.

— Mais, si je ne l'étais pas, m'aimeriez-vous tout de même ?

— Oui, monseigneur.

Elle fit ces deux réponses sans hésitation, et il vit bien que toutes deux étaient également sincères.

Il continua :

— Voulez-vous m'épouser?

— Je veux bien, monseigneur.

Elle dit cela sans s'étonner, mais avec un peu d'effort. Il s'en aperçut :

— Est-ce que ça vous ennuie?

Elle répondit que non, mais que, toutefois, il lui en coûterait de renoncer immédiatement à son art, qu'elle savait incompatible avec l'état de mariage. Elle le pria de lui donner encore six mois pour une tournée qu'elle devait faire en Alfanie. Après, elle reviendrait à Marbourg, et alors ils se marieraient.

Renaud consentit à tout. Il lui semblait exquis que ce fût elle qui fît ses conditions.

Il embrassa la petite déesse avec respect et elle lui rendit gauchement un baiser de fillette.

— Surtout, lui dit-il, ne parlez de rien à vos parents jusqu'à votre retour.

Quand elle revint, Renaud reconnut avec joie que l'épreuve de l'absence avait laissé leur amour intact. Il fut convenu entre eux que Lollia paraîtrait au cirque une dernière fois. Elle fut merveilleuse d'audace presque folle et elle atteignit, dans sa souple lutte contre la pesanteur, les extrêmes limites du possible. Et sa chute dans le filet eut le tragique d'un suicide d'amour, d'une chute irrévocable dans quelque gouffre...

Rentrée dans sa loge, la petite acrobate pleura longtemps.

— Avez-vous des regrets? dit le prince.

— Non, monseigneur, puisque je vous aime.

Et, souriant parmi ses larmes :

— Ai-je été bien, monseigneur?... J'aurais voulu faire aujourd'hui un plus joli travail que les autres jours, pour avoir davantage à vous sacrifier...

XI

Cependant, le prince Hermann travaillait fort sérieusement au bonheur de son peuple.

Sans compter les maux qui lui étaient communs avec les autres pays d'Europe, l'Alfanie souffrait d'un malaise qui avait pour cause principale la disconvenance de ses institutions politiques et de son nouvel état social et industriel.

Seule avec la Russie, l'Alfanie avait conservé le régime de la monarchie absolue. Les ministres n'étaient que les commis du pouvoir exécutif. Quant au pouvoir législatif, le roi l'exerçait souverainement avec l'aide de trois grands corps dont les membres étaient nommés par lui : la Chancellerie, le Conseil du royaume et le Sénat.

Par la force des choses, ces trois corps se composaient presque entièrement de nobles, descendants des anciens seigneurs terriens, de grands industriels et de financiers. Or le prodigieux développement de l'industrie alfanienne avait, en quarante ans, créé une classe ouvrière considérable par le nombre et l'appétit. Et ainsi le peuple se trouvait exclusivement gouverné par des hommes dont les intérêts étaient diamétralement opposés aux siens. Eût-elle eu toutes les vertus (et elle ne les avait pas), cette aristocratie de richesse eût été plus suspecte encore au prolétariat qu'une aristocratie de naissance et lui eût paru plus insupportable. La révolte contre des injustices réelles s'aggravait, chez les ouvriers, de l'appréhension d'injustices indéfiniment possibles et du sentiment de ce qu'il y avait d'essentiellement absurde dans cette organisation politique d'un pays de grande industrie.

HERMANN JUGEA QU'IL PARLAIT BEAUCOUP...

Hermann était de l'avis de la classe ouvrière, soutenue ici par toute la petite bourgeoisie et par une partie de la population rurale. Malheureusement, il avait beau être, par définition, un monarque absolu, il ne pouvait, en réalité, gouverner contre les trois corps qui étaient censés à ses ordres, ni changer leur esprit, ni leur communiquer l'ardeur de renoncement dont il était lui-même dévoré. Un seul remède s'offrait donc : l'établissement du régime représentatif.

Mais, impuissant à manier contre leur gré les instruments de son absolutisme, Hermann ne l'était pas moins à les briser d'un seul coup. Dans notre Occident et au temps où nous sommes, l'autocrate pur n'existe qu'en théorie. Sans doute, l'absence même de Constitution semblait laisser à Hermann le droit de donner directement une Constitution à son peuple, et le pouvoir absolu impliquait apparemment, pour celui qui le détenait, la liberté d'y renoncer et d'en décréter lui-même la suppression ou la limitation. Mais Hermann sentit que cela lui était interdit en fait et que tout ce qu'il pouvait tenter, c'était d'employer à ses desseins les trois anciens corps en augmentant momentanément leurs attributions.

Il réunit donc en une sorte d'assemblée consultative les membres de la Chancellerie, du Conseil du royaume et du Sénat, auxquels il adjoignit quelques hommes connus pour leur libéralisme, avocats, journalistes, jurisconsultes, et il soumit à cette assemblée un projet de Constitution parlementaire qui comportait un Sénat nommé par le souverain et une Chambre des représentants élue par un très large suffrage censitaire, le cens électoral ne devant être que de huit ou dix florins

Et, pour que le peuple ne pût douter de sa sincérité, il choisit pour premier ministre Athanase Hellborn, un avocat très populaire, directeur du principal journal de l'opposition, et le chargea de défendre le projet devant l'assemblée.

HELLBORN MENAIT JOYEUSE VIE...

Dans sa première entrevue avec Hermann, Athanase Hellborn eut une excellente attitude. Il remercia noblement le prince de sa confiance, posa ses conditions, se fit prier pour accepter le principe du suffrage censitaire, jura d'ailleurs que tout irait bien et qu'il en faisait son affaire. Il était sympathique, cordial, une bienveillance de jouisseur répandue sur sa face robuste. Hermann jugea qu'il devait être un fort brave homme, mais qu'il parlait beaucoup et qu'il manquait peut-être un peu de vie intérieure.

Le nouveau ministre fut d'abord admirable d'énergie. Il parvint à faire voter, par une petite majorité, l'ensemble du projet.

Vint ensuite la période des amendements.

Un beau jour, Hellborn déclara au prince que, toute réflexion faite, le cens électoral avait été fixé beaucoup trop bas dans le projet primitif. Il proposait de l'élever à vingt-cinq florins. Il n'en parlait pas moins de justice, de liberté, d'égalité. Mais Hermann eut l'impression que ces mots, dont l'avocat avait vécu, auxquels il devait sa fortune et sa renommée, il les prononçait sans les sentir, peut-être sans les comprendre, et que ses croyances politiques étaient pour lui ce que sont les croyances religieuses pour beaucoup de gens du monde. Et la constatation de cette hypocrisie, aussi vile et plus funeste que l'autre, lui fut pénible.

Une autre fois, Hellborn expliqua au prince qu'on risque de tout perdre en voulant tout gagner, que les grands changements ne se font pas si vite ; enfin, qu'il était d'avis que le tiers au moins de la Chambre des représentants fût nommé par le roi. Et, dans le cours de l'entretien, il affectait des airs d'homme supérieur, disait en souriant qu'il y a des injustices inévitables, qu'il faut bien en prendre son parti, que le peuple est un enfant incapable de se gouverner lui-même, qu'il suffit de l'amuser par des promesses, que d'ailleurs « tout cela durera bien autant que nous... » De ce jour, Hermann prit son ministre en horreur, profondément scandalisé d'entendre traiter, avec cette légèreté, par ce bourgeois repu, des questions où lui, prince, il mettait toute son âme.

Ainsi, de jour en jour, Hellborn lâchait pied devant l'assemblée, accordait amendements sur amendements, ne laissait presque rien subsister du projet qu'il avait mission de soutenir. Et, cependant, il s'épanouissait de satisfaction dans son nouvel état, menait joyeuse vie, soupait beaucoup, avait pour maîtresse une comédienne « en vue ».

Une vieille histoire, et fort banale.

Ce qui avait commencé la conversion de l'avocat démocrate, c'étaient les poignées de main des couloirs, la bonne grâce et presque la camaraderie des gentilshommes chefs de la droite, qu'il n'au.

rait jamais crus « si bons garçons ». Toutefois, il avait eu, comme j'ai dit, des débuts énergiques ; le parti conservateur s'était senti perdu, avait craint, s'il résistait, la dissolution de l'Assemblée et l'octroi direct d'une charte par le prince Hermann.

C'est alors qu'Hellborn avait reçu une invitation de la comtesse de Mœllnitz, une des femmes les plus élégantes et les plus spirituelles de l'aristocratie de Marbourg.

Elle avait dit à son mari : « Laissez-moi faire ». Mœllnitz la laissa faire jusqu'au bout.

Hellborn devint un des assidus de la maison. Il éprouvait une joie indicible à se frotter à toute la noblesse du royaume. Il appelait le comte « son cher ami ».

Certain soir qu'il parlait de près, de tout près, à la comtesse dans le petit salon où elle se tenait d'ordinaire, il vit, par la glace sans tain, Mœllnitz entrer dans le grand salon, le traverser, hésiter un instant et sortir d'un air indifférent.

CERTAIN SOIR QU'IL PARLAIT DE TOUT PRÈS A LA COMTESSE...

Il fut persuadé que le comte ne les avait point aperçus. Car, de le soupçonner de complaisance, cela eût été pleinement absurde. Mœllnitz était un parfait honnête homme et d'une bravoure éprouvée.

Il est v ai, d'autre part, que le comte de Mœllnitz croyait fermement le salut du royaume attaché à la conservation des vieilles institutions et que, pour faire échouer les desseins du prince et de son ministre, il n'était pas de sacrifice auquel il ne fût prêt. Vit-il quelque chose par la glace sans tain? Ignora-t-il la liaison de sa femme avec Hellborn ou, l'ayant connue, immola-t-il, par un effort héroïque et dont il saigna secrètement, son honneur de mari à son devoir de bon royaliste? C'est ce que personne ne saura jamais. Une âme de chambellan convaincu peut être sublime à sa façon.

Du moins, si Mœllnitz se sacrifia, ce ne fut pas en vain. La loi votée par l'Assemblée instituait un Sénat formé de tous les membres des corps anciens et une Chambre des représentants dont les deux tiers seulement devaient être élus, et par un suffrage excessivement restreint, puisque le cens avait été élevé à quarante florins.

Le peuple jugea qu'on s'était moqué de lui. De nouvelles grèves éclatèrent. Les ouvriers annoncèrent, pour le 1er octobre, une grande manifestation dont le but était de réclamer le suffrage universel, en sorte que les élections à la future Chambre se fissent uniquement sur cette question.

XII

— Je dois, monsieur le ministre, vous faire connaître mes intentions. J'autorise la manifestation annoncée. Le parcours en sera fixé d'avance et de façon que la circulation ne soit interrompue que sur un petit nombre de points et pour trois ou quatre heures seulement. Cela est facile à régler. Dans ces limites, toute liberté sera laissée au peuple d'exprimer ses vœux publiquement, à condition toutefois de ne proférer aucun cri séditieux.

— Le cri de : « Vive le suffrage universel ! » devra-t-il être considéré comme un cri séditieux? demanda Hellborn.

— Non, dit le prince.

— Votre Altesse royale permettra-t-elle aux manifestants de porter dans les rues le drapeau noir?

— Non, je ne puis autoriser le drapeau

noir. C'est lui qui donnerait à la manifestation un caractère de révolte. Si les ouvriers arborent le drapeau noir, les agents devront le leur arracher. Pour le reste, je le répète, liberté entière. Nous sommes bien d'accord?

Hellborn prit un air profond :

— J'ai le regret de confesser à Votre Altesse que je suis beaucoup moins rassuré qu'Elle. Pour la première fois, dix ou douze mille ouvriers se trouveront réunis. Ils sentiront leur force. Ils seront très excités. D'autant plus qu'une bonne moitié de la population est pour eux. Audotia Latanief sera à leur tête, et vous connaissez sa puissance sur la foule. Cette femme est incorrigible : c'est une maniaque de révolution. Elle récompense bien mal Votre Altesse royale de sa générosité.

— Je n'ai point gracié Audotia dans la pensée qu'elle m'en serait reconnaissante.

— Enfin, n'y eût il personne pour leur souffler la révolte, si on leur laisse le champ libre, ils se griseront de leur nombre même, et l'émeute sortira toute seule de cette masse échauffée.

— Le moyen le plus sûr de provoquer l'émeute, c'est d'interdire la manifestation.

— Le moyen le plus sûr de vaincre l'émeute, c'est de la prévenir... C'est toujours ainsi qu'on a fait avec nous.

— Avec vous?

— Mon Dieu! monseigneur, puisque ce mot m'est échappé, je n'ai point à cacher que j'ai été de quelques émeutes dans ma jeunesse. Le roi votre père nous faisait arrêter avant que nous eussions commencé. Cela lui a toujours réussi.

— Alors, il faudrait, selon vous?...

— Empêcher les manifestants de se réunir, et ensuite de circuler par groupes.

— Vous croyez qu'ils se laisseraient faire?

— Je ne le crois pas. Il y aurait probablement quelques têtes cassées.

— Probablement?

— Sûrement, si vous voulez. Mais, sans cela, vous serez obligé d'en casser bien davantage un peu plus tard.

— Peut-être aussi n'aurons-nous pas à en casser du tout. Avouez que cela vaudrait mieux. Pourquoi la manifestation ne demeurerait-elle pas pacifique? La plupart de ces gens-là ne sont point méchants. Si on les laisse crier tout leur soûl, cela les soulagera, et cela même les détournera de mal faire. Pourquoi pas ?

— Parce que cela est impossible.

— Pourquoi?

— Parce que cela ne s'est jamais vu.

— Cela ne s'est jamais vu parce qu'on n'a jamais voulu le voir. Écoutez, mon cher Hellborn. Au fond, ce que le peuple a résolu de faire ne me paraît point, à moi, illégitime. Je lui avais donné de grandes espérances. Elles ont été déçues, non par ma faute, vous le savez. J'ai encore l'écœurement des égoïsmes, des duplicités, des lâchetés dont la dernière Assemblée m'a offert le spectacle. Les ouvriers, à qui l'espoir des réformes politiques avait fait prendre patience et qui s'étaient rejetés sur cette pâture, ceux surtout qui, uniquement à cause de cela, avaient consenti à ne point prolonger les grèves, s'aperçoivent qu'ils ont été dupes. Les grèves ont recommencé : je ne m'en étonne ni ne m'en indigne. Les déshérités réclament maintenant le suffrage universel. Je ne dis point qu'il faille le leur accorder tout de suite, car j'en connais les dangers et les mensonges. Et, pourtant, quand on ne croit plus au droit divin, le suffrage universel reste peut-être la dernière source possible de l'autorité : source trouble, mais unique. Et, enfin, s'ils demandent trop, c'est qu'on leur a donné trop peu. Je suis le roi de tous mes sujets, riches ou pauvres. C'est le droit de remontrance pacifique de ceux-ci à ceux-là que je veux défendre et que je défendrai.

Hermann parlait d'un ton calme, avec des inflexions modestes. Plus il sentait que ces discours devaient paraître étranges dans la bouche d'un prince, plus il s'efforçait d'y mettre l'accent de la plus entière simplicité et de la certitude la plus tranquille.

— Monseigneur, dit Hellborn, j'ai l'honneur de donner ma démission à Votre Altesse royale.

Hermann se leva :

— Soit. C'est étonnant comme j'ai de la peine à garder mes ministres. C'est que je fais des choses trop simples pour eux.

Il se mit à marcher de long en large, la tête baissée, les mains derrière le dos :

— J'ai beaucoup appris dans ces derniers mois. Ce qui rend les iniquités de l'état politique et social difficiles à redresser, c'est que tout le monde, en cette affaire, est à la fois juge et partie... Ce que je dis là n'a rien d'original, n'est-ce pas? La réparation de ces iniquités est réclamée par ceux qui souffrent et par une partie de ceux qui jouissent. Or, les premiers demandent et espèrent trop. Et, quant aux seconds, ils ne peuvent jamais être complètement sincères. Il y aura toujours, même chez les meilleurs, un abîme entre leurs pensées et leurs actes. Presque tous les théoriciens révolutionnaires appartiennent à la bourgeoisie, quelques-uns à la bourgeoisie riche. Si tous ceux-là conformaient leur conduite à leur doctrine, s'ils vivaient sobrement, s'ils consacraient tout leur superflu au soulagement des misères dont ils font profession de s'indigner, la solution de la question sociale aurait déjà fait un grand pas. Mais non ! Privilégiés, ils continuent à jouir jalousement de leurs privilèges. Nous voyons qu'en tout pays la plupart des leaders de la démocratie sont ou de fort économes bourgeois, ou des hommes de plaisir, qu'ils n'aiment pas le peuple, qu'ils trouvent son abord déplaisant, qu'ils ne l'approchent que les jours de club et dans les périodes d'élections, et qu'ils ne font même pas la charité, sous prétexte que ce n'est pas la charité, mais la réforme des institutions qui amènera l'extinction de la misère. Hypocrisie ! hypocrisie !... Hélas ! ce n'est rien que de donner la dîme de son revenu. Mais, même parmi les riches les moins endurcis, qui donc donne la dîme?...

Et, s'arrêtant devant Hellborn :

— J'accepte votre démission, monsieur. Je l'attendais, et vous avez raison de me l'offrir. Votre conduite dans la discussion du projet de réformes vous a brouillé avec vos amis de l'ancienne opposition, sans vous ramener tout à fait les conservateurs. Mais vous sentez qu'il vous serait plus facile de vous réconcilier avec ceux-ci et de devenir décidément leur homme en sauvant la société. Je vous permets de leur dire que c'est moi qui n'ai pas voulu que vous la sauviez.

Hellborn, nullement embarrassé, eut un sourire d'homme supérieur.

— Votre Altesse royale exprimait tout à l'heure les plus nobles pensées. Mais, que voulez-vous, monseigneur? avant de se résoudre à certains sacrifices, on voudrait, du moins, être sûr qu'ils seront efficaces... Votre Altesse me permet de parler librement?... Si peut-être nous hésitons, nous, les privilégiés, les bourgeois, comme vous dites, — à sacrifier nos privilèges, vous même, monseigneur, êtes-vous sûr, absolument sûr, que vous

HELLBORN SE RETIRA...

consentiriez, le cas échéant, à sacrifier les vôtres? Je ne parle pas du pouvoir absolu, qui ne saurait être aujourd'hui qu'un nom et auquel vous avez déjà renoncé...

— Vous parlez de la couronne? dit Hermann.

Il réfléchit, puis, gravement :

— En mon âme et conscience, monsieur Hellborn, je suis détaché de tout, même de la couronne.

Et, changeant de ton :

— Ne le répétez pas, au moins... Du reste, on ne vous croirait pas.

Hellborn se retira, un peu abasourdi.

XIII

Du jour où le roi son père lui avait remis ses pouvoirs, Hermann, en dehors des indispensables relations avec ses ministres et quelques hommes politiques, avait vécu dans une profonde solitude. De la sorte, il n'était point distrait de son rêve et il amassait en lui-même, par la continuité de son effort et de sa méditation, une ré-

LE VIEUX GÉNÉRAL SE SOUMIT A TOUT...

serve d'énergie égale à la hardiesse de son dessein. Trois ou quatre fois seulement, il était allé passer, en secret, quelques heures auprès de Frida, dans la maison des bois. Il s'était tenu à l'écart de Wilhelmine; il se rendait, aux dates habituelles, dans la chambre de la princesse : mais elle avait beau l'interroger, lui dire ses défiances et ses inquiétudes, il se refusait inexorablement à toute discussion sur les affaires publiques.

Il avait réduit au strict nécessaire le cérémonial du palais, supprimé les réceptions et les fêtes et donné à l'assistance publique de Marbourg les cinq cent mille florins ainsi économisés.

Tout d'abord, ces largesses avaient encore accru sa popularité. Mais il n'avait pas su l'entretenir, ne se montrant jamais au peuple, par une sorte de pudeur, parce qu'il considérait la recherche des ovations comme indigne d'un sage et parce que ces acclamations, dont il était sûr d'avance, lui semblaient hors de proportion avec le peu de mérite qu'il se reconnaissait.

Cette abstention avait refroidi le peuple, qui n'en pouvait deviner les causes. Dans le moment où l'assemblée des trois corps défigurait, article par article, le projet de loi constitutionnelle, les meneurs populaires avaient accusé le prince d'être le complice caché de cette comédie. Et, quand on avait appris qu'il tolérait la manifestation, il se trouva des gens pour dire que c'était un piège qu'il tendait au peuple.

Hermann savait tout cela. Il l'avait prévu. Il se résignait à la sottise et à l'ingratitude inévitables.

Outre la défiance d'une partie de la foule, Hermann sentait contre lui, sourdement grandissante, indomptable comme l'égoïsme et comme l'instinct de conservation et de propriété, l'opposition de tous les privilégiés.

Toutefois, il allait son chemin. Rien n'eût pu le faire reculer. Naguère, il passait pour faible et impropre à l'action par excès soit de sensibilité, soit d'esprit critique. C'est qu'en ce temps-là il n'avait pas charge des autres et que ses indécisions étaient de peu de conséquence. Mais, à présent que ses sentiments devaient se traduire par des déterminations qui, elles-mêmes, devaient toutes avoir des conséquences publiques, il s'était fait une volonté. Une volonté tendue, immobile, dont l'effort solitaire et ininterrompu l'avais mis peu à peu dans cette disposition d'âme où, à force de penser que l'on doit marcher contre l'obstacle et le rompre, la perception même de l'obstacle s'abolit et où s'accomplissent les actions folles ou sublimes. Bref, Hermann vivait dans une sorte de somnambulisme moral.

Au reste, sa lucidité d'esprit restant parfaite, il fixa lui-même les conditions dans lesquelles la manifestation populaire aurait licence de se produire. Les manifestants se réuniraient sur la place des Marronniers, parcourraient les quais de la rive droite jusqu'à la place des Trois-

Rois, suivraient la ligne des grands boulevards et se disperseraient au carrefour de la Croix-Bleue. Sur tout ce parcours, il désigna les postes qui seraient occupés par la troupe, les édifices : caserne, Banque, Bibliothèque royale, dans les cours et les sous-sols desquels les réserves de cavalerie et d'infanterie se tiendraient prêtes à sortir au premier commandement. Il eut soin que tous ces préparatifs de répression fussent entièrement dissimulés. Il s'appliqua à tout prévoir et à donner les instructions les plus précises. Sur les points où la manifestation deviendrait séditieuse, trois sommations seraient faites, très espacées. Si elles restaient inutiles, on ferait des charges de cavalerie, très lentes. Mais, quelles que fussent les circonstances, les cavaliers ne devaient dégainer et les fantassins ne devaient tirer que sur l'ordre exprès d'Hermann. Des fils téléphoniques reliaient son cabinet à celui du général gouverneur de Marbourg, situé à l'autre extrémité du palais, et à tous les postes et dépôts de troupes. Ainsi, quoi qu'il advînt, il ne pouvait s'écouler qu'une ou deux minutes entre la transmission des nouvelles et celle des ordres du prince. Il aurait donc la direction suprême de la journée, comme il voulait en porter toute la responsabilité. Le vieux général de Kersten, gouverneur de Marbourg, une baderne qui ne connaissait que sa consigne, se soumit à tout sans réflexion ou peut-être par cette réflexion que le prince était un « pékin » plein d'idées biscornues, qu'il fallait le laisser aller, puisqu'il était le prince, mais qu'au surplus il reconnaîtrait lui-même, tôt ou tard, la nécessité de revenir aux pratiques traditionnelles de gouvernement et de police.

XIV

Un soleil chaud, presque un soleil d'été, éclaira cette matinée du 1er octobre. Pas un nuage au ciel ; il ne fallait pas compter sur la pluie, fatale aux mouvements de rue, bonne auxiliaire des gouvernants aux jours d'émeute. Les manifestants avaient le ciel pour eux. Hermann s'en réjouit : l'épreuve qu'il tentait serait ainsi plus décisive.

Il était seul dans son cabinet. Un officier d'ordonnance était au téléphone dans une pièce voisine. Les premières nouvelles avaient paru rassurantes. Plus de dix mille ouvriers s'étaient réunis sur la place des Marronniers, sans désordre, presque sans cris. Et, lentement, en rangées épaisses, l'énorme procession s'ébranlait...

Un grand silence enveloppait le palais. Nul bruit ne montait, ni des boulevards, ni des quais encore déserts. Hermann en éprouva un malaise. Il songea au vaste bruit de mer déferlante que, sans doute, le peuple faisait là-bas, et qui se rapprochait à chaque seconde, et qu'on n'entendait pas encore, mais qu'on entendrait tout à l'heure. Le silence lui fut pesant, comme celui qui précède l'orage. Il marchait à grands pas, nerveusement. Parfois ses yeux rencontraient le regard immobile et noir du portrait d'Hermann II. Il lui sembla qu'un sourire ironique et méprisant pinçait les lèvres du terrible ancêtre. Alors il le regarda en face. Non, l'illustre tueur ne souriait pas. Avec une attention hostile, le prince examina cette bouche triste et dure, ce front étrangement serré aux tempes, ces mâchoires de carnassier. Et il eut un plaisir d'orgueil et de défi à penser que ce qu'il faisait serait haïssable et inintelligible au sinistre aïeul, si celui-ci pouvait lever les dalles de la chapelle des Carmélites où il reposait depuis cinq cents ans, à se dire qu'il osait, le premier, rompre une tradition tant de fois séculaire, et, fils de rois, démentir, au nom de la pitié humaine, l'impitoyable et fausse sagesse de toute une lignée de rois...

Puis il s'assit, tira de sa poche une lettre qu'il déplia et en lut la dernière page de l'air d'un dévot qui médite un texte sacré :

« ... Oui, je vais bien penser à vous, non pas plus que les autres jours, mais avec plus d'angoisse. Je [illegible]is trop les affreux conseils de prudence que les politiques vous donneront ; mais n'est-ce pas que vous ne les écouterez point ?... Il y a peut-être bien, parmi tous ces pauvres gens, quelques méchants et beaucoup d'ignorants ; mais il y a surtout des malheureux... N'ayez pas peur d'eux, vous, leur ami. Défendez qu'on les provoque en étalant les préparatifs de la répression sans savoir si l'on aura quelque chose à réprimer, et je vous jure qu'ils ne feront point de mal. L'âme de la foule est généreuse pour qui la traite avec générosité.

Enchaînez-la par la confiance que vous lui montrerez... Songez donc, mon cher seigneur! si un seul des pauvres de Jésus, de ceux qui sont bons et qui souffrent injustement, allait être tué par vous, par vous son protecteur naturel, et cela pour avoir crié sa misère!... Non, je ne puis supporter cette pensée... Au nom de notre amour, ne verse pas le sang des malheureux... »

— Ah ! Frida ! petite Frida !... Voilà mon viatique, murmura Hermann.

Il se retrouvait apaisé, confiant, comme si, de ces paroles innocentes et aimées, une certitude infiniment douce s'était épanchée en lui.

XV

— Peut-on te dire un mot?

Otto entra, visiblement agité. Mais son sourire d'éternelle gouaille restait figé sous sa moustache rousse.

— Le moment, dit Hermann, n'est peut-être pas des mieux choisis.

— C'est qu'on ne te voit pas comme on veut... Et puis... je vais te dire... je n'ai pas eu le choix du moment. D'ailleurs, aujourd'hui ou un autre jour... Pour moi, je suis bien tranquille.

— Tant que cela?

— Oui, quoique tu ne fasses pas grand'-chose pour rassurer les gens paisibles, soit dit sans reproche. Je connais tes idées. Tu te figures que tes douze ou quinze mille prolétaires vont faire gentiment leur petite promenade et qu'il n'y a qu'à ne pas les contrarier pour qu'ils restent sages... J'en doute très fort, mais je raisonne.

— Voyons.

— C'est bien simple. De deux choses l'une : ou tu vois juste (ce qui est possible), et tout se passera en douceur ; ou tu te trompes, et alors tu feras comme on a fait avant toi : tu te défendras, — un peu plus tard seulement. Il y aura un peu plus de casse que si tu t'étais défendu tout de suite; mais ça reviendra au même. Nous aurons le dernier mot, cette fois-ci encore et quelques autres, parce que, provisoirement, nous sommes les plus forts ; je dis nous et notre bonne noblesse, et notre délicieuse bourgeoisie. Évidemment, nous n'en avons pas pour longtemps ; mais la machine durera bien autant que nous. Je n'en demande pas plus, moi.

— Brave cœur !

— Je ne suis pas un sentimental... Mais parlons de mon affaire. Je t'en ai déjà dit un mot, il y a quelques jours...

— Cette concession de mines?

— Oui... Le baron Issachar donnerait la forte somme.

— Cela veut dire?

— Mon Dieu !... cela est assez clair.

— Enfin, quoi? Il m'offrirait de l'argent?

— Je ne dis pas cela... Tu aurais le droit d'ignorer. Dans toute chose, il y a la façon... Mais les temps sont durs... Les têtes couronnées manquent d'argent de poche... Je crois que Wilhelmine elle-même ne serait pas fâchée... pour ses bonnes œuvres... Enfin... trois millions sont bons à prendre...

— Inutile de continuer, tu sais.

— Pourquoi?

— Tu ne comprends pas?

— Non.

— C'est juste : tu ne peux pas comprendre, dit Hermann en haussant les épaules.

Le front d'Otto se plissa, et ses yeux devinrent méchants :

— Voyons, Hermann, ce n'est pas sérieux? Qu'as-tu à reprocher au baron?

— Je n'ai rien contre lui. Je ne veux pas, voilà tout. Je trouve que, dans cette affaire, les propriétaires du sol ont un droit de propriété, et, puisqu'ils présentent des garanties...

— Moins que le baron... Il possède en Alfanie soixante mille hectares de forêts... Nous lui devons les tramways de Marbourg...

— C'est-à-dire qu'il nous les doit. Malheureusement. J'estime, pour moi, qu'il a assez d'autres moyens de faire travailler son demi-milliard et que ce n'est pas le moment, quand la question sociale est arrivée à l'état aigu, d'accorder des privilèges à ceux qui sont déjà trop riches. Mes raisons sont limpides, comme tu vois.

— J'aurais bien des choses à te répondre, et même des choses sensées. Mais je perdrais mon temps, Aujourd'hui, tu es buté... Nous en reparlerons... Seulement, écoute : tu me mets dans une situation un peu fausse vis-à-vis du baron. Je lui avais fait espérer... Dans tous les cas, il me semble que nous lui devons bien une petite compensation.

— Une compensation à quoi?

— A ce que ton refus lui fait perdre.

— Qu'est-ce que mon refus lui fait perdre?

— Dame ! ce qu'il te demandait.

— Tu as une logique !

— Enfin, je me trouve un peu engagé

CE MATIN MÊME TU AS REÇU LA VISITE DE SON HOMME D'AFFAIRES...

avec Issachar... Et, quand ce ne serait que pour me tirer d'embarras... il me semble que tu pourrais faire pour lui quelque chose qui l'aidât à patienter, et surtout qui lui prouvât que je me suis occupé de lui... Songe que le baron est une puissance et qu'il serait maladroit de le mécontenter... Au reste, un rien le ravirait... une simple marque d'estime, et qui ne te coûterait pas un sou.

— Enfin, quoi?

Otto laissa tomber d'un air négligent :

— Mais... le grand-cordon de l'Aigle-Bleu, par exemple.

— Le grand-cordon de l'Aigle-Bleu au baron Issachar?

— Mon Dieu...

— Dis-moi ses titres.

— Mais... son argent.

— C'est tout?

— Qu'est-ce qu'il te faut? Tu refuses encore?

— Ah ! oui, je refuse !

— Tu n'es pas aimable. Je te croyais plus... Voyons, qu'est-ce que tu as contre moi?

— Tu veux le savoir?

— Oui, j'aime autant.

— Tu y tiens beaucoup?

— Mais va donc !

— Eh bien, j'ai que la pensée d'être ici ton complice me fait horreur. Veux-tu que je te dise pourquoi tu viens mendier pour ce pauvre baron Issachar? C'est que ce juif te tient à la gorge, toi, deuxième prince du sang ; c'est que tu lui dois plus de douze millions et qu'il juge que l'heure est venue de t'acquitter ; c'est que, ce matin même, tu as reçu la visite de son homme d'affaires, qui t'apportait ses dernières sommations. L'ingrat ne se souvient plus qu'il a été ton cher ami, qu'en retour de l'honneur que tu lui faisais d'être son hôte tu te contentais d'un modeste bénéfice de deux mille louis, chaque soir, au baccara... Oui, c'était réglé comme un papier de musique. C'était ton indemnité de déplacement, et même tu ne te déplaçais que pour l'indemnité. Il trouve maintenant que c'est trop cher, surtout en y joignant les autres petites sommes que tu daignais lui emprunter. Il trouve que l'honneur de ton amitié ne vaut pas ça et qu'il a fait un marché de dupe. Et il te met en demeure de le payer, n'importe de quelle façon... Ah ! oui, tu es un joli prince ! Ta pauvre femme, qui, pendant ce temps-là, vit comme une recluse, écrasée sous la honte et la douleur, sanglotait encore l'autre jour en me parlant de toi.. Tu as si follement et si brutalement abusé de tout, que tu en es à présent à rechercher les sensations... excentriques, celles qui mènent au bagne les simples particuliers. Tu as commencé par descendre aux jupes crottées, filles de la rue ou servantes, et tu te déguisais pour courir les aventures de taverne. Puis cela même ne t'a plus suffi... Une des occupations de la police est de te protéger. . Non, non, je ne payerai pas à ton juif l'argent de tes vices. La royauté n'est pas un brigandage !

Les phrases tombaient sur Otto comme des soufflets. Il était livide, l'insolence de son sourire un moment tombée, la lèvre tremblante un peu. Mais il se contint :

— Qu'est-ce que tu veux?... Quand on s'ennuie !... Et si tu savais comme je m'ennuie !... Je t'avertis d'ailleurs que tout ce que tu viens de dire est fort exagéré... Mais, enfin, puisque tu sais tout, et même un peu plus qu'il n'y en a, tire-moi de là ! Tu vois bien que, si je t'ai parlé, c'est que je ne pouvais pas faire autrement... Que veux-tu que je devienne?

— Arrange-toi. Vends un château. Celui de Grotenbach est ta propriété personnelle.

— Grevé d'hypothèques, mon pauvre Hermann.

— Fais-toi l'ami intime de quelque autre banquier.

— Alors, tu ne veux rien faire pour moi? Remarque comme je suis patient... Après tout, je suis ton frère, et, si cela te donne certains droits, comme de me dire des choses désagréables, cela te crée, ce me semble, certains devoirs...

— Eh ! qu'est-ce que cela fait que tu sois mon frère? Comme si cela signifiait quelque chose chez nous autres! Nous sommes-nous jamais aimés? Nous sommes-nous seulement jamais connus? ... Est-ce que je ne sais pas, d'ailleurs, que tu me hais?

— Moi?...

A cet instant, un grand bruit confus s'éleva du dehors. C'étaient sans doute des bandes attardées qui gagnaient le rendez-vous des manifestants. Les deux princes tendaient l'oreille ; les cris devenaient distincts.

— Entends-tu, dit Hermann, ce que crient ces gens-là?

— Non.

— Ils crient : « Vive le prince Otto » !

— Tiens, c'est ma foi vrai.

Du moment qu'il n'avait décidément rien à attendre de son frère, Otto reprenait son attitude naturelle, et, dandinant son grand corps, les mains enfoncées dans ses poches :

— Qu'est ce que j'y peux?... Ce n'est pas un cri séditieux. Si j'étais l'aîné, et toi le cadet, ils crieraient : « Vive le prince Hermann ! » C'est clair comme le jour.

— Sais tu qui les a payés?

— Ce n'est toujours pas moi : je ne suis pas assez riche.

— C'est toi ! Et c'est toi qui as fait afficher dans la ville des placards que j'ai fait déchirer ce matin, où l'on me dénonçait au peuple comme jouant un double jeu, libéral dans mes déclarations publiques, mais secrètement allié à la réaction... Ne nie pas : j'ai les preuves.

— Quelles preuves? Des rapports de policiers qui font du zèle?... Tu me dis tout cela pour me dispenser de me rendre le petit service que je te demandais... Tu as tort, Hermann ; je t'assure que tu as tort.

— Écoute, dit Hermann.

C'était la sonnerie du téléphone dans la pièce voisine. Deux ou trois minutes s'écoulèrent ; les deux princes se taisaient. L'officier d'ordonnance entra et, apercevant Otto, parut hésiter.

— Vous pouvez parler, dit Hermann.

L'homme répéta, du ton uni et impersonnel d'un officier au rapport, la communication qu'il venait de recevoir :

— La manifestation s'est mise en marche vers dix heures et demie. Douze mille hommes environ ; quelques centaines de femmes et d'enfants. Ç'a été très calme d'abord. Mais, tout à coup, à l'angle du quai Saint-Pierre et de la rue des Tanneurs, Audotia Latanief a déployé le drapeau noir.

— Encore elle ! murmura Hermann.

Le visage d'Otto s'éclairait.

L'officier continua :

— On le lui a arraché. Il y a eu des coups échangés. Rien de grave. Audotia, qui résistait, a été conduite au poste avec trois ou quatre ouvriers grévistes. La foule continue son chemin, pacifique en apparence, presque silencieuse. Le général gouverneur de Marbourg dit que ce silence ne présage rien de bon. Il pense

AUDOTIA A DÉPLOYÉ LE DRAPEAU NOIR.

qu'on pourrait, sans trop de peine, diviser et refouler les manifestants au moment où ils déboucheront sur le rond-point du pont Saint-Gabriel. Quels sont les ordres de Votre Altesse royale?

— Les mêmes. Qu'on laisse faire.

L'officier se retira.

Mais Hermann n'était plus si tranquille. Toujours cette Audotia ! Elle devenait singulièrement encombrante, cette sainte. Il est vrai que l'incident était prévu, et, sans doute, il n'aurait pas de suites. Pourquoi donc, si confiant tout à l'heure, Hermann avait-il maintenant le cœur serré d'angoisse?

Il tournait le dos à son frère ; mais il sentait derrière lui le grand nez, les yeux à pochettes, toute la personne d'Otto le railler méchamment. Il se retourna d'un mouvement brusque :

— Qu'as-tu à sourire?

— Je songe, dit Otto, que tu auras beau faire : tu finiras, bon gré mal gré, par où tu aurais dû commencer. Va, va, j'aurai le plaisir exquis de te voir tirer sur ce bon peuple en qui tu as tant de confiance et que tu aimes tant.

— Mais c'est abominable, ce que tu dis là !

— En quoi? Je constate ce qui est. Qui espères-tu tromper? Les sentiments que tu affiches sont contradictoires à ta fonction. Si tu les éprouvais réellement, ou si tu étais capable de les suivre jusqu'au bout, tu n'aurais qu'une chose à faire : t'en aller. Or, tu ne t'en iras pas. Tu resteras pour nous défendre — à coups de fusil s'il le faut — et tu massacreras de pauvres diables, parmi lesquels il y aura certainement quelques braves gens, parce que tu ne pourras pas faire autrement. Te voir patauger dans ces contradictions, ce sera ma première vengeance, à moi qui ne fais pas de phrases et qui ne me pique pas de justice ni de pitié. Et puis... j'attendrai... Je te parle bien tranquillement, selon ma coutume. Mais tu m'as dit tout à l'heure des choses que je ne permets à personne de me dire, pas même à toi... Et je t'avertis que je m'en souviendrai.

— A la bonne heure, dit Hermann, je reconnais mon frère.

XVI

La princesse Wilhelmine fit irruption dans le cabinet royal, tenant le petit Wilhelm par le bras et suivie de la gouvernante.

— Hermann! Hermann! cria-t-elle,

savez-vous ce qu'on a fait à votre fils ?

Son allure était tragique ; même ses beaux bandeaux étaient un peu dérangés. Toutefois, elle gardait son grand air, l'air des Altenbourg. Et c'est pourquoi Hermann, ayant d'ailleurs constaté que

LA PRINCESSE WILHELMINE FIT IRRUPTION DANS LE CABINET ROYAL...

l'enfant était intact, demanda avec tranquillité :

— Quoi donc? Qu'arrive-t-il?

— Il arrive que les émeutiers ont assailli à coups de pierres la voiture de votre fils, qu'ils auraient pu le tuer, qu'il n'a été sauvé que par la vitesse des chevaux, et que voilà, je pense, de quoi vous faire réfléchir.

— Enfin, dit le prince, il n'a pas eu de mal? Sa gouvernante non plus?... Peut-être madame de Schliefen s'est-elle exagéré les choses.

Il interrogea la gouvernante. Elle était partie le matin pour conduire Wilhelm chez le roi son grand-père. Mais, ayant rencontré des bandes qui se rendaient à la manifestation, la vieille dame, prise de peur, avait ordonné au cocher de rentrer au palais. Des ouvriers avaient reconnu la livrée de la cour, poussé des cris de menace et lancé des pierres contre la voiture. Et c'était miracle que ni elle ni le petit prince n'eussent été atteints.

— Vous n'aviez, madame, qu'à continuer votre chemin, dit froidement Hermann. Rien de tout cela ne serait arrivé.

Il était persuadé que madame de Schliefen avait rêvé presque tout ce qu'elle racontait. Il l'examinait, redressée dans son busc, l'aspect ridiculement majestueux, provocante à force de dignité empesée. Il se disait que des gens du peuple avaient pu être agacés rien qu'en voyant cette tête-là (il l'était bien lui!) et, puisque l'enfant était sain et sauf et que tout s'était borné sans doute à un peu de tapage, il inclinait à des indulgences dont il sentait confusément l'imprudence et la folie. Mais c'était plus fort que lui : la vue de cette douairière avait toujours pour effet d'éveiller dans le tréfond ignoré de son âme de prince il ne savait quel incoercible instinct de révolutionnaire, presque de clubiste et de barricadier.

Cependant le récit de la vieille dame avait exalté le petit Wilhelm :

Papa, dit-il, ce sont des méchants. Il faut les tuer tous ! tous !

L'enfant tremblait de frayeur et de colère. Hermann le regarda d'un air d'indicible douleur et répondit doucement :

— Mais, mon chéri, si tu veux qu'on les tue, c'est donc que tu es aussi méchant qu'eux?

L'avorton, dépité, éclata en sanglots. Hermann l'embrassa, le caressa, mais sans parler : les mots tendres qu'il cherchait ne lui venaient pas...

La princesse fit signe à la gouvernante d'emmener l'enfant.

XVII

Restée seule avec le prince :

— Alors, dit-elle, c'est vrai, c'est bien vrai? vous autorisez la manifestation?

Il vit qu'elle était décidée à parler, quoi qu'il fît, et qu'il ne pourrait, cette fois, se dérober à une explication.

— Ma parole est engagée, répondit-il. Et, quand je voudrais la retirer, il n'est plus temps.

— Il serait encore temps si vous vouliez.

— Eh bien, donc, je ne veux pas.

— Mais savez-vous que vous vous perdez?

— On me l'a déjà dit ; mais rien n'est moins sûr. Mon opinion est que les manifestants rentreront paisiblement dans leurs maisons après avoir fait connaître leurs vœux, comme c'est leur droit.

— Leur droit? Ne voyez-vous pas que, quand bien même, par impossible, ils ne commettraient aujourd'hui aucune violence, ce prétendu droit de remontrance publique serait la négation de votre droit à vous, de ce droit royal qui est, en somme, leur meilleure sauvegarde à eux.

— Des mots !... Ils souffrent : je leur laisse la liberté de la plainte.

— Une plainte qui s'exhale par des milliers de bouches et qui se promène par les rues n'est pas une plainte, mais une menace. Ils souffrent? Eh ! croyez-vous qu'il n'y ait de souffrance que de leur côté? Il y en a aussi du nôtre. Surtout il y en aurait si vous désertiez votre poste. Pensez à cela ; pensez à tous ceux qui sont derrière vous : à votre noblesse, à votre armée, à tant de braves gens qui se feraient tuer sur un mot de vous et qui, étant à vous, ont mis en vous leur confiance. Tous ceux-là, si l'émeute éclate et ne rencontrent, par votre faute, qu'une résistance incertaine et tardive, tous ceux-là, dont vous avez charge, voyez à qui vous les livrez, vous, leur maître et leur défenseur.

— Je suis le défenseur des autres aussi, répondit Hermann. Ne suis-je roi que pour monter la garde autour des privilèges et des coffres-forts des satisfaits? Car on dirait qu'un souverain n'est aujourd'hui qu'un gendarme au service des propriétaires ! Je n'accepte point ce rôle. Vous me sommez d'être roi ! Eh bien, je ramène la royauté à sa fonction primitive, qui est de protéger d'abord les humbles et les petits. Je veux être avec ceux qui pâtissent le plus. Une grande part de ce qu'ils demandent est juste ; j'en suis sûr : j'ai étudié les questions. Vous ne savez pas ce que sont certaines vies de pauvres. Et comment en auriez-vous même une idée? Vous n'avez jamais vu cela que de si loin ! Moi, je sais, j'ai tâché de voir ou de me figurer. Et, à cause de cela, je vous le dis, les brutalités mêmes de la populace me font moins horreur que l'injustice hypocrite et la dureté de certains riches et de certains grands seigneurs. Ceux-là, en réalité, me sont plus étrangers, me semblent moins mes frères que les gens du peuple. Aujourd'hui même, savez-vous d'où vient tout le mal? Il vient de ce que les riches n'ont pas le courage de consentir à être moins riches. Il n'y a, au fond, rien autre chose. C'est là l'obstacle à tout, l'obstacle insurmontable. Et c'est cela qui m'emplit de colère !

— Soit ! dit ironiquement Wilhelmine.

Il n'y a qu'orgueil et dureté en haut, vertu et désintéressement en bas. Je ne vous parlerai donc pas du dévouement de la plupart de vos gentilshommes ni des traditions d'honneur et d'héroïsme de nos vieilles maisons, et je ne dirai pas non plus qu'il y a peut-être des riches qui sont des hommes de bonne volonté. J'admets cet égoïsme des heureux. Pensez-vous qu'il soit bon de l'exaspérer encore en leur faisant peur? ou que le meilleur moyen de les incliner à l'esprit de sacrifice, ce soit de laisser passer sous leurs fenêtres, par une tolérance qui est presque une complicité, la brutale menace d'une révolution? Vous vous plaignez d'être mal compris et mal secondé par eux. Mais parlez-leur au moins ; ne leur montrez pas cette défiance blessante, et, si vous voulez qu'ils fassent cet effort de travailler avec vous, fût-ce contre eux-mêmes, ne refusez point de rester avec eux.

— Hélas! dit Hermann, ils savent trop que j'y resterai de gré ou de force et que je suis leur prisonnier... La vérité, c'est que j'ai beau être un des derniers souverains absolus de l'Europe, je ne puis rien directement sur ceux de mes sujets qui détiennent les neuf dixièmes de la fortune du royaume. Et leur calcul est atroce, voyez-vous ! Si ce mouvement dégénère en émeute, ils savent bien qu'il faudra la réprimer, après tout, et que la terreur qui suivra cette répression rétablira pour quelque temps, en leur faveur, l'ordre et le silence.

La parole du prince sonnait âprement. Wilhelmine sentait, non point sa conviction fléchir, mais ses idées lui échapper. La pensée de son mari avait des apparences de générosité qui, sans la persuader, déconcertaient la princesse. Femme, elle n'eût pu lui tenir tête que par des arguments sentimentaux ; or ces arguments-là surabondaient en faveur de la thèse d'Hermann, au lieu que Wilhelmine était réduite à parler presque uniquement expérience et raison... Elle répondit avec effort :

— Oui... pour quelque temps seulement... peut-être... Oui, ceux que vous avez à défendre sont les vaincus de demain... Au moins, n'aidez pas à leur défaite...

Un argument lui était venu. Elle reprit son élan :

— Concevez-vous ce qui arriverait après? Ou pouvez-vous vous le représenter sans effroi? Défendez donc votre pouvoir, dans l'intérêt même de votre rêve, car ce que vous rêvez, ce n'est assurément pas la foule aveugle et stupide qui saura le réaliser.

— Aveugle et stupide? dit Hermann. C'est en effet ce qu'on répète toujours. Et c'est pour cela que je souhaite que les manifestants restent calmes jusqu'à la fin; et, pour qu'ils en aient tout le mérite et, par suite, tout le bénéfice, je veux les laisser libres, et cela, jusqu'à la dernière minute où je le pourrai. Les révolutionnaires prétendent, eux, que c'est la répression qui fait l'émeute. Je veux voir si c'est vrai, voilà tout.

— Mais c'est une partie insensée que vous jouez là ! Mais ce que vous exposez ne vous appartient pas à vous seul ! Le pouvoir royal est un patrimoine dont chaque roi n'est que le dépositaire et qu'il doit transmettre intact... Si l'intérêt de la meilleure partie de votre peuple et si votre propre danger vous touchent peu, songez à votre fils ! Ne lui perdez pas sa couronne !

— Nul ne peut dire en ce moment si je la perds ou si je l'assure. Je tente une épreuve. Je veux voir si ce peuple, que j'aime et qui doit le savoir, est capable de m'aider en se contenant lui-même, ou s'il n'est que la brute violente que vous redoutez. Le bien qui sortira de cette expérience, si elle réussit, vaut, certes, que nous courions quelques risques. Un nouvel état de choses nous fait des devoirs nouveaux, des devoirs plus aventureux, et nous met en demeure d'oser plus qu'autrefois dans la bonté. Il convient aujourd'hui qu'un souverain hasarde beaucoup pour tout sauver...

Le prince, ici, parut hésiter devant sa pensée ; puis, d'un accent de décision un peu fébrile et provocante :

— Et, s'il faut prévoir l'improbable, quand je hasarderais même la couronne future de ce petit enfant...

— N'achevez pas, Hermann! Ce n'est pas vous, non, ce n'est pas vous qui parlez ainsi... Ce que je refusais de croire serait donc vrai?... Osez dire que cette folie vous vient de vous seul, que vous ne subissez aucune influence et qu'il n'y a entre vous et moi que vos propres pensées !

— Qu'entendez-vous par là? dit Hermann d'une voix cassante. Eh ! madame, si je me trompe, laissez-moi du moins la responsabilité de mon erreur ! Je suis assez fort pour la porter tout seul. Si j'étais homme à subir une volonté étrangère, apparemment j'eusse déjà cédé à la vôtre, car, Dieu merci ! je ne croyais pas qu'une femme pût mettre tant d'acharnement à demander... quoi? du sang ! On n'est pas archiduchesse à ce point !

— Hermann ! dit-elle douloureusement, pourquoi me prêter ce rôle odieux? Croyez-vous que je n'aie pas pitié, moi aussi, et que le cœur ne me saigne point à vous parler comme je le fais?... Oui, ce que j'ai le courage de vous rappeler, c'est un devoir ingrat et dur ; mais c'est le plus évident, le plus pressant, le plus impérieux de vos devoirs. Et je dis que vous n'y échapperez point et qu'il vous ressaisira au sortir de vos songes. Vous n'êtes pas libre, vous le reconnaissiez tout à l'heure avec colère. Quelque chose de plus fort que vous : votre naissance et votre rang, pèse sur vous, Vous êtes né de ce côté-ci du champ de bataille ; tant pis pour vous ! Quand vous voudriez être transfuge, l'autre camp ne vous croirait pas. Prenez-en votre parti, et demeurez avec nous... Et, si tout craque sous nos pieds, tombons à notre poste en montant notre faction. Trente générations de rois vous obligent.

— Moins que ma conscience, madame.

L'officier parut à la porte.

— Quelles nouvelles? demanda Hermann.

— Communication du général gouverneur : Le nombre des manifestants grossit toujours. Pas de désordre jusqu'à présent... Mais le général fait observer qu'il serait facile de couper la manifestation en deux au carrefour des Tanneurs. Il demande si Votre Altesse royale n'a rien à modifier aux ordres donnés.

— Absolument rien.

— Mais... commença Wilhelmine.

— J'ai dit.

— Les manifestants, reprit l'officier, doivent passer au bout de la grande allée du jardin royal. Votre Altesse pourra facilement les voir des fenêtres de la salle du trône.

— J'y ai songé. Merci, Allez, capitaine.

Et se retournant vers la princesse :

— Madame, vous prenez souvent plaisir à me rappeler mon pouvoir et mes droits. Or, si je suis roi, je le suis aussi pour vous. Et, si je suis de droit divin, c'est apparemment Dieu qui m'inspire cette conduite même dont vous êtes scandalisée. Qu'avez-vous à répondre?

— Rien, Hermann, sinon que je cours veiller à la sûreté de votre fils et que je

L'OFFICIER PARUT A LA PORTE.

reviens prendre ma place auprès de vous, quoi qu'il arrive.

— Eh ! madame, je vous dis qu'il n'arrivera rien.

— Dieu vous entende !

XVIII

... Des fenêtres de la salle du Trône, une vaste allée, longue de cinq cents mètres, s'étendait jusqu'à la grille qui fermait le jardin privé du roi. Hermann resta longtemps à regarder la foule passer derrière cette grille. Elle marchait sans désordre, en rangées inégales et, semblait-il, presque en silence.

Hermann prit une longue-vue. Il distinguait, entre les barreaux, la fuite continue de figures presque toutes laides, les unes farouches, les autres souffrantes et lasses, la plupart inexpressives et, quelquefois, des bouches ouvertes dont il n'entendait pas le cri. Il songea :

— Eh bien ! je ne m'étais pas trompé. Comme ils sont sages, les pauvres gens ! Voilà qui ne présage guère une émeute.

Il avait envie de les remercier de lui donner raison. Mais, peu à peu, cet ordre et ce silence mêmes faisaient naître au

HERMANN PRIT UNE LONGUE VUE.

fond de lui une inquiétude. Mieux que n'eût fait une multitude confuse et bruyante, cette procession quasi muette —qui passait, passait interminablement— donnait la sensation du nombre et de la force. Hermann commençait à s'étonner d'avoir osé mettre en liberté, ne fût-ce que pour quelques heures, cette force inconnue, et le malaise de l'attente lui devenait intolérable.

Soudain, il s'aperçut que la procession des pauvres cessait de défiler. Elle revenait sur ses pas ; sa masse encore épaissie oscillait, semblait se heurter contre la grille.

Presque en même temps, l'officier annonça que les manifestants demandaient à entrer dans le jardin royal.

Hermann eut un moment d'hésitation... « Eh, quoi ! se dit-il, je serais lâche? » Puis un désir lui venait, irréfléchi, irrésistible, de voir de plus près cette foule ténébreuse, grosse de mystère et de hasards.

— Qu'on leur ouvre ! commanda-t-il.

Il se remit en observation derrière la fenêtre, protégé contre les regards du dehors par les balustres du large balcon et par les rideaux à demi rabattus.

Bientôt, par la grille ouverte, le flot de peuple jaillit, s'avança en s'élargissant. Les figures des premiers rangs se faisaient plus nettes. Hermann en distingua de mauvaises et de bestiales.

— Évidemment, pensa-t-il, ce qui enflamme ceux-ci, ce n'est pas une idée de justice. Ils sont sans doute aussi durs, aussi avides, aussi impitoyables — et moins policés — que les repus contre lesquels ils s'insurgent... Quelle société ces brutes nous referaient-elles?...

Mais, presque aussitôt, il douta de la vérité de son impression :

— Après tout, de quel droit leur prêté-je de bas sentiments sur la foi de leurs visages convulsionnés? Toute passion où il entre de la colère déforme et enlaidit les traits... En quoi ces faces inquiétantes diffèrent-elles de celles des soldats qui se ruent, en criant de rage, dans la mêlée?... Quand Cynégire mourut ou quand tomba le courrier de Marathon, les yeux leur sortaient de la tête comme à ceux-ci et ils étaient horribles à voir.

Et alors, à côté des têtes de fauves, il en discerna d'autres, si pâles, si douloureuses, douces quand même, une tête de jeune fille blonde, assez belle, l'air un peu sauvage et très fier, pareille, sous ses haillons, à une hamadryade, et puis aussi des faces ascétiques d'illuminés...

Les sombres rangs marchaient avec lenteur, tout droit vers la fenêtre d'où Hermann, invisible, les observait... Ils mettraient certainement plusieurs minutes à parcourir l'espace compris entre la grille du jardin et le fossé du palais... Hermann remarqua qu'ils suivaient les allées, respectaient les pelouses et les massifs de fleurs. Il leur en sut gré.

Et, tout en regardant grandir et s'approcher la vague humaine, il méditait, et des pensées claires et hardies, mais trop simples et incomplètes à son insu — comme celles du martyr qui, au dernier instant, repasse en lui-même les raisons qu'il a de croire et de mourir — s'enchaînaient dans l'esprit du prince avec une singulière rapidité.

— Que va-t-il sortir de là? Mettons tout au pis. Tirons les extrêmes conséquences possibles de ce que j'ai osé faire. Évidemment, je m'expose à ceci que, par quelque accident, par quelque malentendu entre le peuple et la troupe ou la police, l'impatience d'un officier ou la subite folie d'un énergumène, la manifestation s'achève en émeute, et l'émeute, en révolution. Une révolution violente et totale : je vais jusqu'au bout de l'hypothèse. Or ai-je le droit de courir ce risque?... Devançons les temps pour en bien juger... Je suppose la révolution accomplie, l'ancien ordre renversé, l'ordre nouveau établi — tant bien que mal, comme tout ordre en ce monde — sur de nouveaux principes... L'humanité y aura-t-elle perdu ? Cette société vaudra-t-elle moins que l'autre?... Oui, il y aura eu des actes de destruction et de vengeance ; des innocents auront été massacrés ; moi-même peut-être... Mais la somme de ces crimes que sera-t-elle, comparée à la somme des crimes silencieux, des injustices étouffées que recouvrait l'ordre ancien et par lesquels il se maintenait?... Cette nouvelle société sera brutale, inélégante, sans arts, sans lettres, sans luxe? Mais on peut vivre sans tout cela. Mes meilleures journées ont été celles où j'ai vécu près de la terre, dans la solitude des champs, comme un pâtre ou comme un laboureur... Et puis qui sait? Des âmes neuves, des types d'humanité encore inédits se révéleraient peut-être... Les hommes ont une faculté presque inépuisable d'adaptation à toutes ces conditions extérieures de la vie sociale... Le désordre ne saurait s'éterniser, parce qu'il ne conviendra jamais qu'à une minorité infime... Enfin, il y aurait toujours bien autant de vertu et d'abnégation dans ce monde-là que dans l'ancien, car le fond de la nature humaine ne change guère, et l'altruisme aussi est dans la nature ; il y est moins, voilà tout... Et quand les mêmes injustices et les mêmes violences renaîtraient sous d'autres formes? Serait-ce pire que ce que nous voyons?... Quelle pitié méritons-nous? Tout homme incapable de s'accommoder de la vie que l'ordre nouveau ferait aux individus, c'est-à-dire tout homme incapable de vivre sinon aux dépens des autres et de se contenter d'un bien-être modeste, — lequel d'ailleurs n'empêche point la véritable noblesse de la vie, qui est uniquement dans la pensée, — peut n'être pas un méchant homme, mais ne mérite cependant pas un intérêt bien vif... C'est le manque de vertu, même moyenne,

MES MEILLEURES JOURNÉES ONT ÉTÉ CELLES OU J'AI VÉCU PRÈS DE LA TERRE...

qui fait que les conservateurs s'opposent si furieusement à toute transformation sociale... C'est aussi ce manque de vertu qui empêchera sans doute la révolution de porter tous ses fruits, et, dans ce cas, la lâche humanité de demain pourra expliquer la vile humanité d'hier ; mais elle ne pourra pas l'absoudre... Si nous sommes tous des bêtes de proie, un grand déplacement d'injustice serait déjà une espèce et un commencement de justice... Donc, quoi qu'il advienne, ma conscience est en repos.

La foule n'était plus qu'à deux cents mètres du palais. Elle ne poussait plus aucun cri ; mais le bruit de son piétinement était plus redoutable que toutes les clameurs. Hermann aperçut avec netteté, au premier rang, une tête hideuse et qui était évidemment une tête d'assassin. Et, bien que ce ne fût rien ou presque rien et que cette sensation fortuite ne changeât point le fond des choses, il ne fut plus si sûr de son raisonnement. Il pensa :

UNE TÊTE HIDEUSE...

— Voici une des minutes les plus singulières de ma vie. Il me semble que je joue à pile ou face sur la douceur ou la férocité, sur le bon sens ou la stupidité de cette foule. L'enjeu, c'est tout ce que j'ai cru jusqu'à présent. Je tente une épreuve d'où je sortirai affermi dans mes plus chères idées, ou vidé de toute illusion et dégoûté des hommes à jamais...

Et il cria tout haut, avec un accent de supplication ardente :

— Mon Dieu ! faites que ce peuple comprenne ! Faites que ce peuple ne soit pas méchant !

— Pauvre Hermann ! dit une voix.

Il se retourna et vit son cousin Renaud. Il courut à lui comme quelqu'un qui cherche un refuge ou qui a besoin d'un témoignage :

— Renaud, mon cher Renaud, n'est-ce pas que tu m'approuves, toi? N'est-ce pas que j'ai raison d'avoir confiance?

— Oh ! moi, je te l'ai déjà dit, je te plains. Fais comme tu voudras : tu es sûr de mal faire. C'est triste d'être prince à l'heure qu'il est, à moins d'être un nigaud ou un bandit... Je n'ai plus soif que d'une chose : c'est d'être simplement une tête dans la foule.

Il tendit à Hermann un parchemin :

— Tiens, signe-moi ce brevet, que j'ai fait préparer comme nous en étions convenus.

— Tu le veux?

— Je t'en supplie.

— Tu n'auras pas de regret?

— Non.

Quand Hermann eut signé :

— Merci, dit Renaud. Tu viens de m'affranchir. A partir de cet instant, je ne suis plus que Jean Werner, enseigne de vaisseau en congé. Je respire enfin.

— Tu pars bientôt?

Le bruit du dehors croissait. Hermann s'était rapproché de la fenêtre et regardait le peuple venir. Mais Renaud, sans bouger, insoucieux du spectacle comme un homme guéri des curiosités vaines, répondit avec calme :

— J'embarque demain. J'emmène une femme que j'aime et que je ne pourrais épouser si je restais prince. C'est une petite gymnaste, Lollia Tosti. Nous nous marierons... là-bas, très loin... J'emporte de quoi vivre commodément... Je me demande si c'est très honnête pourtant ; mais on est toujours lâche par quelque point : je crains la pauvreté pour mon amie et je me dis que, après tout, ce que je possède sans l'avoir gagné est le salaire de ce que mes aïeux, — quelques-uns, du moins, — ont pu faire « pour le bien du royaume », comme on dit... Adieu, mon cher cousin.

Cependant, la foule était arrivée près de la grille basse de l'ancien fossé qui protégeait encore la façade du palais.

Une idée traversa l'idée d'Hermann, et tout son corps en eut un frémissement :

— S'ils demandent que je fasse baisser le pont-levis, que ferai-je?...

Mais la foule ne paraissait pas songer à pénétrer dans le palais. Seulement, sa masse fourmillante se tassait le long de la grille basse, et, tout à coup, une clameur énorme retentit.

— Renaud, qu'est-ce qu'ils crient?

— Parbleu ! dit Renaud, ils ne crient pas : « Vive le roi ! »

La clameur, en redoublant, prenait une forme ; un nom se dégageait du tumulte, scandé par des milliers de voix :

— Audotia ! Audotia !

— Ils veulent, dit Renaud, que tu la leur rendes, et je les comprends. Leur amie est une personne très déraisonnable et très dangereuse pour nous autres, mais très originale aussi, en vérité, et la seule, à ma connaissance, qui pratique la charité absolue — excepté, toutefois, envers nous.

— La leur rendre? Mais je ne puis pas, Renaud, je ne puis pas, je t'en prends à témoin. Le drapeau noir qu'elle promenait est l'étendard de l'insurrection. Il exprime le désespoir, la nécessité de recourir aux moyens suprêmes. Or le peuple n'en est pas là ; le peuple n'a pas le droit de signifier qu'il en est là, puisque son prince a confiance en lui et ne lui veut que du bien.

Il se butait à cette question du drapeau noir, étonné, en dépit de la connaissance qu'il croyait avoir des esprits simples, que le peuple ne comprît pas les subtilités de sa logique, mais sentant que ce dernier scrupule était comme le point idéal qui le séparait, lui, gardien de l'ordre, de la complicité avouée avec l'armée de la révolte.

La clameur continuait, menaçante. Hermann se précipita vers la fenêtre et voulut l'ouvrir :

— Je vais me montrer, je vais leur dire...

Renaud le retint :

— Ils vont te huer, mon cher ami. As-tu une tête de boucher? As-tu le mufle et le tonnerre de Danton pour haranguer le peuple?... Mais regarde-nous donc ! Ces fonctions-là ne conviennent pas à notre genre de beauté, mon pauvre Hermann.

— C'est vrai, dit le prince.

Il considérait la foule, de plus en plus serrée et houleuse, et il se raidissait dans sa volonté. Il murmurait : « Je ne dois pas. Non... je ne dois pas. » Mais une détresse pire que la mort lui serrait le cœur :

— Ainsi, tu m'abandonnes, Renaud? Tu m'abandonnes au moment où je suis le plus malheureux et quand tous les autres m'ont déjà abandonné? Car, vois-tu, je sens autour de moi le désaveu et le recul de tous ceux qui vivent de la royauté, de tous ceux qui comptaient sur moi comme sur le premier gendarme du pays... Voilà que j'ai contre moi le peuple parce que je suis prince, et tout le reste de la nation parce que j'aime le peuple... Et c'est l'heure que tu choisis pour me quitter !

— Je ne l'ai point choisie, Hermann. Mais que veux-tu que je fasse ici? Je ne puis t'être bon à rien. Tout le monde me regarde comme un fou parce que j'ai voulu vivre à ma guise... On croirait que je t'approuve, et cela encore te ferait tort. Donc, je m'en vais. Je renonce avec enthousiasme à mes droits éventuels à la couronne ; je m'évade de la royauté ; je disparais. C'est très bon de disparaître.

Cependant, les cris du dehors s'apaisaient. La foule, peu à peu, s'éloignait de la grille basse, s'écoulait vers la droite et s'engageait dans l'avenue de la Reine, qui longeait une des ailes du palais.

C'était sur cette avenue que donnait le guichet de la cour intérieure, pleine de cavaliers et de fantassins, au fond de laquelle se trouvait le poste de police où Audotia Latanief avait été conduite.

— Que vont-ils faire? demanda anxieusement le prince héritier.

— C'est bien simple. Ils ont bon cœur : ils vont délivrer eux-mêmes leur amie.

— Viens, dit Hermann.

XIX

Il entraîna Renaud par des galeries, des couloirs étroits et tournants, des portes basses, des tronçons d'escalier pratiqués dans l'épaisseur des murailles, car le palais, repris et agrandi à différentes époques, était machiné, dans certaines parties, comme un château de mélodrame. Ils traversèrent le corridor où le prince Manfred avait été assassiné par les ordres de son frère Otto III, la chambre où la reine Ortrude, aidée de son amant, avait étranglé le roi Christian V et la salle basse où le roi Christian VI avait tenu enfermé pendant dix ans, puis laissé mourir de faim le vieux roi Conrad VIII, qu'il accusait d'être dément.

Ils arrivèrent dans une des tourelles d'angle, autrefois prison, aujourd'hui chapelle. De là, par trois fenêtres étroites comme des meurtrières, on découvrait en enfilade toute l'avenue de la Reine et la façade extérieure de l'aile gauche du palais.

Comme ils entraient, ils virent dans l'ombre une femme agenouillée sur un prie-Dieu et toute secouée de sanglots. C'était la princesse Wilhelmine. En apercevant son mari, elle renfonça subitement ses larmes et reprit son air d'impassible dignité avant de se replonger dans son oraison.

HERMANN VIT LE GESTE DE L'OFFICIER...

Et Hermann lui en voulut de n'avoir pas continué simplement à pleurer.

Il passa derrière l'autel, monta sur l'escalier qui servait au chapelain pour exposer l'ostensoir dans sa niche, ouvrit une imposte pratiquée dans l'un des étroits et lourds vitraux et regarda dehors.

Les marronniers de l'avenue lui cachaient par places la chaussée et les larges trottoirs. Voici toutefois ce qu'il vit, de loin, par les percées ouvertes entre les masses de feuillages.

La foule se ruait contre le guichet, essayait de forcer la lourde porte à coups de pavés et de barres de fer ou en poussant contre elle, en manière de bélier, les timons d'un tombereau. Des hommes se faisaient la courte échelle et tâchaient de se hisser jusqu'aux fenêtres du premier étage. Toutes les vitres de cette partie du palais tombaient avec fracas sous une grêle de pierres, et, comme elles rebondissaient, en même temps que les projectiles, sur les têtes des assiégeants, la fureur du peuple redoublait, pareille à celle d'un aliéné qui se blesse lui-même. Une clameur continue emplissait l'air. Plusieurs drapeaux noirs flottaient, ballotés dans les remous de la foule, comme des oiseaux de funèbre augure sur une mer démontée.

Alors, barrant toute l'avenue, parut un escadron de cuirassiers, sorti de la cour intérieure du palais par une des portes de l'aile droite et qui venait prendre la multitude à revers. Les cavaliers s'arrêtèrent. Hermann vit le geste de l'officier faisant les trois sommations, qui restèrent inutiles. Les cavaliers reprirent leur marche, lentement. Des remous plus forts parcoururent la foule ; mais elle ne se dispersa point. Quand le premier rang des chevaux fut sur elle, elle sembla se gonfler comme le bourrelet d'une flaque d'eau qu'on balaye. Des têtes disparurent, submergées dans ce bouillonnement. Hermann devina que des corps devaient être foulés aux pieds. Fidèles à leur consigne, les cavaliers ne dégainaient pas. Mais des enragés les tiraient par les bottes ; d'autres se suspendaient aux naseaux des chevaux... Et tout à coup, sans que Hermann vît comment, la foule se trouva reformée derrière l'escadron... Les cuirassiers des derniers rangs firent volte-face. On leur jetait des pierres. Des visages furent meurtris et déchirés et, sous plus d'un casque, le sang coula. Quelques-uns se défendaient à coups de fourreau ou avec la crosse de leur carabine. Des chevaux se cabrèrent. Un cavalier fut arraché de sa selle par des mains furieuses et ne reparut plus...

L'officier d'ordonnance était derrière Hermann, au pied de l'escabeau, attendant les ordres.

— Allons ! dit Hermann, c'est eux qui l'auront voulu... Les soldats sont du peuple aussi... Que l'on fasse donner l'infanterie et qu'elle tire... après les trois sommations.

— Bien, monseigneur.

Hermann prit sa tête dans ses deux mains :

— Ah ! les brutes ! les brutes ! les brutes ! cria-t-il. Mais pourquoi, mon Dieu? Pourquoi?...

L'escadron, assailli devant et derrière, se défendait comme il pouvait. D'eux-mêmes, les cavaliers avaient dégainé. La mêlée devenait meurtrière.

La porte que les insurgés assiégeaient tout à l'heure s'ouvrit brusquement, et des fantassins débouchèrent dans l'avenue, la baïonnette en avant. Trois sommations, que le peuple déchaîné ne parut même pas entendre ; puis une décharge. Cela fit dans la foule un vide circulaire, pareil à celui que laisse un coup de faux dans un champ de blé. Deux ou trois milliers d'insurgés se trouvaient pris à leur tour entre les cuirassiers et les fantassins, aussi sûrement condamnés qu'un bétail dans une salle d'abattoir. Fous de rage, ils tourbillonnaient au hasard, se précipitaient contre les fusils baissés. Une nouvelle décharge ouvrit dans leur masse mouvante de nouvelles échancrures, vite rebouchées. Mais plusieurs cavaliers, atteints par les balles de l'infanterie, dégringolèrent de leurs montures. La foule se jeta sur eux...

Hermann détourna les yeux pour ne plus voir et descendit de son escabeau.

— A tout prix, dit-il à l'officier, qu'on arrête le feu ! A tout prix ! vous entendez?

L'ESCADRON, ASSAILLI DEVANT ET DERRIÈRE, SE DÉFENDAIT COMME IL POUVAIT.

Wilhelmine était sortie quelques instants auparavant, sans rien dire.

Hermann rentra dans son cabinet, suivi de son maigre et long cousin. Il s'affaissa dans un fauteuil.

— Comprends-tu, maintenant, que je m'en aille? dit Renaud de sa voix unie et calme. J'ai vu hier le roi. Je lui ai dit adieu. Il m'a à peine reconnu ; et je crois qu'il n'en a plus pour longtemps. Pauvre oncle ! Il n'a jamais été bien tendre pour moi : les affections naturelles n'étaient pas son fort. Mais peut-être valait-il mieux que nous, car il croyait à quelque chose, lui, et il a joliment joué son rôle, et avec une rude conviction ! Et ce qui te fait en ce moment pâlir d'angoisse lui eût paru la chose la plus simple du monde... Mais écoute. Bientôt, dans quelques semaines, tu recevras des pièces, très exactement authentiquées, qui établiront que j'ai fait naufrage ou que j'ai été tué par accident dans une chasse, enfin, que je suis mort. Ce ne sera pas vrai. Je te le dis, parce que, toi, je ne veux pas te tromper. Tu répandras officiellement la nouvelle de ma mort. Alors, enfin, je serai vraiment libre... Promets-le-moi.

— Oui, dit Hermann.

Quelques minutes s'écoulèrent, lentes et lourdes d'angoisse. Enfin l'officier reparut.

— C'est fini? demanda Hermann.

— Oui, monseigneur. C'était fini déjà quand l'ordre de cesser le feu est arrivé.

— Les fusils du nouveau modèle ont dû « faire merveille », comme on dit... Combien de morts?

— On ne sait pas au juste. De cinq à six cents peut-être, et un plus grand nombre de blessés. Les autres ne demandaient plus qu'à s'en aller. On les a laissés passer. L'ordre est rétabli ou le sera bientôt.

— Tu vois bien, dit Renaud, que tu n'as plus besoin de moi. Adieu, mon pauvre Hermann.

— Adieu, Renaud. Tu es heureux, toi.

— Tu feras ce que je t'ai demandé ?

— Quoi?

— Tu ne m'as donc pas entendu?

— Non.

— Alors, je t'écrirai. Adieu.

— Adieu.

Les deux cousins s'embrassèrent.

Quand Renaud fut sorti :

— Y a-t-il parmi les tués et les blessés des femmes et des enfants ? demanda Hermann à l'officier.

— Une soixantaine, monseigneur.

— Qu'on dresse le plus vite possible la liste des victimes avec l'adresse de leurs familles et qu'on me l'envoie.

— Oui, monseigneur.

— J'y ai songé, Hermann, et j'ai donné des ordres, dit la princesse Wilhelmine, qui entrait.

XX

Quand, deux heures auparavant, Wilhelmine avait quitté Hermann, toute meurtrie par ses dures paroles, elle s'était rendue d'abord dans la chambre de son fils, avait couvert l'enfant de caresses tragiques, ainsi qu'il convenait dans la circonstance, et avait éprouvé quelque douceur à se dire que, s'il fallait mourir, elle mourrait en archiduchesse, dans une attitude et avec des mots qui peut-être resteraient historiques. Puis elle s'était mise à errer au hasard dans les galeries du palais.

Elle y avait rencontré Otto :

— Avez-vous vu Hermann? Lui avez-vous parlé?

Otto, livide encore de son entrevue avec son frère, avait sa plus mauvaise figure, un air de méchanceté blagueuse et lâche. D'ordinaire, sa belle-sœur l'évitait, sachant ses vices abominables et devinant les hontes de sa vie. Mais, en cet instant, la pure princesse sentait dans ce bandit un allié. S'il abusait jusqu'au crime des privilèges de son rang, il devait tenir, du moins, à ces privilèges. Et, puisqu'il était maintenant question, pour les rois, d'être ou de ne plus être, déshonorer la royauté semblait à Wilhelmine moins criminel, après tout, que de la renier et de la perdre volontairement. Elle était un peu dans le sentiment de ces dévots aux yeux de qui un prêtre indigne est moins dangereux qu'un prêtre publiquement incroyant.

— Ah ! oui, grommela Otto, il nous met dans de jolis draps ! Je le lui disais tout à l'heure.

— Eh bien?

— Rien à faire. Quand ces rêveurs-là se cramponnent à une idée... Non, je n'ai jamais vu personne mettre tant d'application et d'entêtement à se perdre... Ah ! elle peut se vanter de le tenir !

— Qui, elle?

— Rien. Pardon...

— Mademoiselle de Thalberg, n'est-ce pas? dit Wilhelmine en se contenant.

— Je vous ferai remarquer, ma chère Wilhelmine, que c'est vous qui l'avez nommée.

— Alors, c'est elle...

— Oh ! je ne trahis pas un grand secret en répétant après tout le monde qu'elle le gouverne absolument, qu'il ne voit rien que par ses yeux et ne fait rien que par ses ordres. C'est pour elle qu'il avait gracié Audotia Latanief. Vous vous rappelez que ç'a été son premier acte souverain, et vous voyez comme ça lui a réussi.

— Vous êtes sûr de cela, Otto?

— Vous ne le saviez pas?

— Ne parlez point à la légère, Otto. Chacune de vos paroles me fait une plaie au plus profond du cœur.

— Eh! ma chère Wilhelmine, je dis ce qui est. Vous, moi, nous tous, nous sommes présentement entre les mains de cette petite aventurière : voilà la vérité. Si dix mille insurgés parcourent triomphalement les rues de la ville, c'est parce que mademoiselle Frida ne veut pas qu'on les dérange... Et voilà comment se fait l'histoire et comment se perdent les royaumes.

— Non, Otto, je ne vous crois pas, je ne veux pas vous croire. Si cela était vrai, d'abord, il la garderait auprès de lui, il ne voudrait pas se séparer d'elle... Cette fille l'a amusé par ses bizarreries ; puis il s'est attaché à elle, comme il arrive, justement parce qu'il lui avait été secourable. Rien de plus, je le jurerais.

— Alors, pourquoi est-ce vous, tout à l'heure, qui l'avez nommée la première?

— Parce que je crains tout, parce que je suis folle... Mais, enfin, voilà des mois qu'elle est chez son grand-oncle, le marquis de Frauenlaub...

WILHELMINE S'ÉTAIT RENDUE DANS LA CHAMBRE DE SON FILS...

— Chez son grand-oncle? dit Otto, feignant l'étourderie.

Oui. Est-ce qu'elle n'est pas chez son grand-oncle?

— C'est possible. Où demeure-t-il ?

— Mais... au château de Frauenlaub.

— Ah?

— Que signifie ce « ah »?

— Rien. Cette petite n'a pas de comptes à nous rendre, après tout. Si elle s'amuse, ce n'est pas moi qui l'en empêcherai.

— Quoi donc? qu'y a-t-il?

— Il y a qu'un de mes amis intimes, étant à la chasse la semaine dernière, prétend avoir rencontré mademoiselle de Thalberg dans les bois, aux environs de Lœwenbrunn, et, par conséquent, à dix ou douze lieues de Frauenlaub...

UN MATIN QU'IL SE PROMENAIT A CHEVAL...

Otto disait presque vrai. Depuis ses embarras d'argent, il s'était réfugié au château de Lœwenbrunn, afin d'y vivre économiquement. Or, un matin qu'il se promenait à cheval dans la forêt, il avait aperçu, à deux cents pas devant lui, une femme qui marchait vite et dont la tournure rappelait singulièrement celle de Frida. Il avait pressé le pas de son cheval pour la rattraper; mais la femme avait disparu à un détour du chemin, et il n'avait pu la retrouver. Sans doute, elle s'était enfoncée dans les taillis...

— Mais, j'y songe, continua Otto, ce que je viens de vous dire doit plutôt vous rassurer, car je ne sache pas qu'Hermann, accablé d'affaires comme il est, ait quitté Marbourg ces derniers mois... Qu'avez-vous?

Wilhelmine était toute pâle.

— Hermann, dit-elle, est allé plusieurs fois à Lœwenbrunn prendre des nouvelles du roi.

Otto prit un air de profonde pitié :

— Ma pauvre Wilhelmine ! ma pauvre Wilhelmine !

— Laissez-moi, Otto ; je vous prie.

Elle s'échappa, erra de nouveau par les galeries, puis fut à la chapelle, où elle tomba tout en larmes sur son prie-Dieu.

Elle priait, et, tout en priant, elle pleurait de désespoir et de haine. Elle eût voulu tenir cette fille qui lui prenait son mari, la faire souffrir, l'étrangler de ses mains... Puis, elle eut honte d'être jalouse comme une femme. Allait-elle donc se venger à la façon d'une bourgeoise trahie? Il s'agissait de bien autre chose : de sauver le prince et l'État... Oui, mais l'État et le prince, qui donc les mettait en péril? Elle, cette fille, toujours elle ! Et, rassurée sur la dignité de ses propres sentiments, croyant haïr surtout dans la maîtresse de son mari une criminelle publique, Wilhelmine méditait, en priant, d'impitoyables vengeances...

C'est à ce moment qu'Hermann entra dans la chapelle. D'un effort rapide, elle leva sur lui des yeux sans larmes. Il paraissait si malheureux, cet homme dont la pensée lui était ennemie, qu'elle en eut pitié. Elle se souvint qu'elle l'avait aimé et s'aperçut qu'elle l'aimait toujours: « Il est aveuglé, mais sa folie n'est pas d'une âme médiocre... Cette Frida le gouverne parce qu'elle flatte ses chimères. Si j'essayais, moi aussi, d'entrer dans ses idées pour les combattre insensiblement et d'avoir l'air de le comprendre afin de le reprendre? Voilà qui serait digne de moi, et non cette égoïste fureur de jalousie charnelle, dont je vous prie de m'absoudre, ô mon Dieu! »

Elle entendit les hurlements du dehors, devina le sang qui coulait, et ses entrailles de femme s'émurent. Quand Hermann donna l'ordre de tirer sur le peuple, elle frémit toute ; elle conçut l'horreur de ces choses et ce qu'Hermann endurait, et tout son cœur fut, un instant, avec lui : « Il aura besoin de réconfort et de consolation. Eh bien, je tâcherai d'être la consolatrice. Ce sera le meilleur moyen de chasser l'autre... »

Au bruit des décharges, elle fut près de défaillir. Elle eut envie de crier : « Non ! non ! pas cela ! » Mais elle réfléchit que cette épouvante de sa chair et sa rage de jalousie de tout à l'heure étaient deux mouvements de la même espèce, instinctifs et bas : « Il faut dompter cela, il faut être princesse... Mais une princesse n'a point de haine contre les personnes ; elle n'obéit qu'à des raisons supérieures et désintéressées... Après la juste répression, le devoir d'universelle protection royale doit avoir son tour. »

C'est alors qu'elle s'était levée et qu'elle était allée donner l'ordre de secourir les familles des victimes. Elle se disait qu'Hermann lui en saurait gré.

Mais, lorsqu'elle lui apprit ce qu'elle venait de faire, il ne la remercia même pas. Jeté en travers de son fauteuil, les mains tombantes, il tourna vers sa femme un visage défait où perlaient des gouttes de sueur :

— Eh bien ! vous êtes contente?

Elle se raidit dans sa résolution d'être douce et suppliante, en sorte que son

TOUT EN PRIANT ELLE PLEURAIT DE DÉSESPOIR...

attitude restait hautaine et ses sourcils froncés, tandis que ses lèvres s'essayaient à la tendresse des prières :

— Ne me dites plus de paroles dures, Hermann. Je sais combien le devoir que vous avez accompli vous a été douloureux et j'en ai, comme vous, le cœur brisé... Et c'est pour cela que je viens à vous, afin que, dans cette épreuve, vous sentiez auprès de vous quelqu'un qui vous aime. Je voudrais être bonne à quelque chose, vous consoler, vous réconforter un peu...

— Non, Wilhelmine, laissez-moi. De nous deux, c'est moi qui ai des faiblesses

HERMANN REVOYAIT DANS LE PARC CELLE QU'IL AIMAIT...

de femme ; je vois que je vous fais pitié, et je ne le veux pas... J'ai besoin d'être seul... Dès que je pourrai, j'irai me réfugier à Lœwenbrunn.

— A Lœwenbrunn? demanda Wilhelmine inquiète.

— Oui. Là seulement, voyez-vous, je m'apaiserai, j'oublierai...

— A Lœwenbrunn? Mais, Hermann, il est impossible que vous songiez à quitter Marbourg en ce moment. Qui vous dit que c'est fini et qu'ils ne recommenceront pas demain?

— J'attendrai ce qu'il faudra. Soyez sans crainte : j'ai commencé à tuer ; je continuerai, s'il le faut... Mais, selon toute apparence, le peuple a son compte, du moins pour un temps... J'espère donc pouvoir, dans quelques jours, aller à Lœwenbrunn auprès de mon père.

— J'irai avec vous, Hermann.

— Non, Wilhelmine, je vous en prie. Ce qu'il me faut, c'est la plus profonde solitude. Je vivrai là en ermite, en sauvage, je ne veux ni cour ni étiquette, rien de ce qui vous est nécessaire à vous. Vous vous ennuieriez trop, je vous assure.

— Je ne m'ennuierai pas, mon cher Hermann, puisque je serai avec vous... J'ai bien réfléchi... Je serai pour vous ce que je n'ai pas su être aux premiers temps de notre mariage. Vous me direz ce qui vous déplaît en moi, et je tâcherai de m'en corriger. Je m'intéresserai à ce qui vous intéresse ; je ne vous froisserai plus, je ne vous contredirai plus ; j'essayerai d'entrer dans vos idées...

— Mes idées? ricana Hermann. Est-ce que j'en ai encore?... Non, Wilhelmine, non, encore une fois. Je viens de sauver — et cela a coûté du sang — la chose à laquelle vous tenez le plus au monde : votre pouvoir. Que vous faut-il de plus?

Wilhelmine s'approcha, se laissa glisser sur le tapis, les deux coudes sur le bras du fauteuil et le menton sur ses deux mains entrelacées, détendues, enfin, dans une pose de caressante imploration féminine. La ride de ses sourcils s'était effacée. Pour la première fois, la princesse n'était plus qu'une femme amoureuse qui veut reprendre son mari. Le moment était bon.

Hermann ne venait-il pas de dire qu'il n'avait plus d'idées? L'amertume de ses réponses prouvait seulement sa souffrance. « C'est cette souffrance, pensait-elle, qui va me le livrer, puisque l'autre est loin, et puisque je suis là. »

Elle reprit à voix presque basse, et tremblante un peu, en implorant le prince de ses beaux yeux soumis :

— Ce qu'il me faut, Hermann, c'est ton cœur. Celle qui te parle, ce n'est plus l'archiduchesse, comme tu m'appelles quelquefois, mais c'est ta femme. Ne sens-tu pas enfin que je t'aime? que, si je t'ai supplié tantôt de ne pas te perdre, c'est qu'en sauvant le prince royal tu sauvais mon mari? et que, si j'ai été violente et maladroite, c'est que je craignais... ce que je ne veux pas dire, et que cette pensée me mettait hors de moi?... Prouve-moi donc que je me suis trompée et, pour cela, permets-moi de te suivre.

Mais, tandis que la princesse parlait, Hermann revoyait distinctement, dans une allée du parc abandonné, celle qu'il aimait et qui n'était plus là. Et les instances de celle qui était là l'exaspéraient, rien n'étant plus insupportable que la tendresse de ce qu'on n'aime pas. Il lui en voulait de son amour même et la trouvait odieuse de le mettre ainsi dans son tort. Il répondit en se contraignant :

— Ma chère Wilhelmine, l'effort que vous faites pour m'être douce me touche profondément. J'y voudrais répondre, et je ne puis... Pardonnez-moi...

Et comme, timidement, elle faisait le geste de lui passer ses bras autour du cou, il se recula vivement, traversé d'une atroce pensée. Pourquoi avait-elle, précisément à ce moment-là, une heure après la tuerie, ces façons amoureuses, presque provocantes? Horreur ! Était-ce donc la récompense de ce qu'il venait de faire qu'elle prétendait lui offrir? Et ces paroles méchantes lui échappèrent :

— C'est dix ans plus tôt, madame, qu'il eût fallu me parler ainsi. Laissez-moi le temps d'oublier en quelles circonstances votre cœur s'est ouvert et que c'est le jour où ma royauté est devenue sanglante que vous vous êtes avisée de m'aimer.

Wilhelmine se redressa, outrée de l'injustice et frémissante de l'insulte.

— Ainsi, vous irez seul à Lœwenbrunn?

— Oui.

— Pour retrouver votre maîtresse, n'est-ce pas?

Hermann la regarda des pieds à la tête. Elle ressemblait à une statue de la Tragédie, avec son nez droit, ses sourcils rapprochés, l'arc trop régulier de ses lèvres, son cou robuste. Ce n'était pourtant pas sa faute, à la pauvre femme, si sa beauté classique ajoutait une majesté théâtrale à l'expression la moins surveillée de ses sentiments les plus sincères. Mais cela l'agaçait, lui, qu'elle fût belle de cette beauté-là et qu'elle ressemblât toujours à un plâtre de l'École des Beaux-Arts.

— Ah ! dit-il, voilà donc le secret de ce grand changement ! Vous jalouse, madame ! Fi !

— Oui, jalouse. Car, si tu me repousses avec cette dureté, c'est que tu appartiens tout entier à cette femme, qui est ton mauvais génie. Toutes tes lâchetés d'aujourd'hui, c'est elle qui en est coupable; et, si tu es épouvanté d'avoir fait ton devoir, ah ! malheureux ! c'est que tu songes au compte qu'il faudra lui rendre. Elle me prend mon mari ; à cause d'elle, tu oublies d'être père et d'être roi ; je suis menacée par elle comme femme, comme mère, comme reine... Mais qu'elle prenne garde ! Je me défendrai. Et par tous les moyens, entends-tu bien? J'en fais ici un grand serment!

Il haussa les épaules, moins par dédain que par lassitude.

— Tu as tort, reprit-elle d'un ton lent et grave, tu as tort de mépriser cet avertissement. Pour défendre mes droits, c'est-à dire pour faire mon devoir, tu ne sais pas encore de quoi je suis capable.

Il reprit d'un air d'ennui :

— Madame, vous vous trompez, je n'ai point de maîtresse à Lœwenbrunn.

— A Lœwenbrunn ou ailleurs ! De grâce, ne descendez pas à mentir, prince de Marbourg.

— Madame, je vous donne ma parole royale (vous croirez à celle-là, j'espère) que mademoiselle de Thalberg n'est pas ma maîtresse. Et maintenant, vous viendrez à Lœwenbrunn, si vous voulez.

Wilhelmine demeura un instant interdite. Si Frida n'était point la maîtresse d'Hermann, quel lien unissait donc le prince et la jeune barbare?

— J'irai à Lœwenbrunn, dit-elle. Car si c'est ainsi... c'est pire.

XXI

Hermann était plein d'angoisse et de remords. Sa volonté, pour avoir été longtemps trop tendue, gisait en lui comme un ressort cassé. Il était d'autant plus malheureux que, tout en lui ôtant sa confiance en lui-même, l'échec de son entreprise laissait intactes, à ses yeux, les raisons qui la lui avaient conseillée. Oui, tout ce qui était arrivé, c'était sa faute à lui, et non celle de ces misérables. Quoi qu'ils eussent fait, il ne parvenait pas à les maudire et se sentait sans énergie contre eux. C'est que, peu à peu, la compassion était devenue chez lui une sorte de manie, justement parce qu'il était prince et que son rang le tenait infiniment éloigné de ceux à qui il s'était fait une loi de toujours compatir. Peut-être la représentation constante et volontaire de la misère universelle est-elle plus puissante sur l'esprit, plus hypnotisante, si l'on peut dire, que le spectacle proche de misères particulières, de l'obsession desquelles on peut se délivrer en essayant d'y porter soi-même secours. Les grands charitables, Vincent de Paul, la sœur Rosalie, n'étaient pas tristes : ils se sauvaient de la tristesse par l'action continue. Mais Hermann était travaillé d'une pitié générale et abstraite, tournée en idée fixe.

Puis l'image des huit cents cadavres le poursuivait. C'était beaucoup plus que ses nerfs ne pouvaient porter. Sa raison lui rendait vainement le témoignage qu'il n'avait été que justicier : il se sentait meurtrier quand même. Il se reprochait son entêtement sur la question du drapeau noir. Pourquoi, après tout, l'avait-il interdit? N'était-ce point par un reste de préjugé gouvernemental, par une conception pharisaïque, à son insu, de la légalité? Quelle sottise ! Évidemment, le drapeau noir n'avait pas eu, dans la pensée des manifestants, la signification précise qu'Hermann s'était obstiné à lui attribuer. Il signifiait pour eux non la révolte, mais le grand deuil des misérables. S'il l'avait laissé déployer ou si, seulement, plus tard, il eût consenti à délivrer Audotia, qui sait? peut-être que la journée fût restée pacifique et eût été féconde. Pour ôter à la bête qui sommeille dans la foule toute occasion de se déchaîner, ce qu'il faut, c'est la répression préventive (Hellborn l'avait bien dit) ou la tolérance sans limites. Hermann n'avait pas su choisir entre les deux. Et, par sa faute, la cause de la justice et de l'humanité était un peu moins avancée qu'auparavant.

Et le pire, c'est qu'elle se trouvait pour longtemps compromise. Sans doute, l'épreuve qu'Hermann avait tentée ne prouvait rien contre la vérité de ses principes, puisqu'il n'avait pas eu l'énergie de pousser cette épreuve jusqu'au bout. Mais, en l'arrêtant à mi-chemin, il s'était mis dans l'impossibilité de la recommencer : le crime du peuple le lui interdisait ; et ce qui augmentait le trouble d'Hermann, c'est que, ce crime du peuple, il s'en reconnaissait secrètement responsable.

S'il osait pourtant?...

Les objections des égoïstes, qui sont aussi celles des sages, lui revenaient, très fortes, depuis qu'il avait vu en face la brutalité et la cruauté des foules... Le roman des révoltés n'était-il pas travaillé de contradictions par où il se détruisait lui-même.

Le rêve socialiste est une idylle, toute de charité et de bienveillance mutuelle. Mais, d'autre part, étant donnée la société présente, il paraît probable que l'ère de ce roman ne saurait être inaugurée que par la violence. En d'autres termes, ce rêve ne peut être conçu et embrassé que par des âmes douces ; mais les destructions préalables que suppose sa réalisation, ce sont surtout des âmes féroces qui les peuvent entreprendre.

Et Hermann se représentait vivement la lâcheté scélérate des politiciens révolutionnaires et, du même coup, la sottise persévérante du peuple. Oui, c'est ainsi : même quand il connaît leur vie, même quand on lui a prouvé qu'ils mentaient, le peuple continue à les suivre, ces exploiteurs pires que les capitalistes, et il leur pardonne tout, parce qu'ils savent lui dire les paroles d'illusion qu'il a besoin d'entendre. Et quelle prise peut avoir la bonté clairvoyante et loyale sur des malheureux qui veulent absolument être trompés?...

Ce rêve dont on les leurre est, d'ailleurs, tout matériel au fond et tout terrestre. Il s'agit de jouir de la terre, et d'en jouir le plus possible, moyennant un minimum d'effort et de travail pour chacun. Mais il s'agit aussi d'en jouir tous ensemble également et sans que le fort prenne la part du faible. Cela suppose une charité, une tempérance, un empire sur soi, des vertus enfin qui, jusqu'à présent, n'ont jamais eu de meilleur support que les croyances religieuses. Bref, l'accomplissement de ce rêve païen exigerait des vertus chrétiennes, des vertus dont l'essence est précisément de le répudier...

Ce rêve, enfin, est, dans la pensée de ceux qui le font, un retour à l'état naturel, amélioré, il est vrai, par des siècles d'industrie et d'inventions. Mais, si artificielle que paraisse l'organisation sociale du vieux monde, c'est pourtant bien par le jeu de forces naturelles que l'humanité est devenue ce que nous la voyons. Il n'y a rien de plus naturel que l'égoïsme ni que l'instinct de propriété, de conquête et d'exploitation : il n'y a rien de plus naturel que l'inégalité des corps et des intelligences, ni que la prédominance des forts sur les faibles. Et ainsi de deux choses l'une : ou cette société idéale et censée conforme à la nature se gâterait bientôt comme s'est gâté le vieux monde et sous l'empire des mêmes instincts et des mêmes nécessités, ou cette société prétendue naturelle ne pourrait subsister intacte qu'à la condition que chacun de ses membres comprimât la nature en lui.

Cela était fort peu probable. Hermann ne l'ignorait point. Il savait que, si jadis la foi religieuse avait seule rendu possible la résignation aux injustices sociales, les vertus dont cette foi est le soutien pourraient, seules encore, assurer l'établissement et la durée d'une société d'où ces injustices seraient bannies. Or le peuple ne croyait plus. Incroyant lui-même, Hermann n'avait pas l'hypocrisie de lui reprocher son incroyance ; mais il ne se dissimulait pas à quel point cette émancipation de l'esprit était destructive de la bonté et du désintéressement chez des hommes grossiers et qui n'avaient pas trouvé, comme lui, dans une règle morale librement conçue et embrassée, l'équivalent de la règle religieuse. Si ces gens-là devenaient les maîtres, que feraient-ils de leur puissance? A quels brigandages, à quels désordres, à quel chaos fallait-il s'attendre?

TRENTE MILLE TÊTES FURENT SACRIFIÉES.

Qui sait, cependant? Ce n'est point par elle-même, c'est accidentellement et provisoirement que l'impiété du peuple est un mal... Mais plus tard?...

Et, par une démarche habituelle à sa pensée, devançant les âges, prolongeant quelques-unes des données de la réalité, négligeant les autres, Hermann songeait :

— Supposons que l'humanité tout entière ait perdu toute espèce de croyance religieuse, qu'en même temps l'énergie de ses passions se soit usée (ce que, malgré tout on peut entrevoir déjà), qu'elle ait enfin reconnu (cela est inévitable) que l'égoïsme même est vain, et qu'elle soit revenue de l'égoïsme, comme de tout le reste, par la longue constatation de l'incapacité où il est d'assurer une vie heureuse, même aux plus forts. Alors, les hommes se diront : « Puisque nous ne savons rien, puisque nous n'avons rien à attendre et rien à espérer, puisque nous n'apparaissons un instant sur la surface d'une des plus petites planètes du système solaire que pour rentrer aussitôt dans l'éternelle nuit, arrangeons-nous pour que ce

LE GÉNÉRAL DE KERSTEN, LE SOURIRE SATISFAIT...

passage ne nous soit pas trop douloureux ou pour qu'il ne le soit qu'au plus petit nombre possible d'entre nous. Supportons-nous et aidons-nous mutuellement... Il est même naturel, à présent, que nous nous aimions tous les uns les autres.. Car la conviction où nous sommes, tous sans exception, de notre misère et de la vanité des choses, ce renoncement de tous à l'espérance d'un « au delà », n'est-ce pas là précisément ce que toutes les générations d'autrefois avaient cherché sans le trouver, à savoir un lien réel des âmes, la communion dans un sentiment vraiment universel? S'il faut que les hommes s'accordent pour être sauvés, qui ne voit que ce n'est point dans l'affirmation, mais dans l'abstention et le non-espoir métaphysiques, qu'ils peuvent s'accorder en effet, et même s'accorder tendrement, comme des frères en ignorance et en résignation?... » Cela est loin, très loin dans l'avenir. Mais cela sera. L'humanité ne peut sans doute y marcher que par secousses... La Révolution française en a été une. Trente mille têtes humaines furent alors sacrifiées. Mais, depuis, des millions et des millions de créatures ont connu de meilleures conditions de vie, ont eu peut-être des sentiments et des pensées qu'on n'avait pas auparavant... Si j'osais!...

Mais non, il n'osait pas. Il sentait plus que jamais tout ce qu'il y a de résistance accumulée contre l'établissement de la justice idéale dans une société aristocratique et bourgeoise vieille de huit ou dix siècles. Au cas où le courage lui viendrait de tenter une seconde épreuve, les classes et les corps publics intéressés à la conservation du passé ne le lui permettraient pas cette fois. D'ailleurs, s'il avait l'esprit assez libre et hardi pour consentir à la révolution et à ses conséquences extrêmes — fût-ce à sa propre déchéance — décidément il n'avait pas le cœur assez fort pour courir le risque et pour soutenir le spectacle des violences et des catastrophes immédiates, — bienfaisantes peut-être, mais à si longue échéance !

Et, enfin, quand même il oserait et quand même on lui permettrait encore d'oser, le peuple, massacré par lui, ne le croirait jamais plus. Tout ce qu'il pouvait faire pour réduire l'inévitable mal actuel, c'était de « sauver l'ordre » ou, si cette besogne lui répugnait trop, de laisser d'autres le sauver, quoi que l'ordre dût coûter à la charité et à la justice.

Ses rêveries mêmes l'accablaient. Il en sentait le vague et l'incohérence ; il souffrait de ne pouvoir les préciser. Puis il était las : il éprouvait l'insurmontable envie de déposer son fardeau, et de dormir enfin.

Il fit venir le général de Kersten et lui confia le soin d'assurer l'ordre par les moyens qu'il jugerait convenables. Hermann était si profondément triste, il était d'ailleurs si fort au-dessus de toute espèce de vanité qu'il pardonna au vieux soldat le sourire satisfait qui relevait un coin de sa grosse moustache.

— Je n'aurai, monseigneur, qu'à continuer ce que Votre Altesse royale a si bien commencé, dit le général, sans concevoir peut-être toute l'ironie de sa réponse.

L'état de siège fut proclamé. Les jours suivants, il y eut des mouvements de rue, qui furent réprimés avec rigueur, et le sang coula de nouveau. La plupart des grévistes, pressés par la faim, rentrèrent dans les mines et dans les ateliers. La bourgeoisie se rassura. Le parti conservateur revenait à Hermann, le considérait déjà comme un sauveur, tandis qu'il apparaissait aux prolétaires comme le plus odieux et le plus perfide des princes. Honni de ceux qu'il aimait dans son cœur et félicité par ceux qu'il détestait, il endura le supplice d'être publiquement méconnu et de n'y savoir aucun remède.

Audotia Latanief fut seulement condamnée à huit jours de prison. Elle était la vraie cause de l'émeute et du massacre ; mais on n'avait à lui reprocher que l'exhibition du drapeau noir. On aurait pu, par une adroite interprétation de la loi, infliger à la vieille révolutionnaire une peine plus grave. Hermann ne le voulut point.

Il pensait avec inquiétude à ce que lui dirait Frida quand il la reverrait. Et pourtant cette heure lui semblait longue à venir.

Quinze jours après la manifestation, la rue pacifiée, le peuple terrorisé, Hermann partit pour Lœwenbrunn.

Wilhelmine l'y suivit, ainsi qu'elle l'avait annoncé.

XXII

Le château d'Orsova était situé à deux lieues de Lœwenbrunn et à une demi-lieue du petit village de Steinbach, en enclave dans les chasses royales. Les vieux murs qui entouraient le parc étaient presque entièrement cachés par le lierre et les broussailles. La maison, basse et abritée par des massifs de verdure, ne s'apercevait pas de l'extérieur, en sorte que ceux qui passaient sur la route forestière ne pouvaient, à moins d'être avertis, deviner cet ermitage enfoui dans les bois.

Le domaine ayant été mis en vente après la mort du marquis d'Orsova, Hermann l'avait fait acheter secrètement, et Frida s'y était installée sous le nom de comtesse Leïlof. Elle n'avait pour tous serviteurs que le garde Günther, un ancien soldat rude et bon homme, et sa petite-fille, Kate, assez belle, mais mal tenue, l'air un peu gouge, avec des yeux de folie. Le vieux garde était seul dans le secret du prince.

Günther entretenait tant bien que mal les trois ou quatre corbeilles de fleurs qui étaient devant le perron, et le potager caché derrière les écuries. Kate balayait les chambres et faisait la cuisine. Frida trouvait que c'était fort bien ainsi.

Elle était ravie de ce retour à la vie rustique. Elle faisait de lentes promenades dans le parc, depuis longtemps négligé, où l'herbe envahissait les allées ; et elle aimait surtout, à l'une des extrémités du domaine, dans une lande de bruyères violettes, un étang assez vaste sur lequel dormaient des fleurs d'eau, et qui, souvent, devenait tout rouge au coucher du soleil.

Au commencement, elle s'aventurait quelquefois dans les bois environnants. C'est là qu'un jour elle s'aperçut qu'elle était suivie par un cavalier qui ressemblait à Otto. Heureusement, elle avait pu, au détour d'une allée, se dérober dans un fourré. Depuis, elle n'était plus sortie de l'enceinte du parc.

Elle voulut, elle aussi, travailler de ses mains, le travail étant le devoir de tous dans la cité idéale. Elle se réserva le soin de la basse-cour et elle passait des heures avec Günther à faire des boutures. Et elle s'appliquait à traiter, dans ses propos, Günther et Kate sur un pied de complète égalité, ce qui gênait le bonhomme et faisait rire la fille.

Le reste du temps, elle lisait des livres de sociologie révolutionnaire, utopies pleines d'effusions vagues ou traités arides aux prétentions scientifiques, afin de se confirmer dans sa foi. Le soir, quand l'ombre s'allongeait, quand les fleurs brillaient, dans la lumière mourante, d'un éclat reposé et que la cime arrondie des massifs s'immobilisait sur un fond d'or, ou, d'autres fois, quand le ciel était gris et que le vent faisait flotter les feuillages souples comme de longues chevelures, elle jouait sur le piano un peu de musique allemande. Elle se sentait en même temps triste et heureuse, et, comme ces mystiques qui confondent certains troubles délicieux de leur corps avec les douceurs de l'état d'oraison, comme Catherine de Sienne lorsque, tenant dans ses mains pâles la tête du supplicié qui l'aimait, elle sentit lui couler dans les membres « un fleuve de lait » et reconnut dans cette volupté un effet et un signe de la grâce de Dieu présente en elle : ainsi, tandis qu'une langueur lui venait de l'heure crépusculaire, de sa jeunesse et de son amour pour un homme, Frida se croyait surtout attendrie par son rêve d'universelle charité et reconnaissait, dans ce suave désir de pleurs dont elle était envahie, le signe d'une communion, enfin parfaite, avec toutes les âmes souffrantes éparses dans le monde et qu'apaisait, comme elle, à cette même heure, l'approche de la nuit bienveillante...

Et elle pensait sans cesse à Hermann. Elle se délectait à l'idée que ce qu'il préparait de grand, là-bas, était un peu son œuvre à elle. Plusieurs fois, le prince était venu la voir, et, chaque fois, il s'en allait réconforté par l'enthousiasme de sa petite amie, gagné à la contagion de son invincible espérance.

Quelques jours avant la manifestation du 1er octobre, elle écrivit à Audotia Lataniev, dont elle avait demandé l'adresse à Hermann sans lui dire pourquoi. Depuis qu'elle l'avait quittée à Paris, toute relation avait cessé entre elles ; mais Frida savait bien que la vieille femme ne pouvait l'avoir oubliée. Elle lui expliquait dans sa lettre les vues et les projets d'Hermann, lui vantait la générosité et la bonté du prince, la suppliait d'y croire, de ne point entraver son œuvre, de prêcher au peuple la confiance et la patience.

Audotia ne répondit point.

Lorsque Frida apprit, par un billet d'Hermann, l'émeute et la répression sanglante, il se passa en elle quelque chose de singulier. Certes, la nouvelle la rendit malheureuse : mais il lui semblait qu'elle aurait dû l'être plus encore et d'une autre façon. Elle comprenait que ce qui venait d'arriver était horrible, qu'elle *devait* demander des comptes à Hermann, que lui-même *devait* s'attendre à ce qu'elle lui en demandât... Et pourtant ce qui la désolait, c'était moins la banqueroute, pour longtemps irréparable, de ses plus chères idées que la souffrance de son ami. Quoi qu'elle pût faire, elle songeait moins au peuple qu'à Hermann. Elle se figurait son désespoir, se promettait de ne lui adresser aucun reproche, même indirect, et, secrètement, se faisait d'avance une douceur de le consoler.

Apparemment, en dépit de ses lectures et de ses efforts pour persévérer dans sa foi, le tranquille sortilège des grands bois agissait sur elle. La paix dont elle était enveloppée, la compagnie des plantes et des bêtes, l'ivresse légère des matins et la magie des soirs, le sentiment de l'auguste fatalité des lois naturelles, dont elle pouvait voir à chaque instant les lentes et sereines manifestations, tout cela lui faisait plus lointaine et plus malaisée à imaginer l'humanité vivante et douloureuse. Et, tandis que ceux de ses sentiments qui avaient pour origine des représentations générales et abstraites de groupes humains s'émoussaient imperceptiblement chez la jeune révoltée, en revanche, ce qu'il y avait de naturel, d'instinctif, de simplement féminin dans son mystique amour pour le prince se dévoilait et se fortifiait dans cette solitude. L'éloignement même d'Hermann le lui rendait plus présent. Et, déjà, à certaines heures, l'amoureuse, en elle, déconcertait l'illuminée.

Un matin, Frida reçut un billet d'Audotia Lataniev qui ne contenait que ces mots : « J'irai vous voir. Votre vieille amie », et la signature.

C'était le jour même où le prince Hermann devait venir à Orsova, après la tombée de la nuit.

XXIII

Günther, qui aidait sa petite-fille à ranger le salon, s'interrompit, fort en colère. Il criait, la main levée :

— Répète-le un peu, que ça n'est pas vrai !

Et Kate, sournoise, se garant avec le coude, moins par peur que par habitude :

— Quoi, grand-père?

— Que tu as dansé avec ce garçon, hier, à la fête de Steinbach.

— Vous m'avez vue, grand-père?

— Je ne t'ai pas vue ; mais on me l'a dit.

— Qui ça?

— Des gens qui t'ont vue... Répète-le encore, que ça n'est pas vrai !...

— Je ne m'en souvenais seulement plus... Mais quel mal y a-t-il à ça?

— Une fille qui se respecte ne doit se divertir que dans son connu. Cet homme-là n'est pas du pays ; personne ne savait d'où il venait... Depuis que le roi est à Lœwenbrunn, on voit jusque par chez nous rôder un tas de fainéants, des piqueurs, des palefreniers... Je serais bien étonné si c'étaient tous d'honnêtes gens.

— En tout cas, grand-père, celui-là n'est pas un palefrenier.

— Qu'est-ce que tu en sais?

— On voit bien ça.

— A quoi?

— Dame, aux manières...

Günther railla :

— C'est peut-être un grand seigneur déguisé?

— Je ne dis pas ça. Mais je répondrais que c'est quelqu'un de très bien.

— Quelqu'un de très bien, grommela le vieux garde, quelqu'un de très bien... Que je t'y reprenne un peu, avec ton « quelqu'un de très bien » !...

De nouveau, il leva la main, et, de nouveau, Kate para du coude une gifle qui ne vint pas. Double mouvement mécanique qui accompagnait d'ordinaire leurs conversations et qui n'entraînait d'ailleurs aucune conséquence.

Car Günther adorait cette enfant, bien qu'il grognât sans cesse contre elle et qu'il la menaçât à peu près tous les jours de la rouer de coups.

C'était un homme simple, né pour garder toutes les consignes sans les discuter : consigne de soldat et de sujet, consigne de chrétien, de mari et de père, consigne de garde-chasse. Rentré du service après trois réengagements, il avait épousé une délicate petite paysanne qui était morte en lui laissant une fille. A dix-huit ans, cette fille avait été séduite par un ouvrier de passage ; elle avait mis Catherine au monde et s'était éteinte quelques années après, de langueur, de chagrin et parce que Günther lui faisait la vie trop dure. Et Kate avait grandi près de son grand-père, gauchement dirigée par ses rudes mains, le sentant faible au fond, car le vieux se repentait d'avoir été sans pitié pour la mère de Kate, et sa tendresse grondeuse pour sa petite-fille s'augmentait de cet ancien remords.

RÉPÈTE-LE UN PEU, QUE ÇA N'EST PAS VRAI!

Pourtant il s'apercevait bien, à certains moments, que Kate lui échappait. Elle était jolie, mais pas tout à fait de la façon qui sied à une honnête fille. Ses lèvres étaient trop rouges et trop roulées, et ses yeux, sans qu'elle y songeât, raccrochaient les hommes. Au reste, assez souillon, mal ficelée dans des robes où manquaient des boutons et qui semblaient ne pas lui tenir au corps, mais avec des coquetteries de fille de bohème : des verroteries, des bouts de ruban écarlate, une manière de se mal peigner, de tordre ses lourds cheveux à la diable et toujours l'air de sortir du lit. Tout cela choquait le vieux soldat correct, habitué aux minuties extérieures de la propreté militaire. Il n'était pas tranquille. Plus d'une fois, il avait découvert, dans quelque coin de l'armoire de Kate, des colifichets, des bagues et des chaînes en toc, dont il lui avait demandé la provenance. Elle affirmait avoir acheté cela sur ses économies (car elle faisait de la couture pour les dames de Steinbach), et le vieux n'avait pas poussé plus loin ses investigations. Elle était si gentille et si câline avec lui! Comme avec tout le monde, d'ailleurs. C'était une bonne fille. Ce charme équivoque qui émanait d'elle, il y cédait lui-même à son insu. Sans doute, il restait sur le qui-vive ; mais la fille était assez rouée pour dépister sa vigilance bougonne, vague et débonnaire, et pour empêcher ses soupçons de se préciser.

La vérité, c'est que tous les valets d'écurie du château royal, qu'elle rencontrait à Steinbach en allant aux provisions, avaient fait d'elle à leur guise, pourvu qu'ils fussent jeunes et passablement bâtis. Elle ne leur demandait rien que le plaisir, un verre de limonade, parfois un fichu ou un nœud de fausse dentelle. C'était la meilleure et la plus indulgente paillasse à palefreniers.

Si elle n'avait pas cédé tout de suite au prince Otto, quoiqu'elle devinât en lui un « homme très bien », c'est qu'elle le trouvait tout de même un peu défraîchi.

Défraîchi, il l'était. Ses soucis des derniers mois avaient blanchi ses tempes, creusé ses joues, gonflé les pochettes de ses yeux. Son château de Grotenbach vendu, l'arrêt mis par Issachar sur sa dotation annuelle de douze cent mille francs, il était venu se terrer à Lœwenbrunn et s'y ennuyait prodigieusement. Comme il n'avait ni dans son cœur ni dans son cerveau de quoi remplir honnêtement le vide de ses heures, sa solitude se peuplait de rêves honteux. Depuis longtemps, il était à ce point blasé — et cependant inassouvi — que le vice ne lui disait plus rien, s'il ne sentait un peu mauvais. Seul, un certain relent de bête mal lavée l'excitait encore. Mais il n'était vraiment en train que s'il s'y joignait l'attrait d'un danger à courir et du mélange possible d'une odeur de sang avec l'autre odeur. Ainsi cet irréprochable civilisé « simplifiait » ses goûts et revenait à la nature — par le plus long. Déjà, à Marbourg, à Paris, à Londres, il avait eu des caprices de débauche malpropre et canaille. Dans l'humble mesure où ces choses sont permises aujourd'hui aux ennuyés, il avait tenté les expériences de Néron et couru, la nuit, sous un déguisement, les quartiers infâmes, se colletant dans les bouges avec les portefaix ou disputant leurs gitons aux escarpes.

Otto avait donc l'habitude des déguisements. D'ailleurs, outre que le type physique auquel il se rattachait était des plus communs en Alfanie, le grand diable vanné et déhanché, vêtu en bourgeois campagnard, qui avait abordé la petite-fille du garde-chasse à la kermesse de Steinbach, ne ressemblait que de fort loin aux roses chromos populaires qui prétendaient reproduire les traits du prince.

Kate ne soupçonna rien : seulement, l'homme lui parut « distingué », avec elle ne savait quoi, sous la nonchalance de ses manières, qui lui faisait un peu peur. Quant à Otto, le sang fouetté au premier regard de cette ribaude négligée qui suait le vice ingénu par tous les pores, il avait reconnu ce qu'il cherchait : la possibilité d'une sensation inéprouvée.

... La gifle de Günther était restée en l'air. La belle fille s'approcha du vieux et l'embrassa sur ses deux joues tannées. Le vieux se laissa faire, grommelant encore, mais sans conviction.

— Grand-père, interrogea-t-elle d'une voix câline, vous savez ce qu'on dit, que les princes sont à Lœwenbrunn avec la princesse Wilhelmine?

— Oui... Oui... Qu'est-ce que ça te fait?

— Vous les connaissez? insista-t-elle.

— Si je les connais !

— Vous les avez vus souvent?

— J'ai vu le prince Hermann tout petit, quand j'étais soldat. Je l'ai vu encore un peu plus tard, quand j'étais brosseur d'un des officiers d'ordonnance du roi... J'ai aussi rencontré le prince Otto par-ci par-là.

— Comment sont-ils?

— ... Comme tout le monde... Mais dépêchons-nous. Madame va rentrer. Elle est allée cueillir des bouquets.

— Alors nous avons le temps. En voilà une qui aime les fleurs !

— Elle aime bien aussi les bêtes... Et jamais peur de se salir... Ah ! c'est une bonne petite femme.

— D'abord, elle me défend toujours.

— Ce n'est pas ce qu'elle fait de mieux.

Kate reprit :

— Elle a l'air joliment contente aujourd'hui.

Et elle ajouta d'un air fin :

— Je sais bien pourquoi.

— Ah? fit Günther avec un peu d'inquiétude.

— C'est qu'elle attend monsieur ce soir... A quelle heure arrive-t-il?

— Je ne sais pas, dit brusquement Günther. A la nuit.

— Est-il déjà venu ici?

— Non.

Kate prit un air encore plus fin :

— J'ai une idée, moi.

— Ça doit être une bêtise.

— J'ai idée qu'ils ne sont pas mariés.

— Qu'est-ce que je disais? Et à quoi vois-tu ça?

— A bien des choses... Pourquoi madame vit-elle toute seule et sans jamais sortir du parc? Pourquoi ne vient-il jamais le jour? Pourquoi...

Günther l'interrompit brutalement :

— De quoi te mêles-tu? Tu aurais mieux fait de la garder pour toi, ton idée. Et, d'abord, elle ne serait pas venue à une fille honnête et qui ne songerait qu'à bien faire...

Machinalement la grosse main se leva, et, machinalement, le bras duveté de Kate se replia à la hauteur de ses frisons d'encre :

— Ah ! bien, alors, murmura-t-elle, si on ne peut rien dire...

XXIV

Frida, radieuse, tenait à pleins bras une énorme gerbe de fleurs sauvages.

— Tenez, en voilà, des fleurs !

Elle les jeta sur le canapé et commença à les arranger en bouquets.

— C'est madame qui a cueilli tout ça? dit Günther.

— Je pense !

— Ah ! bien, madame n'a pas perdu son temps.

Frida devint sérieuse :

— Ne dites pas comme cela, Günther, je vous en ai déjà prié. Dites : « Ah ! bien, madame, vous n'avez pas perdu votre temps. »

— Mais... c'était par respect, madame.

— Cela n'a rien à voir avec le respect. Günther... Et puis, moi, ce n'est pas votre respect que je veux : c'est votre amitié.

ELLE LES JETA SUR LE CANAPÉ...

— Oh! madame... fit Günther tout étourdi.

— C'est comme cela. Avez-vous fini de ranger ici?

— A peu près, madame.

— Merci... Ah ! Kate, voulez-vous être gentille?

— Mais oui, madame.

— Il n'y a plus du tout de gâteaux à thé, mon enfant. Voulez-vous aller en chercher à Steinbach?

— J'y vais tout de suite, madame.

Kate n'était pas seulement ravie d'aller flâner un peu : elle était contente d'obéir à Frida, qu'elle aimait pour sa grâce et sa bonté, et pour d'autres raisons encore dont elle ne se rendait pas clairement compte.

Par tout ce que Frida, dans ses propos familiers, laissait entrevoir de ses rêves humanitaires et de ses utopies charitables, Kate devinait confusément que les idées de sa maîtresse impliquaient une tolérance candide et presque illimitée. Sans doute la grâce chaste de Frida inspirait à la ribaude un respect involontaire, et elle eût été écrasée de honte, pensait-elle, si la dame avait su comment elle vivait : mais elle était sûre que, même alors, Frida ne l'eût pas traitée rudement. Et, enfin, depuis qu'elle soupçonnait Frida d'avoir un amant, sans croire pour cela la distance morale abrégée entre elles deux, Kate la chérissait encore davantage.

— Ça m'aurait surpris si elle s'était fait tirer l'oreille, grogna Günther. Allons, va, et ne t'attarde pas à causer avec les garçons.

— Ça lui arrive donc quelquefois? dit Frida.

— Que trop, madame.

— Mais Kate est une fille sage, et elle sait ce qu'il est permis de dire et d'entendre.

— Pardi ! fit la ribaude.

— Vous croyez toujours le bien, vous, madame, dit le garde.

— C'est meilleur que de croire le mal, et ça ne coûte pas plus cher. Et, parfois, on fait naître le bien en y croyant... Allez, Kate, et ne soyez pas trop longtemps tout de même.

Quand la fille fut sortie :

— Vous êtes trop bonne pour elle, madame, dit le vieux.

— Et vous, un peu grondeur et défiant, Günther.

— J'ai mes raisons pour ça, madame... Elle n'a plus que moi ; je n'ai plus qu'elle. Sa sagesse est le plus clair de son bien. Aussi j'y veille. Je ne veux pas avoir de reproches à me faire ni en recevoir des morts...

— Eh bien, il faut lui dire cela, mais doucement, et, surtout, il faut bien lui faire sentir que vous l'aimez bien.

Frida finissait d'arranger les fleurs dans la jardinière. Elle se recula un peu pour juger de l'effet :

— Est-ce joli comme cela, Günther?

— On peut le dire, madame !

— Cela lui fera plaisir... J'ai si grand'peur qu'il ne soit triste !

— Pourquoi, madame?

— Ces choses horribles qui se sont passées à Marbourg... Cela a tant dû lui coûter d'être obligé d'en venir là !

— Oh ! moi, madame, si j'étais à la place de monseigneur, ce n'est pas ça qui m'empêcherait de dormir.

— Günther !

— Voulez-vous mon opinion? On n'en a pas encore assez dégringolé.

— Comment pouvez-vous dire cela, Günther? Songez qu'on a ramassé, parmi les morts, des femmes et des enfants.

— C'est fâcheux, je ne dis pas. Mais c'est leur faute. Pourquoi se trouvaient-ils là? Ce n'était pas leur place. Quant aux autres...

— Il y avait peut-être parmi eux bien des souffrants, des désespérés. Les riches sont quelquefois bien durs pour les pauvres. Tout n'est pas pour le mieux dans la société, Günther.

— Oh ! moi, madame, je n'en cherche pas si long. Il faut des riches et des pauvres, parce que ça s'est toujours vu, que ça se verra toujours et que ça ne cesserait que pour recommencer. Il est probable que c'est dans la nature... Ceux qui veulent tout changer dans le gouvernement sont, la plupart, des fainéants et des pas-grand'chose, je l'ai souvent remarqué. D'ailleurs, si vous voulez mon idée, ce n'est peut-être pas pour être heureux que nous avons été mis sur la terre. Et, d'un autre côté, si chacun acceptait son lot et faisait son devoir dans le coin où il est, il resterait peut-être encore bien de la misère, mais il y en aurait moins, c'est moi qui vous le dis.

— En d'autres termes, Günther, si on ne cherche pas à rendre les hommes meilleurs et plus charitables, on n'arrivera jamais à les rendre moins malheureux?

— C'est bien ce que je pense, madame.

— Oui, mais, pour que les pauvres puissent devenir meilleurs, ne faut-il pas que les riches le deviennent d'abord eux-mêmes? N'est-ce pas à eux de commencer?

— C'est vrai. Mais, qu'est-ce que vous voulez? On ne peut pas les forcer.

— Qui sait? On peut du moins les obliger à réfléchir... Je crois que c'est là l'idée du prince... Il veut être avant tout le roi des pauvres gens.

— Qu'il soit béni pour cette idée-là ! Mais, voyez-vous, il y a tout de même bien des malheureux qui le sont par leur faute, parce qu'ils ne veulent pas travailler ni obéir. Et ça, on ne peut rien y faire. Enfin, selon moi, monseigneur est trop bon ; il rêve des choses qui ne sont pas possibles, il a des idées qu'on n'a jamais eues dans son rang... Je ne vous fâche pas, madame ?

— Non, Günther...

Frida se taisait. Les réflexions du garde l'avaient frappée. La vie avait été plutôt dure à ce vieil homme : à partir de quatorze ou quinze ans, le travail de la terre, des journées de douze heures pour des récoltes souvent maigres et dont le plus clair était emporté par les fermages ; puis quinze ans à l'armée, trois campagnes où il avait risqué sa peau pour la poignée d'écus de son réengagement ; le retour au pays et, de nouveau, pendant trente-cinq ans, la pauvreté laborieuse jusqu'au jour où Hermann lui avait confié la garde du château. Or, Günther était résigné ; il l'avait même été avant la modeste aubaine échue à sa vieillesse. « Ce n'est peut-être pas pour être heureux que nous avons été mis sur la terre, » avait-il dit. Si c'était vrai? Si les résignés seuls avaient raison?

Mais leur résignation supposait un dieu-providence et la survivance personnelle des âmes. Frida n'y croyait point, et, dès lors, la foi des pauvres gens lui semblait une duperie vraiment trop forte. Elle se désolait et s'irritait en pensant à l'effroyable quantité de maux que l'attente d'une justice éternelle leur faisait accepter, aux traites lamentables tirées par la misère humaine sur un dieu qui se déroberait à l'échéance. Et, ne dût-il point se dérober, les hommes en auraient-ils moins souffert? L'injustice et la douleur, même transitoires, gonflaient d'indignation le cœur de la jeune révoltée, et les créatures bonnes et simples qui se soumettaient, comme Günther, l'emplissaient à la fois de surprise et d'une indicible compassion.

Et, toutefois, bien qu'elle n'obéît elle-même à aucune croyance ni à aucune loi imposée ou révélée, l'antiquité et l'efficacité merveilleuses de la foi et de la règle qui dirigeaient les rudes pensées et l'humble vie du vieil homme imposaient à Frida. Plusieurs fois, elle s'était demandé ce que pensait d'elle, dans le secret de sa conscience, cet honnête et fruste représentant de la tradition. Cette idée lui était intolérable qu'il pût croire qu'elle était la maîtresse du prince. Pourtant, elle admettait en théorie, avec ses amis révolutionnaires, la légitimité de l'amour libre, et elle ne le condamnait point chez les autres. Mais elle était invinciblement chaste. Sa chair était aussi endormie qu'une chair d'enfant ; même aux côtés d'Hermann, la langueur dont elle était quelquefois enveloppée était pure de désirs : c'était un charme qui avait comme peur des caresses et qu'en effet toute caresse trop expressive et trop appuyée eût désagréablement rompu. Et ainsi, quoiqu'elle repoussât les principes séculaires au nom desquels le vieux soldat la jugeait sans doute, elle ne pouvait supporter la pensée d'être condamnée par lui.

Elle cessa un moment d'arranger ses fleurs, regarda Günther bien en face et reprit avec beaucoup de gravité :

— Non, Günther, vous ne me fâchez pas... Et même je vous demande de vous enhardir tout à fait... J'ai un poids sur le cœur dont je veux me délivrer... Vous aimez le prince Hermann? Vous lui êtes tout dévoué?

— J'appartiens à monseigneur. Il peut me demander ce qu'il voudra, y compris mon sang.

— Et non seulement vous l'aimez, mais vous l'estimez?

— Oh! madame, ce mot-là... de moi à lui !

— Répondez. Vous le croyez incapable de faire une mauvaise action, de manquer à ce que vous regardez, vous, dans votre condition, comme un devoir essentiel?

— Oui, madame... Mais je ne comprends pas bien.

Ce que Frida avait à dire était encore plus embarrassant qu'elle n'avait cru. Enfin, elle trouva ceci :

— Quelle est votre idée au sujet de la princesse Wilhelmine?

— Je n'en ai pas, madame. Je ne l'ai jamais guère vue. On dit qu'elle est un peu fière, et qu'elle ne se montre pas souvent.

— Est-ce que vous croyez qu'elle a lieu d'être malheureuse?

— Comment saurais-je cela, madame?

— Je vous supplie de répondre, Günther. Votre réponse m'importe beaucoup, mais beaucoup ! parce que vous avez l'âme droite et que, moi, je vous estime.

Et, prenant tout à coup son parti :

— Quand le prince vient ici, que pensez-vous de lui et de moi?

Günther était fort troublé :

— Je ne pense rien, madame. Les grands sont les grands, et je ne sais pas ce que je ferais si j'étais prince...

Elle l'arrêta sur ce mot :

— Il ne faut pas dire cela, Günther. Les princes sont des hommes, et vous avez le droit de les juger d'après l'idée que vous vous faites du bien et du mal.

Mais Günther se dérobait :

— Je suis entièrement dévoué à monseigneur. J'exécute les consignes qu'il me donne, sans faire d'observation, même au dedans de moi. Je n'ai pas besoin de savoir pour obéir.

Il ajouta, comme malgré lui :

Et, même, j'aime autant ne pas savoir.

— Ah ! vous voyez bien que vous pensez quelque chose !

Le vieux garde rougit comme une jeune fille :

— Moi, madame?

Alors, Frida :

— Vous me reprochiez tout à l'heure de croire toujours le bien. Et moi, je vous dis : « Günther ! Günther ! ne croyez pas le mal ! »

La pureté de son regard et la franchise de son accent témoignaient pour elle. Ce fut du moins l'avis de Günther. Il se rendit compte que ce singulier appel à son jugement et cette justification inattendue étaient le plus grand honneur qu'on lui eût fait dans sa vie de pauvre homme.

Très ému, il balbutiait :

— Quoi ! c'est vous qui... à moi... à moi...

Les yeux brouillés et ne sachant plus ce qu'il faisait, il prit l'une des petites mains et la baisa :

— Non, non, madame, je ne le crois plus.

Frida était rayonnante :

— Merci, Günther, dit-elle... Et, maintenant, savez-vous ce que nous allons faire ? Je n'ai pas assez de fleurs pour mettre dans tous les vases, et j'en ai vu de si belles, là-bas, au bord de l'étang... Mais je n'ai pas pu les atteindre. Venez avec moi : vous me les cueillerez....

IL PRIT L'UNE DES PETITES MAINS...

— Tout ce que vous voudrez, madame, dit le vieux avec effusion.

— Il est admirable, cet étang, et si bleu ! si bleu !

— Oui, l'étang de la Dame.

— On l'appelle comme cela? je parie qu'il y a une histoire?

Günther fit signe que oui.

— Une histoire d'amour?

— Naturellement.

— Et de mort?

— Dame !... C'est bien souvent la même chose.

— C'est vrai... c'est souvent la même chose... Vous me la raconterez en marchant, Günther.

XXV

Kate, très essoufflée, se précipita en criant dans le salon désert, serrée de près par Otto. Il l'avait aperçue traversant la place de Steinbach avec son panier, l'avait suivie et était entré derrière elle par la petite porte du parc.

Elle se blottit dans un coin, faisant mine de se défendre, moitié riant, moitié fâchée, les cheveux sur les yeux, le corsage en révolte et de petites gouttes de sueur aux tempes.

Otto l'empoigna par la taille :

— Ah ! ah ! je te tiens, petite gueuse !

— Lâchez-moi, je vous dis ! lâchez-moi !

Elle appela :

— Grand-père !

— N'appelle pas si fort : il entendrait.

— Vous êtes farce, dit-elle avec une nuance de considération.

— Mon Dieu... fit il modestement.

Il reprit :

— Et, s'il t'entendait, il se croirait obligé de venir, et, s'il venait... moi, je me tirerai toujours d'affaire : j'ai une histoire pour ces occasions-là. Mais toi, tu serais grondée...

— Et battue.

— Et battue.

Il la quitta et s'approcha d'une des fenêtres :

— Heureusement, il est déjà loin, ton grand-père... Il est là, au tournant, avec une dame... Comment est-elle, la dame? Son ombrelle empêche de voir... Ils ont tourné l'allée : plus personne... Qui c'est, cette dame?

— C'est madame.

— Madame qui?

— Vous êtes bien curieux.

— Et puis, ça m'est égal.

Il la reprit d'une main par la taille, et son autre main se faisait familière.

— Mais lâchez-moi donc ! dit la fille, chatouillée.

— Te rappelles-tu ce que je t'ai promis hier?

TROUVES-TU ÇA JOLI?

Il tira une boîte de sa poche :

— Tiens.

— Qu'est-ce que c'est que ça?

— Regarde.

C'étaient des bijoux d'un goût violent, pas chers. Le moyen n'était pas neuf ; mais cela l'amusait, ce sage, de jouer la scène classique de la séduction villageoise :

— Trouves-tu ça joli?

— Sûr !

— Alors, garde-les.

— Pas la peine : je ne pourrais pas les mettre.

— Pourquoi?

— Dame! qu'est-ce que je dirais au vieux?

— Alors, n'en parlons plus.

Il remit la boîte dans sa poche.

— N'en parlons plus, dit Kate avec un soupir. Et maintenant, il faut vous en aller.

— Tout à l'heure.

Il s'assit, la prit sur ses genoux, la palpa avec soin et dit :

— C'est dommage.

— Qu'est-ce qui est dommage?

— Ce qui t'attend si tu continues à rouler de mains en mains...

— Dites donc, vous!

— ... Avec des gars qui ne te donnent jamais un sou et qui te battent comme plâtre quand ils ont bu... Tu vois que je sais tout.

— Oh! on dit tant de choses!...

— Voudrais-tu insinuer que tu es honnête? Alors, ma fille, tu épouseras un butor, tu travailleras du matin au soir, tu auras une douzaine d'enfants, tu deviendras laide et tu iras en guenilles.

— Eh bien, vrai! dit la fille suffoquée.

— Par bonheur, il y a dans tes yeux quelque chose qui me rassure... Sais-tu ce qu'ils disent, tes yeux?

— Quoi, pour voir?

— Ils disent que tu aimerais bien avoir une gentille petite chambre à Marbourg...

— A Marbourg!

Les yeux de Kate luisaient. Otto reprit, élégiaque :

— Là, on vivrait tous les deux, serrés l'un contre l'autre...

Il la serra plus fort. Elle se débattait faiblement.

— Et puis, le dimanche, on irait se promener à la campagne, on dînerait au bord de l'eau...

— En écoutant de la jolie musique, continua-t-elle d'un ton sentimental.

— En écoutant de la jolie musique. Et la petite femme aurait de jolies robes, et des chapeaux, et des bijoux...

Kate n'y put tenir :

— Montrez la boîte, dit-elle.

— Et ton grand-père?

— Oh! je les cacherai bien... Mais je les mettrai quand je serai toute seule.

— Tu es exquise.

Elle mit vivement la boîte dans sa poche et fourra son mouchoir par-dessus.

— Et, à présent, il faut vous en aller.

Mais Otto ne bougeait pas.

— J'ai bien le temps... Et puis, maintenant que nous voilà bons amis... car nous sommes bons amis?...

Il respirait la nuque penchée de Kate, une nuque renflée, qu'un pli gras coupait obliquement quand elle se retournait un peu, et son long nez frôlait les frisons de la fille.

— Vous me chatouillez, gloussa-t-elle.

— Écoute, je ne m'en irai pas avant de savoir où je te reverrai.

— Où vous me reverrez? Ce n'est pas facile, cette affaire-là.

— Ce serait facile si tu voulais.

— Si je voulais... Mais si je ne veux pas?

— Tu ne veux pas? pourquoi?

— Parce que ce n'est pas mon idée.

— Et pourquoi ce n'est-il pas ton idée?

— Je ne peux pas dire. Ça vous fâcherait.

— Va toujours.

Elle hésita un instant, et puis :

— Eh bien! je vous trouve trop vieux, voilà!

Et, comme si elle avait dit quelque chose d'extraordinairement comique, elle éclata de rire, prise d'une gaieté animale qui lui secouait toute la chair.

Otto la ressaisit par la taille, la pétrit lentement, et, la serrant contre lui, il l'obligea à le regarder en face :

— Tu es bête, dit-il; tu ne sais pas ce que tu refuses...

Kate ne riait plus.

— Où demeures-tu? demanda-t-il.

— Dans le pavillon de chasse, auprès de la grille.

Elle l'entraîna vers la fenêtre :

— Tenez, on aperçoit un bout du toit entre les arbres.

— Et ça, de l'autre côté de la grille?

— C'est l'écurie et le grenier à fourrage.

Une vision de valet de ferme culbutant une vachère dans le foin et de brins de paille emmêlés dans une toison — avec la sensation de chaumes pointus piquant la peau — traversa subitement le cerveau de Son Altesse.

— Excellent, ce grenier... Et... peux-tu sortir la nuit sans réveiller personne?

— Oh! monsieur!

— Peux-tu?

— Tout de même.

— Qu'est-ce que tu dirais du grenier?

— Oh! monsieur, ce serait mal.

— Puisque je t'épouserai! Je ne te l'ai pas dit?

— Non, vous ne m'épouserez pas.

— Pourquoi?

— Parce que vous êtes quelqu'un de très bien.

— Ah ! tu as deviné ça, petite gueuse? fit-il, très égayé... Écoute : je m'en vais sortir par la petite porte du parc. Tu as oublié la clef dans la serrure. Je l'emporterai. Et, après la nuit tombée... je t'attendrai... dans le beau grenier... Tu viendras?

— Et le vieux? Il est méfiant, vous savez. S'il nous surprenait, il ne badinerait pas.

— Tant mieux. Ça m'excitera.

— Vous êtes rigolo.

— Tu l'as déjà dit... Tu viendras?

— Je ne peux pas me décider.

— Si ! si ! tu viendras. J'en suis sûr.

— Il faut vous en aller, monsieur. Moi, je vais débarrasser mon panier et finir de ranger par là...

Elle entra dans la salle à manger, dont elle laissa la porte entr'ouverte. Otto, resté seul, regarda tout autour de lui. Il fut frappé de la beauté des meubles, très fanés, mais très riches. Une antique console rocaille portait dans la complication de ses entrelacs un écusson aux armes des Marbourg. Et partout, au milieu de ces vieilles choses, des fleurs fraîchement cueillies : un air de fête et d'attente.

— Ah çà, murmura-t-il, où diable suis-je, moi?

Il appela :

— Kate !

UN HOMME, AVEC UN CHEVAL, L'ATTENDAIT...

— Vous n'êtes pas encore parti? répondit-elle de la pièce voisine.

— Comment s'appelle-t-elle, ta maîtresse?

— Qu'est-ce que ça vous fait?

— Et toi, qu'est-ce que ça te fait de me le dire?

— Quand vous saurez qu'elle s'appelle la comtesse Leïlof?...

— Il y a longtemps qu'elle demeure ici?

— Quatre mois à peu près.

Otto se souvint que Frida avait quitté

la cour depuis quatre mois. En même temps, le souvenir lui revint de l'inconnue qu'il avait aperçue un jour dans la forêt et qui ressemblait si fort, de tournure, à mademoiselle de Thalberg.

— Est-elle seule?

— Oui.

— Comment est-elle?

— Pas grande, mais jolie !... et une voix !

— Brune?

— Non.

— Blonde?

— Si on veut.

— Depuis quatre mois... seule... pas grande... blonde si on veut... et une voix ! Non, ce serait trop beau, songea-t-il... Je ne le mérite pas, mon Dieu !

Il interrogea :

— Elle est veuve?

— Non.

— Connais-tu son mari?

— Je ne l'ai jamais vu... Grand-père l'a vu, lui.

— Vient-il souvent?

— Je ne sais pas.

— Avoue qu'il vient ce soir.

— Pourquoi dites-vous ça?

— Ces fleurs attendent quelqu'un c'est clair comme le jour.

— Je ne sais pas, répéta la fille, étonnée, un peu tard, de l'insistance d'Otto et soudainement méfiante... Mais voulez-vous bien vous en aller?

— Oui, mon amour, je veux bien à présent.

Otto sortit par la terrasse, gagna, en se dissimulant derrière les arbres, la petite porte du parc et oublia de la refermer à clef.

Un homme, avec un cheval, l'attendait à Steinbach, dans une auberge : un ancien policier qui avait coutume de l'accompagner, à distance, dans ses expéditions.

Otto traça quelques lignes sur une feuille de carnet en déguisant son écriture, cacheta et dit à l'homme :

— Il faut que ceci soit remis secrètement, avant la nuit, à la princesse Wilhelmine.

Cela lui semblait amusant de jouer ainsi les traîtres de mélodrame. Cependant, il réfléchit qu'il avait rendez-vous, ce soir-là même, avec la petite-fille du garde et que, si, en effet, il se passait quelque chose dans la maison mystérieuse, peut-être serait-il trop près, pour sa tranquillité, du « théâtre des événements ». Mais il en prit vite son parti :

— Au contraire, ce sera plus drôle... D'ailleurs, qu'est-ce que je risque?... Et puis peut-être que je me trompe et qu'il n'y aura rien du tout... Enfin, nous verrons bien... Je crois que, cette fois, je tiens une émotion...

XXVI

Frida finissait de disposer en gerbes dans les grands vases de vieux saxe les iris et les glaïeuls qu'elle avait rapportés de sa promenade à l'étang, quand Günther lui annonça que « la dame qu'elle attendait » était là.

Audotia parut, en robe noire, en mante noire, maigrie et rapetissée, les cheveux presque blancs, les yeux fous, spectrale.

Frida courut au-devant d'elle pour l'embrasser. La vieille femme l'arrêta :

— Jurez-moi d'abord, dit-elle, que ce n'est point une étrangère que je retrouve et que la demoiselle d'honneur de la princesse royale est toujours la généreuse enfant que j'ai connue à Paris.

— En doutez-vous, ma mère?

— Ainsi, il est toujours vrai que vous avez pitié des opprimés?

— De tout mon cœur.

— Que vous les aimez plus que tout au monde?

— Je le crois.

— Et que vous seriez capable de vous sacrifier tout entière à la sainte cause?

— Je l'espère, dit Frida un peu inquiète.

— Alors, venez, dit la vieille femme.

Et elle effleura d'un baiser de religieuse le front de la jeune fille.

— Mais vous, dit Frida, qu'êtes-vous devenue depuis que nous nous sommes quittées? Comment êtes-vous venue à Marbourg? Comment y avez-vous vécu?

— J'ai fait la classe à des enfants, et les pauvres m'ont nourrie... Mais qu'est-ce que cela fait? J'ai pu vivre, puisque me voici. Il est question de bien autre chose !

Et, rapidement, d'une voix qui martelait les mots :

— Le moment est venu d'agir... Le peuple a tant souffert qu'il est prêt... Plus tôt que je n'aurais cru... Jamais l'occasion ne sera meilleure... Le peuple, enfin, touche du doigt son rêve... Qu'y a-t-il entre son rêve et lui? Rien, presque rien. Il n'y a derrière le prince Hermann qu'un enfant rachitique et ce misérable Otto, méprisé même des siens. Supposez qu'Hermann disparaisse : de lui-même le trône croule... C'est la révolution, et c'est la République pour commencer... Voilà ce que j'avais à vous dire...

Ses yeux flambaient sous ses bandeaux blancs. Elle tira de dessous sa mante un revolver et le posa sur un guéridon.

— Le peuple, continua-t-elle, a condamné Hermann à cause de sa dernière tuerie... Il compte sur vous pour l'exécution de la sentence.

— Sur moi?... sur moi?...

Ce fut comme si une chape de glace s'était abattue sur Frida. Elle balbutia, ayant encore peine à comprendre, plus stupéfaite d'abord qu'indignée... Cette vieille petite femme, drapée de noir, qui, tout à coup, du fond du passé, surgissait devant elle pour lui dire ces choses l'effarait comme une apparition... Elle se souvenait... Elle revoyait, dans un éclair, sa première rencontre avec Audotia ; elle se rappelait que cette vieille femme l'avait sauvée de la faim, que toute sa vie n'était que vertu, pitié violente, oubli de soi, sacrifice absolu à une idée... En cet instant même, il était évident qu'Audotia n'obéissait pas à une passion égoïste, qu'elle prononçait un arrêt impersonnel. Et c'est pourquoi le sentiment qu'éprouvait Frida était celui d'une sorte d'horreur sacrée, pareille à celle d'un croyant à qui le prêtre impose quelque affreuse immolation.

Audotia reprit :

— Comprenez-vous?

Oui, Frida comprenait, et elle était toute blanche et elle restait muette d'avoir compris. Elle fit enfin, pour desserrer les dents, un grand effort :

— C'est donc cela que vous veniez me demander ! C'est pour cela que vous reparaissez au bout de trois ans !...

Elle répétait, épouvantée :

— Pour cela !... pour cela !...

Audotia répondit :

— Autrefois, à Paris, vous en souvient-il? nous célébrions ensemble la mémoire de nos héros et de nos martyrs. Et vous les admiriez, vous les honoriez dans votre cœur, vous les chérissiez avec larmes... Or, qu'avaient-ils fait, sinon ce que le peuple attend de vous aujourd'hui?

— Ceux-là avaient tué des tyrans, des êtres méchants et haïssables, des ennemis de l'humanité... Mais Hermann!...

— Le prince Hermann est peut-êre plus coupable qu'eux tous, car il a été le plus hypocrite. Il n'a bercé le peuple de belles promesses que pour le massacrer avec moins de péril, et à la cruauté de la « répression », comme ils disent, il a ajouté la perfidie du guet-apens.

Et, pendant qu'Audotia parlait, l'antique manie soupçonneuse et accusatrice des conspirateurs populaires de tous les

ELLE TIRA UN REVOLVER...

temps allumaient ses prunelles d'un feu sombre.

— Ce n'est pas vrai ! cria la jeune fille, ce n'est pas vrai ! Je le connais bien, peut-être ! Je n'ai jamais vu de cœur plus tendre, ni bonne volonté plus héroïque. Je vous ai écrit tout cela et vous n'avez pas daigné me répondre... Ce qu'il a fait, c'est vous qui l'y avez forcé, vous le savez bien. Mais ce que vous ne savez pas, ce sont les larmes de sang que l'accomplissement de ce qu'il a cru son devoir lui a coûtées... Vous n'avez pas voulu comprendre sa pensée : mais enfin ce n'est pas sa faute... Songez, d'ailleurs, à ce qu'il avait fait avant ce malheureux jour, aux haines qu'il avait soulevées contre lui avant d'encourir les vôtres...

— Qu'importe?... Et quand même je consentirais à vous croire? Si ce n'est sa volonté qui est malfaisante, c'est donc sa fonction. Tant pis pour lui! Les hommes comme lui, avec leurs demi-lueurs et leurs velléités de justice que contrarient les nécessités et les inéluctables préjugés de leur état, sont plus dangereux pour nous que des despotes déclarés, car ils peuvent prolonger, par les fausses espérances qu'ils donnent aux simples et aux timides, l'ignominie du vieux monde... Enfin, je vous le répète, le prince Hermann est condamné... J'avais prévu votre trouble et vos premières résistances... Néanmoins, je comptais sur vous... Dites-moi si je me suis trompée...

Frida avait envie de crier : « Certes, vous vous êtes trompée, et ce que vous ordonnez est infâme ! » Mais, devant cette face de pierre qui racontait une volonté surhumaine et comme un long endurcissement dans l'héroïsme, elle eut honte et se contint : elle n'osait encore laisser parler son faible cœur ni donner la vraie raison de sa défaillance éplorée.

— Ainsi, dit-elle, quand vous m'avez envoyée ici, c'était pour le meurtre et pour la trahison !

— Tous les meurtres glorieux, tous ceux qui ont sauvé des villes ou affranchi des peuples, ont été des trahisons.

— Mais Hermann vous a graciée !

— C'était un piège.

— Récemment encore, il vous a épargnée. C'est par lui que votre dernière condamnation a été insignifiante. Il n'a jamais été méchant pour vous.

— Eh ! croyez-vous que je songe à moi?

— Hélas ! vous que j'ai vue si bonne pour les faibles et pour les affligés, si compatissante aux femmes, aux enfants...

— C'est aussi à eux que je songe aujourd'hui.

Frida, énervée, sentait avec désespoir qu'elle serait vaincue dans cette lutte de paroles. Sa gorge se serrait... Soudain, tout son cœur se délivra dans un cri :

— Non ! non ! allez-vous-en ! C'est trop lâche, voyez-vous, c'est trop lâche !

La vieille femme répondit avec douceur :

— Le meurtre n'est pas lâche quand c'est l'éternelle justice et l'éternel amour qui le commandent, quand la main qui donne la mort est désintéressée et quand, d'ailleurs, le coup est rapide et inopiné et n'ajoute point à la mort la souffrance. Le meurtre, enfin, n'est pas lâche quand le meurtrier a fait d'avance le sacrifice de sa vie... Moi, je ne tiens pas à la mienne.

Elle continua, d'un ton plus âpre :

— Ah ! ah ! cela est facile et charmant d'aimer la justice et d'avoir pitié des opprimés quand tout se passe en rêves et en belles paroles. Vous avez cru que cela durerait toujours, et, quand il s'agit de mettre pour de bon la main à l'ouvrage et de tuer ou de mourir, cela vous paraît dur, vous faites la dégoûtée, et votre tendre cœur se révolte... Ah ! ah ! qui donc est lâche de nous deux?

— Allez-vous-en, reprit Frida. Allez-vous-en !

La vieille femme ne bougea point. Mais sa voix se fit moins rude :

— Décidément, vous refusez, Frida?

— Ah ! oui, je refuse.

— Alors, venez avec moi.

— Avec vous?

— Mais oui, avec moi. Des amis nous attendent non loin d'ici, à l'auberge qui est au point de jonction des routes de Steinbach et de Kirchdorf... Je vous avais crue plus forte. N'en parlons plus... Mais, puisque le cœur vous manque pour accomplir ce que nous attendions de vous, vous n'avez plus rien à faire ici.

— Mais...

— Avez-vous donc pensé que, si j'ai pu me séparer de vous, de vous, ma plus chère fille, et si j'ai pu vous envoyer dans cette misérable cour, c'était pour y laisser couler votre vie inutile dans le luxe et dans la paresse pendant que vos frères meurent de faim? Auriez-vous, en effet, l'âme d'une demoiselle d'honneur?... Allons, venez, mon enfant. Il ne faut pas que le prince Hermann vous retrouve ici.

Frida couvrit son visage de ses deux mains et dit en pleurant :

— Je l'aime.

La vierge aux cheveux blancs eut un grand tressaillement de colère.

— Ah ! voilà donc le grand mot lâché !.. Vous l'aimez ! Vous en êtes là... Une misérable aventure d'amour, voilà où devaient aboutir tant de belles pensées, de magnanimes projets, et le culte oublié de votre grand-père le martyr !... Vous aimez le prince? Belle raison ! Qu'est-ce que cela nous fait? Vous avais-je dit de l'aimer, moi? Il ne faut plus l'aimer, voilà tout... Il ne faut pas aimer une personne, car l'aimer, c'est ne vivre que pour elle, et ne vivre que pour elle, c'est ne vivre que pour soi... Ah ! ah ! je les connais, vos lâches, vos égoïstes, vos sales amours ! Il faut aimer les hommes. L'amour comme vous l'entendez est un vol fait à l'humanité.

Mais Frida répéta :

— Je l'aime.

— Adieu donc.

Audotia gagna la porte à grands pas. Arrivée sur le seuil, elle se retourna et, levant la main droite comme pour une malédiction :

— Mademoiselle de Thalberg, puisque la petite-fille de Kariskine, mort à la maison de force, ne voit plus aujourd'hui de plus belle destinée que d'être la maîtresse d'un égorgeur du peuple, au nom des douze cents malheureux massacrés par ordre du prince royal, je vous déclare...

Frida se jeta sur elle, la força d'abaisser son bras levé et cria, éperdue :

— Ma mère! ma mère! je vous obéirai... Écoutez-moi... Oui, oui, je vous obéirai... Ce que vous voulez, n'est-ce pas? c'est que le prince disparaisse, pour que la révolution soit possible. Mais, pourvu qu'il disparaisse, vous ne tenez pas à ce qu'il meure, et vous ne pouvez pas exiger que j'assassine mon ami?... Oui, c'est vrai, je l'aime... Pas comme vous croyez... je l'aime justement parce qu'il pense au fond les mêmes choses que vous et qu'il a peut-être à cela quelque mérite... Et je ne suis pas sa maîtresse, je vous le jure ! Seulement, je l'adore et je mourrais plutôt que de le quitter... Eh bien, s'il m'aimait assez, lui, ou s'il avait son rôle assez en dégoût pour renoncer au pouvoir, au trône, à tout... (je ne suis pas folle, vous verrez!) si je ledécidais à tout abandonner, à partir avec moi demain, ce soir... est-ce que je ne mériterais pas votre pardon ? Est-ce que je n'aurais pas bien travaillé pour notre cause?... Car, enfin, vous l'avez dit, ce n'est pas l'homme que vous haïssez : c'est le prince... Laissez-moi donc tenter cette épreuve et ne me maudissez qu'après.

Il y avait tant d'ardeur et de sincérité dans l'accent de Frida, ses yeux transparents révélaient si bien son âme candide et crucifiée que la vieille femme, un instant attendrie, posa maternellement sa main sur le front de la jeune fille et sur sa chevelure d'or :

— Pauvre petite! murmura-t-elle.

Puis, redevenue de pierre :

— Soit ; j'attendrai. Mais, si, ayant échoué dans votre entreprise, vous restiez ici, songez, Frida, que vous seriez la plus vile des créatures. Avec le prince ou sans lui, il faut que vous reveniez à nous... Au revoir...

JE L'AIME.

XXVII

Günther alluma la lampe.

— Vous n'avez plus besoin de moi, madame?

— Non, Günther.

— Bonsoir et bonne nuit, madame.

— Bonne nuit.

Frida se mit au piano et joua un *lied* de Schumann, lentement et avec des doigts qui appuyaient à peine. Dehors, la nuit était douce ; il faisait clair de lune, et de fraîches bouffées d'odeurs végétales arrivaient à Frida par la porte entr'ouverte du *window*.

La musique seule, en rythmant les minutes de l'attente, pouvait les lui abréger. A mi-voix, avec un accompagnement aussi léger qu'un bruit d'ailes, elle chantait la romance de *Tannhauser* :

> O douce étoile, feu du soir,
> Viens nous guider dans le devoir...

et elle se répétait ces médiocres paroles comme un avertissement et une exhortation, lorsque le prince Hermann entra. Elle courut à lui et le débarrassa de son manteau. Il voulut l'embrasser, mais elle lui prit les mains et les couvrit de baisers. Puis elle l'entraîna vers le coin du salon qu'éclairait la lampe posée sur une console, le fit asseoir sur le canapé et s'assit elle-même sur une chaise basse, à ses pieds.

— Mon Dieu ! dit-elle, comme vous êtes pâle ! Seriez-vous malade ?

— Non... Je suis content d'être ici... Ici seulement je suis chez moi, ici seulement je suis bien.

Mais il haletait en disant cela, et ses yeux étaient pleins de fièvre. Il essaya de sourire :

— Qu'avez-vous fait, Frida, tous ces jours-ci, en m'attendant ?

— Eh bien, je vous ai attendu. C'est une occupation qui suffit à remplir mes journées, je vous assure. Et vous ?

— Moi ? Vous le savez, Frida, ce que j'ai fait.

— Pauvre ami !

— Vous ne m'en avez pas voulu ?

— Je vous ai plaint de tout mon cœur. Vous avez tant dû souffrir !

— Et ce n'est pas fini, Frida. J'ai commencé : il faut que j'aille jusqu'au bout. Je n'ai fait que refouler des colères et épouvanter des détresses qui continuent à gronder sourdement. Je maintiens l'ordre public par la terreur, comme si j'étais un tyran. Et, si ce qui couve éclate un jour, eh bien, nous tuerons encore : il n'y a que le premier sang qui coûte...

— Oh ! pas cela, Hermann ! pas cela !

Suppliante, elle tendait ses deux mains vers la bouche d'Hermann, comme pour y arrêter les mauvaises paroles... Mais lui continuait sans la regarder :

— Alors quoi ? Que faire ? Pour ne pas douter de mon devoir et pour le remplir sans trouble, il me faudrait ici l'âme du plus dur de mes durs aïeux, et je n'ai, moi, qu'un pauvre cœur trop tendre, que la douleur d'autrui émeut jusqu'au fond, et un pauvre esprit inquiet, qui n'est même pas sûr que ce que j'ai à défendre vaille ce que la défense aura coûté. Je suis travaillé d'incertitudes et plein de larmes secrètes dans une fonction qui exclut le doute et la pitié... Ah ! je suis un bien mauvais protecteur de l'ordre, car je suis tenté de tout absoudre chez les misérables et de tout haïr chez ceux qu'ils menacent... Parmi les félicitations que j'ai reçues ces jours-ci, il y en a qui m'ont fait lever le cœur... J'admire qu'il y ait des hommes capables de juger, de condamner, de faire mourir d'autres hommes, de prendre cela sur eux et de dormir après... Le divorce est entier chez moi entre la pensée, libre, et l'action, forcée. Et cela est lamentable. Cela, chez un prince, s'appelle lâcheté. Les plus indulgents l'appelleront faiblesse. Et pourtant, Dieu sait ce que j'ai dû dépenser de volonté pour arriver à paraître le plus faible des hommes !...

Frida se souleva et baisa Hermann sur le front. Il reprit :

— Quand j'ai revu mon père l'autre soir (je ne sais s'il a compris ce qui s'est passé dans ces derniers temps, car il est bien bas et ne parle presque plus), il m'a dit ces seuls mots, qu'il m'avait dits déjà le jour où il m'a remis ses pouvoirs : « Mon fils, que Dieu vous donne la foi ! » Hélas, j'ai déchiré le voile d'illusion que les souverains ont devant les yeux. Ce qu'ont fait mes ancêtres et ce dont on les glorifie m'a souvent rempli de doute et d'épouvante... La foi dont a vécu mon père, je ne l'ai jamais eue, et celle dont j'aurais voulu vivre, je crains à présent de ne plus l'avoir... Peut-être qu'il n'y a rien à faire pour les hommes, que rien ne sert à rien et que le vieux mot « tout est vanité » a un sens précis, terrible, désespérant, le sens complet qu'on n'ose jamais lui donner...

— Je vous aime, dit Frida.

Elle se leva, et, ce qu'elle n'avait jamais fait, elle enveloppa Hermann, comme un enfant malade, de ses deux bras légers.

Une rafale passa dans les massifs. Ils entendirent croître et se propager d'arbre en arbre un long frissonnement de feuilles. Une chouette hurla. La flamme de la lampe fila très haut, puis se rabattit. Hermann et Frida eurent, tous deux en même temps, le sentiment d'une détresse inexprimable, où s'évanouissaient leurs chimères, où ils avaient peine à retenir les belles, les folles idées par lesquelles ils s'étaient crus presque uniquement joints : ils n'étaient bientôt plus que deux corps amoureux qui se cherchaient dans la solitude avec une ardente tristesse...

— Et moi, dit Hermann, je ne vis plus que pour vous. Ces angoisses mêmes dont je vous fais le pitoyable aveu, elles me viennent un peu de vous. Vous seule pouvez donc les apaiser... Oh ! aie bien pitié de moi, car je suis plus seul et plus abandonné que le mendiant des grandes routes... Oh ! ta voix... tes yeux... ta bouche !... La douceur de caresser tes cheveux, de reposer contre ta poitrine, de te sentir à moi... toute à moi, n'est-ce pas ?

— Hermann !

Il la saisit par ses frêles poignets, et, comme, agenouillée, elle se renversait en arrière, il se pencha sur elle, sur son front nimbé d'or rouge, sur ses yeux de la couleur des lacs où se mirent de pâles verdures, sur ses petites dents si brillantes entre ses lèvres écartées :

— Ne vois-tu pas que j'ai besoin de ton baiser et qu'il faut me délier de ma promesse ? Quelqu'un qui nous verrait ne nous prendrait-il pas pour des amants? ... Pourquoi nous cachons-nous ?... Ne serais-tu pas déjà perdue, aux yeux des pharisiens, par ce que tu as fait pour moi ?... Frida, au nom de ma tristesse, ne me repousse pas aujourd'hui.

Elle se déroba par un mouvement où survivait un instinct de vierge, mais où sa volonté n'était déjà plus. Elle dénoua les mains de son ami, sans colère ; elle regardait ce pâle, ce triste visage d'homme aminci vers le bas, cette peau fine, ces sourcils droits, ce signe sur la tempe, cette bouche tourmentée, la lèvre inférieure saillante un peu et froncée de petits plis... Il lui semblait qu'elle voyait cela pour la première fois, et elle comprenait que c'était *cela* qu'elle aimait...

Elle fit effort pour se rappeler où ils étaient et se souvint tout à coup de ce qu'elle avait promis à Audotia. Et, bien qu'Audotia lui apparût alors très lointaine, elle se dit qu'elle devait accomplir sa promesse, mais que, d'ailleurs, les moyens par lesquels elle la pourrait accomplir étaient aussi ceux qui lui livreraient à elle seule et pour toujours l'homme qu'elle adorait. Et, ainsi, un peu de ruse de femme se mêlant aux sincères résistances de sa pudeur et peut-être de sa jalousie subitement éveillée à l'égard de la princesse, elle n'aurait su dire si elle mettait cette ruse au service de son amour ou de son devoir, tel que la vieille prêtresse le lui avait dicté.

— Hermann, répondit-elle, tout mon cœur vous appartient, et je suis votre servante ; mais ne me demandez pas cela, si vous m'aimez.

— Je t'aime, et je le veux. N'es-tu pas ma vraie femme, la compagne de mon esprit et de mon cœur? Doutes-tu de moi? Te faut-il des serments?

— Non, Hermann. Mais... comment dire? il me semble qu'après cela je me trouverais liée à toi par autre chose que ma volonté et qu'ainsi je serais moins à toi, puisque je serais à toi moins librement... Et puis... tu viens de le dire, nous nous cachons comme des coupables ; pour venir ici, je trompe mon grand-oncle, qui me croit chez une amie que je force, elle aussi, à mentir. Nous vivons dans le mensonge : c'est bien assez. Je ne veux pas du moins vivre dans la trahison. Cela nous porterait malheur.

— Celle à qui tu penses, Frida, ne souffrira pas davantage si tu es un peu plus à moi. Ne doit-elle pas se croire dès maintenant trahie? Que ce soit vrai ou non, pour elle c'est tout un.

— Mais non pour moi, Hermann. Je veux bien qu'elle me haïsse, ou même qu'elle me méprise, mais je ne veux pas lui en avoir donné le droit. Je consens à être avilie dans sa pensée, mais non dans la mienne. Ce qu'elle croit m'importe peu ; mais je tiens à ne pas me sentir, moi, diminuée devant elle.

— Hélas ! Frida, vous ne m'aimez pas.

— Je vous aime, Hermann, mais je ne puis être la rivale honteuse de la princesse de Marbourg.

— Non, vous ne m'aimez pas. Et cela, quand je n'ai plus que vous, quand, à cause de vous, j'ai répudié toutes les autres raisons que j'avais de vivre... Car, voyez, je ne suis plus qu'un pauvre être douloureux et désorienté, en révolte contre lui-même, contre son rôle et sa destinée naturelle... Le sang qui coule dans mes veines est las, sans doute, de l'excès d'orgueil et d'action de tant de générations royales, et je traîne la fatigue de tous ces règnes... Je serai toujours, toujours malheureux... Ah! comme je hais ce qu'ils appellent mon devoir! Comme je hais ma fonction royale! Comme je hais toute ma vie, tout, excepté toi!

La lampe, dont l'abat-jour avait glissé, laissait la plus grande partie du salon dans les demi-ténèbres, en sorte que, si Hermann et Frida avaient été attentifs à autre chose qu'à eux-mêmes, ils eussent pu distinguer, derrière le vitrage baigné de lune, une vague forme noire qui marchait lentement...

Hermann, accablé, se taisait. Frida sentit qu'elle l'avait amené où elle voulait et se redressant :

— Tu es bien sûr de ce que tu dis là? Tu ne me trompes pas? Tu ne te trompes pas toi-même?

— Hélas !

— Dieu soit loué ! s'écria-t-elle. Si tu souffres tant, le remède est facile. Laisse tout cela, affranchis-toi; ne sois qu'un homme, et tu ne seras plus qu'un prince. Alors seulement tu cesseras de souffrir. Et vois quel exemple et quelle leçon : un prince qui s'en va pour avoir reconnu qu'il est impossible de régner sans faire le mal ! Par là, tu serviras mieux la sainte cause que par tout ce que tu aurais pu tenter en restant au pouvoir. Car un prince n'est, quoi qu'il fasse, qu'une sentinelle d'injustice. Et tu seras heureux, n'étant plus responsable des abominations du vieux monde. Songe ! N'est-il pas monstrueux, la planète Terre étant donnée, que les hommes répandus sur sa surface ne puissent, au bout de dix mille ans, vivre tous d'elle et qu'il y ait de si odieuses inégalités de partage entre ses nourrissons?... De quoi as-tu peur? Va, l'ordre ancien empêche moins de violences qu'il ne consacre d'iniquités : il n'est donc qu'une longue, qu'une effroyable erreur, et, comme toutes ses parties se tiennent, l'améliorer est impossible : il faut le renouveler tout entier, et cela ne se peut que par des renoncements tels que le nôtre ou par les inévitables violences des masses déshéritées... Tu penses peut-être que l'ordre nouveau ne vaudrait pas mieux? Qu'en sais-tu? Et quand même ! « A chacun son tour ! » serait déjà une grossière formule de justice... Mais moi, j'ai confiance : le monde futur sera meilleur, puisqu'il sera différent... Je ne puis t'expliquer, mais j'ai des amis qui savent... Viens : nous ferons le bien : nous vivrons tout près de la nature, non loin des humbles, parmi lesquels sont les vrais

UNE VAGUE FORME NOIRE QUI MARCHAIT LENTEMENT...

grands. Pour moi, jusqu'au jour où je t'ai rencontré, je n'ai jamais été meilleure ni si heureuse que lorsque j'ai vécu de mon travail et coudoyé le peuple... Viens, viens : tu connaîtras enfin la joie d'une âme libre et, par là, fraternelle au monde entier... Et, si je n'ai pu être au prince de Marbourg, ah ! comme, alors, je serai à toi, mon Hermann ! Dis, le veux-tu?

C'est ainsi que son âme chimérique de jadis continuait à parler par les lèvres ardentes de Frida. Elle croyait avoir concilié sa foi et son amour ; mais tout son jeune sang murmurait en elle : « Je t'aime uniquement et je t'aimerai sans conditions si tu veux, car voilà que je suis vaincue. Je t'aime, même prince, et, quand tu serais le plus orgueilleux des tyrans, va, je t'aimerais toujours, et je ne pourrais pas faire autrement. »

Elle n'osait le dire tout haut : elle eût cru blasphémer. Et peut-être aussi ne s'avouait-elle pas encore que ce blasphème était dans son cœur... Seulement, elle vint de nouveau s'agenouiller aux pieds d'Hermann et, jetant ses bras autour du cou de son ami, elle l'attirait silencieusement vers ses lèvres...

En cet instant, une femme vêtue de noir entra par la porte de la terrasse.

Le revolver luisait faiblement, dans la demi-obscurité du salon, sur la table où l'avait posé Audotia Latanief.

Et, vers la même heure, curieux de sensations inéprouvées, le prince Otto se glissait au rendez-vous où l'attendait la petite-fille du garde...

UN MARAICHER TROUVA LE CADAVRE...

XXVIII

Le surlendemain, on lisait dans les journaux de Marbourg :

« Un deuil épouvantable, un double deuil vient de frapper la maison royale et tout le royaume d'Alfanie.

» Hier samedi, vers six heures du matin, un maraîcher de Steinbach trouva dans un fossé, sur le chemin qui longe extérieurement le parc d'Orsova, le cadavre d'un homme encore jeune et de haute taille et vêtu d'un costume de chasse. Il alla aussitôt prévenir le maire de Steinbach, qui télégraphia à Lœwenbrunn. Le commissaire de police, s'étant transporté sur les lieux, accompagné de la gendarmerie, reconnut que la victime n'était autre que Son Altesse royale le prince Otto. Le prince avait été frappé d'une balle, qui avait pénétré sous l'aisselle gauche. La mort avait dû être instantanée.

» Des traces de pas et d'herbe foulée menaient à la poterne du parc. D'autres traces conduisaient, à travers le jardin, jusqu'auprès des écuries. C'était évidemment là que le meurtre avait été commis.

» On interrogea d'abord le garde-chasse Günther et sa petite-fille Kate. Ils déclarèrent n'avoir rien vu ni rien entendu.

» On pénétra ensuite dans la villa pour interroger la châtelaine, une certaine comtesse Leïlof, qui habitait Orsova depuis quelques mois seulement et y vivait fort retirée. La maison était déserte. Mais, dans un angle du grand salon, au pied d'un canapé, gisait le cadavre de son Altesse royale le prince Hermann, frappé d'une balle au cœur.

» La comtesse Leïlof avait disparu.

» Interrogés de nouveau, le garde et sa petite-fille répétèrent qu'ils ne savaient rien, que, la veille au soir dans le pavillon où ils couchaient et qui est à cinquante mètres des écuries, ils n'avaient point quitté leur lit et qu'aucun bruit ne les avait avertis de ce qui s'était passé. Néanmoins, tous deux ont été mis en état d'arrestation.

» Le chef de la police royale vient de se transporter à Orsova pour y procéder à une enquête minutieuse.

» Le plus profond mystère enveloppe cet effroyable événement. Certains indices permettent cependant de croire que le ou les coupables ne se déroberont pas longtemps aux investigations commencées. Mais on comprendra que nous soyons tenus à la plus grande discrétion.

» On n'a pas osé annoncer encore l'affreuse nouvelle à Sa Majesté le roi, qu'une cruelle maladie, jointe à l'extrême vieillesse, retient, comme on sait, dans son palais de Lœwenbrunn, où ses infortunés fils l'avaient dernièrement rejoint. »

XXIX

Quelques jours après son arrivée à Lœwenbrunn, une seconde attaque de paralysie avait achevé de terrasser le vieux roi, et, depuis lors, la langue enchaînée, les membres noués, la pensée absente ou endormie, il était comme un homme retranché déjà du monde des vivants. On lui avait raconté, avec des ménagements et des atténuations, les événements de Marbourg, les travaux de l'Assemblée consultative, la manifestation du 1er octobre et ce qui s'en était suivi. Mais il avait paru ne pas comprendre ce qu'on lui disait. Seulement, de temps à autre, il s'informait de la santé du petit Wilhelm...

Son seul plaisir était de manger comme un enfant goulu et, quand le temps était beau, de se faire mener, dans son fauteuil roulant, sous les arbres de la grande avenue. Pendant des heures, il considérait le décor du lieu, les longues colonnades de la façade du palais, la majesté des bassins et des allées faites pour des cortèges royaux, la géométrie fastueuse des rampes tournantes et des escaliers qui reliaient entre elles les terrasses superposées, le cercle démesuré des nobles statues de marbre dorées par le soleil ou zébrées par la poussière et la pluie, les ouvertures profondes des hautes avenues divergentes comme les rayons d'une étoile et, tout au centre, la colossale statue équestre d'Hermann II, l'aïeul terrible. Il contemplait cela, le vieux roi, comme s'il ne l'avait jamais vu, sans doute afin d'emporter dans la mort la vision des pompes antiques de sa race ; et, parfois, une plainte grêle comme un cri de petit enfant interrompait sa vague extase.

Il ne demandait que fort rarement à voir les princes ses fils. La princesse Wilhelmine, dont il savait l'âme plus conforme à la sienne, était la seule personne dont il parût aimer la présence.

Ce jour-là, il était dans sa chambre, les jambes empaquetées dans des couvertures, et regardait par la fenêtre la pluie ruisseler sur les épaules de bronze d'Hermann II et couvrir d'un voile de désolation la pompeuse assemblée des marbres et les hautes murailles des quinconces séculaires... Quand Wilhelmine s'approcha, il la vit si blême et si défaite qu'il secoua sa torpeur et qu'une inquiétude aviva ses yeux opaques.

Elle comprit :

— Votre petit-fils va bien, dit-elle. Ce n'est pas de lui qu'il s'agit, mais de vos deux fils.

Elle hésita, cherchant ses mots :

— On ne peut vous taire... ce qui est

arrivé... Dieu nous afflige, mon père..

Les larmes la gagnaient. Le vieillard, la face tendue par un grand effort et la langue encore embarrassée, interrogea :

— Hermann ?

Wilhelmine voulait parler et ne pouvait plus... Elle s'affaissa en sanglotant près du vieux roi.

Les regards du malade s'éclaircissaient peu à peu ; sur les bras du fauteuil, ses doigts noueux remuaient avec lenteur ; un sourd travail se faisait dans ses membres paralysés... Apparemment, sous le heurt soudain d'une tragique idée, son intelligence s'était remise en branle ; du premier coup d'œil, il avait conçu comme présent et réel tout le malheur possible et, l'ayant conçu, l'émotion qu'il entrevoyait s'accompagnait en lui du sentiment et de la joie involontaire d'un peu de vie retrouvée.

La langue déliée à demi, il put articuler :

— Ainsi... c'est au pire malheur... que je dois m'attendre ?

Wilhelmine ne répondait pas.

Alors le vieillard prononça distinctement :

— Dans la situation actuelle

SON SEUL PLAISIR ÉTAIT DE SE FAIRE MENER DANS SON FAUTEUIL ROULANT...

qu'il en avait éprouvée avait communiqué à tout son corps un frisson sauveur, si bien que l'horreur des choses du royaume, la mort même de mes fils ne serait peut être pas le pire malheur...

XXX

Dès le lendemain, Christian XVI, dans son fauteuil de malade, présidait le conseil des ministres. Son état s'était amélioré, il pouvait mouvoir les doigts et l'avant-bras et, bien que sa voix restât faible et sa langue lourde, parler de manière à se faire entendre. Surtout sa forte volonté, réveillée par la nécessité d'un devoir pressant, soutenait son corps moribond.

— Dieu m'éprouve, messieurs, et de toutes façons. Dans la retraite où j'attendais le suprême repos, il m'a frappé des plus rudes coups qui puissent atteindre un père et un roi, et on dirait qu'il n'a différé ma mort et ne m'a rendu une ombre de vie que pour que je sentisse mieux le poids de sa main... Mais faisons notre devoir.

Il félicita le général de Kersten de son énergie, suspendit douze journaux, ordonna des perquisitions chez les chefs des divers partis révolutionnaires, en fit emprisonner quelques-uns et consigna jusqu'à nouvel ordre la garnison de Marbourg.

Puis il déclara que la nouvelle Chambre serait élue et convoquée dans le plus bref délai. « Vu le malheur des temps », il faisait aux « idées nouvelles » ce sacrifice considérable et ne jugeait pas à propos d'user de son autorité souveraine pour défaire ce qui avait été fait par son fils aîné. Il chargerait le comte de Mœllnitz de former un nouveau ministère. Dès que ce ministère serait constitué, le roi abdiquerait en faveur de son petit-fils.

En attendant, il poussa vigoureusement l'instruction de l'« affaire d'Orsova ». Ce mystère passionnait le public. Le roi avait d'abord compté que la mort des deux princes, encore que l'un fût méprisé et l'autre devenu impopulaire, produirait un grand mouvement de pitié et d'indignation, dont bénéficieraient la cause royale et les intérêts conservateurs. En réalité, la première émotion calmée, le peuple éprouva surtout un sentiment de curiosité badaude et ne vit guère dans le double régicide qu'un « fait divers » exceptionnel ; mais l'effet de cette curiosité fut précisément celui que le roi avait attendu d'un autre sentiment. Toute l'Alfanie oublia pendant quinze jours les questions politiques et sociales et laissa son gouvernement à peu près tranquille.

Soit habileté, soit conviction, le roi avait émis l'hypothèse d'un guet-apens socialiste, et l'enquête fut dirigée d'après cette idée préconçue. Les faits semblèrent d'abord s'y ajuster. Mais on ne pouvait les révéler au public sans lui apprendre en même temps certaines particularités secrètes de la vie des deux princes, ni dénoncer les ennemis de l'État sans laisser deviner les faiblesses privées de leurs victimes. Le roi consentit sans hésitation à ce que les voiles fussent du moins soulevés à demi, persuadé qu'un intérêt supérieur lui commandait de braver, en cette circonstance, l'injurieuse indiscrétion des commentaires publics.

Les journaux de Marbourg publièrent donc successivement les notes suivantes :

« L'instruction de l'affaire d'Orsova a fait un grand pas. Nous avons dit que le château était habité par une certaine comtesse Leïlof, disparue depuis l'attentat. Or il est établi que la comtesse Leïlof n'était autre que mademoiselle Frida de Thalberg, demoiselle d'honneur de Son Altesse royale la princesse Wilhelmine. Le prince Hermann témoignait à mademoiselle de Thalberg une sympathie particulière, sympathie facile à comprendre si l'on songe que cette jeune fille était la petite-nièce du marquis de Frauenlaub, ancien gouverneur du prince, et que, brouillée avec son grand-oncle et réfugiée à Paris avec sa mère, le prince Hermann l'y avait rencontrée, l'avait réconciliée avec son vieux parent et introduite lui-même à la cour. Il avait pour elle l'affection qu'on a souvent pour les personnes à qui l'on a rendu de grands services. Il ignorait, ou il voulait oublier que mademoiselle de Thalberg était la petite-fille du conspirateur Kariskine, qu'elle s'était liée, à Paris, avec la trop fameuse Audotia Latanief, et qu'elle était restée imbue, même dans sa nouvelle situation, des idées les plus subversives.

» Mademoiselle de Thalberg, dont la santé était chétive, fut installée, il y a quatre mois environ, par les soins de son grand-oncle, dans le château d'Orsova, au milieu de la forêt de Steinbach, pour y faire une cure d'air. Pourquoi prit-elle alors le nom de comtesse Leïlof ? Ce détail ne s'explique que par ce goût de mystère propre à tous les conspirateurs. Il paraît certain que, avant la nuit fatale, le prince Hermann, avec cette exquise bonté que l'on connaît, était venu, une ou deux fois, prendre des nouvelles de la jeune malade.

» Son Altesse royale avait bien mal placé son affection. Il est maintenant évident que Frida, qui avait conservé des relations avec les fractions les plus avancées du parti socialiste, a lâchement trahi son royal protecteur et l'a attiré, sous quelque prétexte, au château d'Orsova pour le livrer aux assassins. On a trouvé dans les papiers de mademoiselle de Thalberg une lettre d'Audotia Latanief qui lui annonçait sa visite pour le jour même où les deux crimes ont été commis.

» Frida de Thalberg et Audotia Latanief sont activement recherchées. »

. . . .

« Les charges s'accumulent contre Audotia Latanief. Le revolver retrouvé sous un des meubles du salon a été reconnu par un armurier de Marbourg pour avoir été vendu par lui, il y a quinze jours, à une femme dont le signalement répondait à celui d'Audotia Latanief. Une femme répondant au même signalement a été vue le jour du crime, vers trois heures de l'après-midi, dans une auberge isolée située sur la route forestière de Kirchdorf à Steinbach. »

. . . .

« Audotia Latanief a été arrêtée, hier soir, dans l'hôtel garni qu'elle habitait à Marbourg, rue des Saulaies, et où elle avait eu la singulière imprudence de rentrer. Elle n'a opposé aucune résistance aux agents et s'est contentée de dire : « Je vous attendais : c'est bien. » Interrogée par le juge d'instruction, elle n'a cessé de faire montre du plus odieux cynisme. Elle a avoué qu'elle avait rendu visite à mademoiselle de Thalberg le jour du crime et que le revolver retrouvé dans le salon était le sien. Elle a ajouté qu'elle approuvait l'assassinat du prince Hermann, mais elle a nié en être l'auteur. Vers la fin de l'interrogatoire, elle a supplié qu'on lui donnât des nouvelles de sa jeune amie et, comme on ne lui répondait pas, elle s'est mise à fondre en larmes.

» On n'a pu, jusqu'ici, retrouver les traces de Frida de Thalberg. »

. . . .

« Il paraît évident, en dépit des dénégations d'Audotia, si peu compatibles avec ses aveux partiels, que c'est bien elle qui a assassiné le prince Hermann. A-t-elle eu d'autres complices que Frida ? On le saura bientôt, car ceux des chefs du parti révolutionnaire qui passaient pour être particulièrement liés avec Audotia ont été mis en état d'arrestation.

» Pour le prince Otto, il est infiniment probable que son meurtrier n'est autre que le garde-chasse Günther. Les antécédents de cet ancien soldat sont irréprochables ; mais il était dévoué corps et

UNE FEMME A ÉTÉ VUE DANS UNE AUBERGE ISOLÉE...

âme à mademoiselle de Thalberg, et il n'est pas impossible qu'il ait, en cette occasion, poussé l'obéissance jusqu'au crime. D'ailleurs, il ignorait peut-être le nom de la victime qui lui a été désignée.

» La balle qui a frappé le prince Otto est du même calibre que le fusil dont le vieux garde se servait habituellement. Sans doute, on n'a retrouvé aucune tache de sang sur les vêtements de Günther, bien qu'il ait dû traîner sa victime à plus de cent mètres de l'endroit où il l'avait abattue. Mais la blessure du prince Otto a fort peu saigné, et, d'ailleurs, Günther a eu toute la nuit pour faire disparaître les vêtements qu'il portait au moment du crime.

» D'après l'avis des médecins, la mort du prince Otto a dû être postérieure à celle de son frère. On suppose que le prince Otto était parvenu à s'échapper de la maison scélérate et que Günther, qui faisait sentinelle à l'extérieur, a pu l'atteindre alors qu'il s'enfuyait à travers le jardin.

» Mais par quels moyens le prince Otto avait-il pu être attiré, à cette heure tardive, dans cette habitation écartée ? Il ne faut pas oublier que le prince, qui était la simplicité même, aimait, à l'exemple de son aïeul Christian XII le Bien-Aimé, à se mêler secrètement aux foules populaires et y cherchait quelquefois d'innocentes aventures. On a découvert que, la veille du forfait, il avait assisté incognito aux réjouissances publiques de la fête de Steinbach et qu'il y avait lié connaissance avec la petite-fille du garde. Ajoutons que les mœurs de celle-ci étaient notoirement déplorables. Quel piège a pu tendre la rouerie de cette fille à la bonhomie indulgente du prince? C'est ce qu'on ne sait pas encore.

» Jusqu'ici, Günther et Kate se sont enfermés dans un mutisme de brutes. On espère que la solitude aura raison de cet entêtement.

» Quant à Frida de Thalberg, on a des raisons sérieuses de la croire réfugiée à Londres ou à Paris. »

Telle était l'interprétation officielle du « mystère d'Orsova ». Elle ne satisfaisait qu'à demi le vieux roi. Cette invention d'un « guet-apens » socialiste soutenait mal l'examen, prêtait à trop d'objections quand on voulait la préciser. Peut-être la coïncidence mélodramatique des deux meurtres n'était-elle, après tout, qu'un effet du hasard? Chaque meurtre devait alors s'expliquer séparément. Christian était tenté de croire qu'Audotia disait la vérité lorsqu'elle niait avoir assassiné le prince Hermann. Quel intérêt avait-elle à s'obstiner dans des dénégations qui ne sauveraient point sa tête, puisqu'elle se reconnaissait complice de fait et de désir et que cela suffirait pour sa condamnation à mort? D'autre part, la correspondance de Frida et d'Hermann, que le roi avait entre les mains, éloignait l'idée que mademoiselle de Thalberg eût tué son platonique amant par fanatisme révolutionnaire. Pourtant, selon toute apparence, l'assassin, c'était elle. Fallait-il donc supposer chez Frida quelque accès de jalousie meurtrière? Ou bien Hermann, fatigué de la spiritualité de cette liaison, avait-il voulu faire violence à son amie, et cette étrange fille avait-elle, contre l'homme qu'elle adorait, défendu sa vertu à coups de revolver?

Le meurtre d'Otto s'expliquait plus aisément. Le roi connaissait les mœurs secrètes de son fils cadet et son goût des basses aventures. Une balle envoyée par un amant de cœur, garçon de ferme ou palefrenier, avait fort bien pu l'abattre au sortir de quelque crapuleux rendez-vous avec la petite-fille du garde-chasse... Donc, nul lien entre les deux assassinats, sinon cette extraordinaire coïncidence de temps et de lieu. Mais, si cette rencontre n'était point l'effet d'une machination humaine, le pieux souverain était tout près d'y reconnaître l'intervention d'une volonté divine dont il adorait les desseins. C'était afin de s'y conformer qu'il gardait pour lui ses suppositions et qu'il maintenait énergiquement l'enquête dans la direction où il l'avait d'abord engagée. Assurément, la Providence avait permis la mort des deux princes pour lui fournir des armes contre les ennemis de la société et pour qu'il pût sauver encore ce qu'avait si gravement compromis la faiblesse ou l'indignité de ses fils...

Cependant, Audotia, dans sa prison, était fort malheureuse. Elle était persuadée que c'était Frida qui avait tué le prince Hermann, et elle la bénissait et elle la glorifiait dans son cœur. Mais, en même temps, elle ne pouvait se consoler de l'avoir perdue. Elle découvrait en elle-même une maternité dont elle n'avait pas auparavant soupçonné la profondeur, et, pour la première fois, elle craignait d'aimer une personne autant que l'humanité.

Dans la nuit qui avait suivi sa visite à Orsova, puis toute la journée du lendemain, elle avait vainement attendu sa jeune amie. La nouvelle du double meurtre l'avait d'abord comblée de joie : elle croyait le peuple prêt à saisir cette occasion de se soulever et de proclamer la République. Mais elle comptait sans le réveil de Christian XVI. Rentrée à Marbourg, elle y avait trouvé le parti hésitant, intimidé par les mesures de rigueur que le vieux roi avait décrétées, et la majorité du peuple amusée par ce crime célèbre comme par un roman-feuilleton qui serait « arrivé » et plus curieuse de suivre au jour le jour l'instruction de cette « ténébreuse affaire » que disposée à en profiter pour s'affranchir.

Ainsi, l'acte héroïque de la fille de son âme, et peut-être sa mort (car elle ne doutait presque plus du suicide de Frida) allaient être inutiles à la sainte cause ! Cette pensée que Frida était morte par elle, et morte en vain, la torturait. Sa foi n'en était pas ébranlée : si « les temps » n'étaient pas venus encore, ils viendraient, rien n'était plus sûr. Mais elle se sentait frappée au cœur et n'avait plus le courage d'agir. Et c'est pourquoi un soir, non point désespérée, mais horriblement lasse, elle était remontée chez elle pour y attendre les hommes de la police.

Et, dans sa cellule, elle passait ses journées à tricoter des bas et des petits jupons de laine pour les enfants des détenues.

XXXI

Christian XVI eut une idée. Les états de service du garde Günther (trois campagnes, quatre blessures, deux citations à l'ordre du jour, non pour des prouesses accomplies dans l'échauffement de la bataille, mais pour des consignes froidement et obstinément gardées), enfin l'opinion qu'on avait de lui dans les villages où il avait habité depuis sa sortie de l'armée, tout persuadait au roi que Günther était un brave homme, très droit, très honnête, très respectueux des innombrables pouvoirs auxquels un pauvre homme doit obéissance, et qu'il n'y avait qu'à l'interroger d'une certaine façon pour savoir de lui la vérité.

Le roi pria le chef de la police de lui faire amener Günther et Kate pour qu'il pût les questionner lui-même.

Le fonctionnaire objecta que cela était contre l'usage. Mais le roi fit remarquer qu'il était le roi et que ses droits n'étaient limités par aucune Constitution écrite, l'Alfanie jouissant jusqu'à nouvel ordre du bienfait de la monarchie absolue.

Un matin donc, une voiture conduisit au palais Günther et Kate. Les gendarmes les quittèrent à la porte du cabinet royal.

— Approchez-vous, Günther. Et vous, mademoiselle, n'ayez pas peur.

Ils n'avaient pas peur. Ils étaient seulement fort surpris, et il leur fallut un peu de temps pour concevoir que ce vieillard, rapetissé par l'âge, blotti sous sa robe de chambre et les pieds dans des fourrures, était, en effet, le roi.

— Je sais, Günther, que vous êtes un homme d'honneur, que vous avez été longtemps soldat et que vous nous avez servi fidèlement. Peut-être avez-vous caché quelque chose au juge. C'est à cause de cela que j'ai voulu vous voir. Mais, moi, il faut tout me dire. Voyez, je ne vous tends pas un piège. Je vous interroge devant votre petite-fille et je l'interrogerai devant vous. Il vous sera donc facile à tous deux de me tromper, si vous voulez. Mais je suis sûr que vous me direz toute la vérité, quelle qu'elle soit. Parlez : le roi vous écoute.

La grosse moustache de Günther tremblait d'émotion. Kate, impressionnée d'abord par la pompe du lieu, presque amusée maintenant, examinait en dessous, le menton baissé, les meubles et les tapisseries.

— Sire, dit Günther, je serais le dernier des gueux si je ne parlais pas devant vous avec la même sincérité qu'au dernier jugement.

— On vous accuse, dit le roi, d'avoir tué le prince Otto, peut-être sans savoir que c'était lui, et ce point est à votre décharge. On vous accuse de l'avoir tué pour obéir à Frida de Thalberg, à qui vous étiez entièrement dévoué.

— Sire, répondit le vieux soldat, il est vrai que j'étais dévoué à madame, mais non pas jusqu'à mal faire, et, d'ailleurs, jamais elle ne m'eût commandé rien de semblable. Voici ce qui est arrivé. Dans la nuit du vendredi au samedi, — il pouvait être dix heures, — j'ai entendu un bruit de pas, le bruit de quelqu'un qui marcherait dehors avec précaution. Je me suis levé ; mais, avant de sortir, j'ai eu l'idée d'aller jeter un coup d'œil dans la chambre de ma petite-fille, et... Enfin, j'ai vu que ma petite-fille n'était pas dans son lit.

Kate protesta, têtue :

— Moi, je n'étais pas dans mon lit?

— Non !

— Si on peut dire !

— Tais-toi, dit l'aïeul, et ne mens pas.

— Et ensuite? interrogea le roi.

— Je suis sorti avec mon fusil : j'ai vu

un homme sur l'échelle du grenier. J'ai crié : « Qui vive? » Il n'a rien répondu et s'est mis à descendre très vite. J'ai songé : « Ou c'est un galant, ou c'est un voleur, ou c'est un homme qui vient espionner monseigneur le prince royal. Et, dans les trois cas, je n'ai qu'une chose à faire. » J'ai donc tiré. L'homme est tombé. Il s'est relevé et s'est traîné vers les arbres. Je l'ai poursuivi et ramassé, mort.

vert le lendemain... J'ai rangé l'échelle. Je suis rentré à la maison. J'ai trouvé Kate dans son lit. Je l'ai battue ; je lui ai dit ce que je pensais d'elle, de m'avoir fait tuer un homme... Et puis j'ai attendu le jour.

— Et de ce qui s'est passé dans le château, que savez-vous?

— Rien, sire.

— Rien du tout?

ON VOUS ACCUSE D'AVOIR TUÉ LE PRINCE OTTO...

— L'avez-vous reconnu à ce moment-là?

— Sire, je vous dirai tout. La lune était dans son plein : j'ai pu examiner le visage du mort, et j'ai eu comme un soupçon que c'était Son Altesse royale le prince Otto. Et c'est pour cela que j'ai refusé de répondre.

— Par peur?

— Non, sire : par respect.

— Et alors?

— Alors, je n'ai plus eu qu'une idée : porter le corps le plus loin possible. Mais les forces m'ont manqué : je l'ai laissé le long du mur du parc, là où on l'a décou-

— Rien du tout.

— Vous n'avez rien entendu?

— Absolument rien, sire. Ma maisonnette est éloignée du château de plus de cent mètres et en est séparée par un massif de grands arbres.

— Mais, la veille, avez-vous remarqué quelque chose?

— Madame était très contente parce qu'elle attendait monseigneur. Elle a passé son temps à cueillir des fleurs et à en garnir le salon.

— N'a-t-elle pas reçu une visite?

— Oui, sire, une vieille dame en noir.

— Audolia Latanief. A quelle heure?

— Vers quatre heures, sire.

— Avez-vous vu sortir cette femme?

— Oui, sire.

— Êtes-vous sûr qu'elle soit sortie du parc?

— Oui, sire ; c'est moi qui lui ai ouvert la grille.

— Pensez-vous que Frida de Thalberg ait été capable de tuer le prince Hermann?

— Oh ! sire... Elle l'aimait comme on aime le bon Dieu.

— Mais il y a des femmes qui tuent parce qu'elles aiment.

Est-ce que je savais, moi, que c'était un prince?

— Et quand l'avez-vous revu?

— Le lendemain, comme je revenais de Steinbach, il m'a suivie, et il est entré derrière moi au château. Il n'y avait personne à ce moment-là... Il m'a promis des choses... et il m'a dit de venir le retrouver la nuit dans le grenier à fourrages. Voilà.

— Mais comment a-t-il pu entrer?

— J'avais oublié la clef sur la petite porte du parc. Il l'a emportée.

PORTER LE CORPS LE PLUS LOIN POSSIBLE.

— Madame n'aimait pas de cette façon-là, sire.

Le roi se tourna vers Kate :

— Et vous, mademoiselle, qu'avez-vous à dire?

— Rien, sire.

— Petite malheureuse ! gronda Günther. Veux-tu parler quand le roi t'interroge?

— Ne la rudoyez pas, Günther. Répondez, mademoiselle. Où avez-vous rencontré le prince Otto?

Günther intervint :

— A la fête de Steinbach, sire.

— Laissez-la parler, Günther.

Kate se décida :

— Eh bien, oui, là ! Est-ce ma faute?

— Et vous n'avez vu personne dans le jardin ni autour du château quand vous êtes allée à ce rendez-vous?

— Je n'y suis pas allée, sire.

— Vous n'y êtes pas allée?

— Non, sire.

Elle répondait avec de brusques mouvements de tête. On la sentait butée de nouveau, soit par un entêtement de brute, soit par une terreur vague des conséquences de ses aveux.

Le roi lui dit :

— Prenez bien garde. Si vous dissimulez quelque chose, on vous croira plus coupable encore que vous ne l'êtes. Et puis tout se découvre... Enfin, mon enfant, c'est le roi qui vous interroge, et le roi n'est pas votre ennemi... Ainsi, vous n'avez rien à ajouter?

— Non, sire.

Christian s'avisa d'un détour :

— Votre interrogatoire est donc terminé, et me voilà fixé sur ce que je voulais savoir. Mademoiselle de Thalberg a été arrêtée hier. Vos réponses la condamnent

— Ce n'est pas vrai, sire!

— Comment le savez-vous? demanda le roi.

— Ma foi, tant pis! dit la fille. Je vais tout dire, tout! et par le commencement.

Elle se rappelait les questions d'Otto, l'air dont il avait fait l'inspection du salon, et, tout à coup, elle avait l'impression que

TAIS-TOI!

à mort, car il en résulte que c'est bien elle qui a tué le prince Hermann.

La vision de Frida pendue et tirant la langue, comme on voit les suppliciés sur les images, et, dans le même instant, le souvenir de sa grâce, de sa bonté, de la candeur avec laquelle elle défendait Kate et des douces phrases qu'elle disait : « Kate est sage... Il ne faut pas croire le mal, Günther... Vous êtes trop dur pour elle », retournèrent le cœur de la fille, et ce cri lui échappa :

cette curiosité était celle d'un ennemi et qu'il y avait un rapport mystérieux entre la visite d'Otto et la mort d'Hermann.

— Quand le prince Otto est venu, dit-elle, il est resté dans le salon pendant que je rangeais dans la salle à manger, et alors il a tout examiné. Et puis il m'a demandé le nom de madame et comment elle était. Je le lui ai dit : je ne croyais pas mal faire. Et puis il m'a demandé si elle attendait le comte... Est-ce que je savais que c'était encore un prince, celui-là? Pourtant, je commençais à me méfier et je lui ai dit que ça ne le regardait pas. Mais, comme il y avait des fleurs partout, il a dit : « Ces fleurs-là attendent quelqu'un : c'est clair comme le jour. » Et il est parti là-dessus.

Le roi songeait, la tête inclinée plus bas, effrayé des choses qu'il pressentait. Et ses pauvres mains noueuses tremblaient plus fort sur ses genoux.

— Est-ce tout, mon enfant ?

— Non, dit la fille. Il y a encore autre chose. Au moment où je suis sortie pour aller au rendez-vous...

— Vous avouez donc y être allée?

— Oui, sire.

— Et vous y avez trouvé le prince Otto?

— Oui, sire.

— Vous a-t-il reparlé de la comtesse Leïlof?

— Non, sire.

— Était-il gai?

— Très gai, sire.

— Et vous avez été sa maîtresse?

Kate baissa le nez et rougit. Le roi pensa à la princesse Gertrude, depuis si longtemps malade... Il dit d'un air très bon :

— Continuez, ma pauvre enfant.

— Quand je suis sortie, dit la fille, j'ai vu, sur la terrasse du château, une femme tout en noir.

— Pourquoi n'aviez-vous pas dit cela, Kate?

— Parce que j'avais commencé par dire que je n'avais pas quitté mon lit, et que ça ne se serait pas accordé.

— Cette femme que vous avez vue, vous êtes sûre que ce n'était pas Frida de Thalberg?

— J'en suis sûre.

— C'était donc la vieille femme dont mademoiselle de Thalberg avait reçu la visite pendant la journée?

— Non, sire. Celle que j'ai vue était plus grande. Et elle n'était pas vieille. Et puis...

— Et puis?

— A un moment, elle s'est retournée, et, comme la lune donnait en plein sur elle...

— Pourriez-vous la reconnaître?

— Je l'ai vue de trop loin, sire... je ne sais pas... Pourtant...

Le chambellan de service annonça la princesse Wilhelmine. C'était l'heure où elle venait, chaque matin, prendre des nouvelles du roi.

Kate, en la voyant entrer, eut une secousse de surprise. Elle allait crier : « C'est elle ! » quand Günther la saisit par le poignet et commanda violemment :

— Tais-toi !

Mais le roi avait compris, et, tandis que Kate fixait sur la princesse des yeux effarés :

— Je vais, dit-il à Günther, vous faire mettre en liberté, vous et votre petite-fille. Vous partirez dès demain pour notre château d'Eberbach, qui est à cent vingt lieues d'ici et où vous aurez l'emploi de premier garde-chasse. Vous oublierez tout ce que vous avez vu et vous me répondrez du silence de votre petite-fille.

Puis, à Kate :

— Allez, mon enfant, et tâchez d'être sage.

On emmena les prisonniers. Le roi regarda longuement sa bru... Elle soutint ce regard ; mais sa lèvre dédaigneuse, sa lèvre à la Marie-Antoinette, frémissait un peu.

A ce moment, les ministres arrivèrent pour le conseil. Très calme, le roi leur dit, en désignant Wilhelmine :

— Messieurs, la régente.

XXXII

Il présida le conseil avec beaucoup de lucidité et développa le plan d'une organisation très forte des candidatures officielles pour les prochaines élections.

Après quoi, il fit appeler la princesse :

— Madame, n'avez-vous rien à me dire?

— Mais... vous-même, sire? balbutia Wilhelmine. Ces gens que vous avez fait venir et qui étaient, m'a-t-on dit, le garde Günther et sa petite-fille, vous ont-ils appris quelque chose de nouveau?

— C'est à moi de vous interroger. N'avez-vous rien à me dire, madame?

— Moi?

Il reprit, plus impérieusement :

— Madame, je suis votre père et votre roi. J'attends que vous vous confessiez.

Domptée, elle dit d'une voix sourde :

— Eh bien, oui, c'est moi qui l'ai tué.

— Ah ! malheureuse ! malheureuse !...

— Oui, malheureuse. Car je l'aimais, et pour lui j'aurais donné mon sang. Je l'avais suivi à Lœwenbrunn, malgré lui... Ah ! quelle torture !... Je la sentais, cette fille, tout près... Si elle n'avait été que sa maîtresse, peut-être me serais-je résignée. Je savais quel est communément le sort des reines, qu'il n'y a guère, parmi elles, d'épouses heureuses, et que, trompées, il ne leur est pas permis, comme aux autres femmes, de se plaindre tout haut ni de se venger. Et puis, j'avais tant demandé à Dieu de me délivrer de la jalousie ! Non, en vérité, si Hermann n'avait été que son amant, je crois que, avec la grâce de Dieu, j'aurais souffert sans rien dire... Mais, ici, il y avait autre chose... Pourtant, je ne voulais pas descendre à espionner... Un jour, un inconnu — un émissaire d'Otto sans doute — a remis pour moi un billet anonyme qui me dénonçait le rendez-vous d'Hermann et de mademoiselle de Thalberg et qui m'indiquait le moyen d'arriver jusqu'à eux... J'ai dit à Tauchnitz, un vieux serviteur dont je suis sûre, de m'attendre, sur les huit heures du soir, en dehors des jardins, avec la voiture de service. A l'angle du parc d'Orsova, je suis descendue. J'ai suivi le mur pendant quelques minutes, jusqu'à une poterne qui n'était fermée qu'au loquet. Je suis allée droit à la villa... La nuit était douce, et la porte du *window* était restée ouverte... Je les ai vus par le vitrage, elle et lui, et, comme le salon était éclairé, ils ne pouvaient me voir... J'ai vu et entendu... J'ai entendu ce qu'elle disait à Hermann et ce qu'Hermann lui répondait... Je vous jure sur mon salut éternel que ce qu'elle me prenait, ce n'était pas seulement le cœur de mon mari, mais son honneur, et sa couronne, et celle de mon fils... Je suis entrée... J'ai crié, je me souviens : « Ah ! misérable, misérable fille ! » Je l'ai traité, lui, de lâche et de déserteur... Je ne sais plus bien ce qu'il m'a répondu... Elle s'était blottie contre lui, et il l'entraînait vers la porte, en tournant sur moi des yeux pleins de terreur et de haine... J'ai compris que c'était fini ; que, si je le laissais partir, il ne reviendrait plus ; enfin que j'assistais au plus grand crime que puisse commettre un roi... Il fallait, il fallait empêcher cela... Ce que j'ai fait alors, commment l'ai-je pu faire? Je l'ai fait cependant ; ces choses-là paraissent simples et nécessaires au moment où on les accomplit... Une arme s'est trouvée là... J'ai tiré sur eux au hasard : ils étaient trop enlacés pour que je puisse choisir... C'est lui qui est tombé... Après, je suis partie... J'ai abandonné dans cette maison, j'ai laissé aux baisers de cette fille le cadavre du prince héritier... J'ai rejoint Tauchnitz au coin du parc, et je suis rentrée vers dix heures à Lœwenbrunn. Je m'étais arrangée pour qu'on ignorât mon absence et pour que mes femmes me crussent retirée dans ma chambre... Et maintenant, sire, jugez-moi.

ELLE S'AGENOUILLA. LE ROI LUI FIT SIGNE DE SE RELEVER.

Elle s'agenouilla. Le roi lui fit signe de se relever.

J'AI TIRÉ SUR EUX AU HASARD ; ILS ÉTAIENT TROP ENLACÉS POUR QUE JE PUISSE CHOISIR...

— Je vous crois, madame, et je vous absous. C'est Dieu qui a conduit tout ceci. Vous n'êtes point coupable ; mais je suis le plus malheureux des hommes... Hélas ! dans un temps où la plupart des souverains montrent de si faibles cœurs, j'ai fait, je puis le dire, tout mon devoir de roi. J'ai refoulé en moi les affections naturelles et les passions égoïstes. J'ai épousé, jeune encore, une femme que je n'aimais pas, ne consultant dans mon choix que l'intérêt du royaume, et j'ai été fidèle à la reine, dont Dieu ait l'âme. Pendant cinquante ans, j'ai travaillé dix heures par jour et, tant que j'ai eu des forces, pas un moment je ne me suis dispensé de ma dure parade royale. Et j'ai eu la douleur de voir les peuples se désaffectionner de leurs rois et de sentir que rien de mon âme ni de mes croyances n'avait passé dans mes fils. Et voilà que Dieu a permis que l'un d'eux commît le crime de Caïn et que tous deux périssent en un jour, parce que l'un d'eux manquait de vertu, et l'autre de foi. Et, ainsi, j'ai peur que ma mort, qui est proche, ne soit pas seulement la fin d'un vieux bonhomme de roi, mais la fin d'une race, et peut-être même la fin d'une royauté... Toutefois, haussons nos cœurs. Le désespoir est un crime. La foi et la vertu qui manquaient à mes fils, vous les avez, ma fille, et mon petit-fils est en de bonnes mains. Et le vieux tronc pourra encore reverdir !... Dieu lui-même nous fait assez connaître qu'il ne nous a pas encore abandonnés, puisque, tout en nous frappant, il nous livre nos ennemis et nous arme contre eux... Rassurez-vous, madame : vous n'avez rien à craindre... Audotia Latanief sera condamnée — et pendue, je m'en flatte.

La princesse eut un sursaut d'horreur :

— Eh ! quoi? sire, la condamner, maintenant que vous la savez innocente?

— Audotia n'est point innocente.

— Elle l'est de la mort du prince... Depuis son arrestation, cette pensée me torturait qu'une autre pût être condamnée pour un crime qui est le mien, et, si vous ne m'aviez pas forcée tout à l'heure à confesser la vérité, j'espère que Dieu m'aurait donné le courage de me dénoncer avant le jugement d'Audotia.

— Cette femme, dit le roi, a mille fois auparavant mérité la mort, et, du reste, si elle n'était pendue comme meurtrière, elle le serait comme instigatrice du meurtre. Nous ne lui faisons donc aucun tort. Mais il importe qu'elle soit condamnée comme régicide de fait. La raison d'État l'exige.

— La raison d'État? Mais cela est horrible !... Car enfin, si Audotia n'était jugée que sur ses aveux et sur les charges relevées contre elle, êtes-vous sûr qu'en effet le tribunal prononcerait la condamnation capitale?... Elle mérite la mort, soit ; mais vous ne pouvez l'y envoyer que par un mensonge public... La morale des rois n'est-elle donc pas la même que celle des autres hommes?

— Non, madame, vous le savez bien ; et c'est même à cause de cela que j'ai pu vous absoudre... Enfin, ne vous mettez pas en peine ; je prends tout sur moi, et j'en répondrai devant Dieu qui me jugera bientôt.

— Mais, s'il faut que l'arrêt soit prononcé, ne pourriez-vous, du moins, concilier la justice et l'intérêt du royaume en commuant la peine d'Audotia et... peut-être... au bout d'un certain temps... en lui permettant de s'évader?...

— Non, madame. Ce que j'ai dit sera.

— Sire, épargnez-moi ce remords, je vous en supplie... Je me sens si faible... depuis que j'ai tué... Ne me livrez pas encore à ce spectre... C'est asssez d'un, je vous jure.

La voix du vieillard trembla de colère.

— Madame, vous oubliez que je suis, à vous aussi, votre juge. Je vous prie de me laisser faire ici ce que je dois. Ce n'est même qu'à cette condition que je vous pardonne la mort de mon fils.

Et il la congédia du geste.

XXXIII

Hellborn, cependant, était fort ennuyé. Il avait d'abord compté jouer le rôle confortable de ministre sagement réformateur auprès d'un jeune prince prudemment libéral, et il était tombé sur un rêveur qui l'avait terrifié par sa bonne foi et par sa logique ingénue. Renié du peuple, qui lui reprochait l'hypocrite avortement des projets de réforme, complice des conservateurs, mais complice suspecté par eux, l'ancien avocat avait cru que sa démission, étant un désaveu public des imprudences du prince Hermann, lui vaudrait la confiance du parti de la réaction. La mort du prince et la rentrée en scène de Christian XVI avaient renversé ses espérances. Il était clair que le premier soin du comte de Mœllnitz serait de l'écarter du nouveau ministère. Du jour au lendemain, la belle comtesse, avec cette facilité qu'ont certaines femmes pour oublier les faveurs qu'elles ont accordées, l'avait traité en indifférent, presque en importun.

Ce ne fut donc qu'à force d'insistance et en invoquant des motifs considérables et mystérieux qu'il put obtenir de la comtesse un entretien particulier, un mois environ après le drame d'Orsova.

CE PLI, A L'ADRESSE DU PRINCE HERMANN, M'EST ARRIVÉ CE MATIN...

Elle était vêtue de crêpe de Chine vert pâle brodé de grandes chauves-souris noires, et elle lisait ou paraissait lire l'*Endymion* de lord Beaconsfield, en fumant des cigarettes opiacées. Hellborn lui baisa la main avec des lenteurs qui voulaient être significatives. Elle le laissa faire, nullement émue.

Alors il entra brusquement en matière :

— Je suppose que votre mari n'a pas l'intention de me garder un portefeuille ?

— Je ne pense pas, dit-elle.

— Je vous dirais bien que j'en prends aisément mon parti, car les circonstances sont peu engageantes... Mais, auparavant, j'ai une communication à vous faire.

— Voyons.

— Son Altesse royale le prince Renaud est mort.

— Lui aussi ?

— Oui : on meurt beaucoup, dans la famille.

Il tira de sa poche une enveloppe estampillée d'une quantité de timbres et gonflée de papiers.

— Ce pli, à l'adresse du prince Hermann, m'est arrivé ce matin... J'ai pris sur moi de l'ouvrir, étant resté, depuis ma démission, chargé de l'expédition des affaires courantes... Ces pièces établissent que le prince Renaud, dit Jean Werner, est mort à Aden, de la fièvre jaune. Je n'en ai encore rien dit au roi. J'ai pensé qu'il serait toujours temps de lui apprendre cette nouvelle.

— Et vous avez bien fait.

Hellborn prit un temps, comme un

acteur qui veut surprendre le public, et dit avec une finesse théâtrale :

D'autant mieux que le prince Renaud est vivant.

— Comment cela ?

— Il y avait, jointe au dossier, une lettre par laquelle le prince Renaud explique à son cousin qu'il a désiré disparaître officiellement et le prie de lui garder le secret, selon sa promesse. Voici cette lettre.

— Donnez.

— A quoi bon?

Hellborn remit dans sa poche la lettre et les papiers et boutonna sa redingote.

— Je pense, dit-il, à une chose. Il n'est pas impossible que le prince Renaud, quand il apprendra la double mort qui a fait de lui, en un jour, le second héritier du trône, se ravise et soit pris du désir de revivre. Il n'est pas impossible non plus que la princesse Wilhelmine rencontre de telles difficultés dans son rôle de régente qu'elle finisse par y renoncer. Et, dans ce cas, c'est le prince Renaud qui la remplacerait. Que dis-je? il n'est pas impossible que le petit prince Wilhelm, faible et maladif comme il est... Eh! oui, tout arrive. Or (je parle très sérieusement) il serait tout à fait contraire au bien du royaume que le prince Renaud, dont vous connaissez les idées bizarres, arrivât au pouvoir. Heureusement, ces papiers, parfaitement en règle, permettent de le tenir pour mort, quoi qu'il fasse. Au besoin, s'il s'avisait de venir déranger nos affaires, on le rembarquerait poliment, comme usurpateur d'un faux titre... Ainsi, la tranquillité serait assurée pour longtemps aux bons serviteurs de l'État — qui en seraient alors les maîtres... Un seul homme serait à craindre pour eux : celui qui détiendrait cette lettre et qui, par conséquent, pourrait, quand il lui plairait, ressusciter le prince Renaud... Me suis-je fait comprendre?

— Étrange ! très étrange ! dit la comtesse.

— N'est-ce pas?

La comtesse avait la spécialité d'être une femme « énigmatique », parce qu'elle était d'une maigreur nacrée, qu'elle avait des yeux de couleur changeante, qu'elle s'habillait comme la « demoiselle bénie » de Dante Rossetti, qu'elle abusait des anesthétiques et que, née pour goûter Auder, Cabanel et les romans de la *Revue des Deux Mondes*, elle affectait de ne pouvoir supporter que l'art, la musique et la littérature d'après-demain. Mais c'était, en réalité, un petit animal tout simple, un peu capricieux, assez voluptueux, très rapace, très lucide, et qui s'adorait.

Elle se tourna paresseusement vers Hellborn, arrêta sur son encolure de brun robuste des yeux noyés de songe et, d'une voix mourante :

— Revenez me voir demain, mon cher ministre.

XXXIV

Or, voici la lettre de Renaud. On y verra qu'il faisait des efforts sérieux, et un peu gauches, pour enchaîner des idées générales, qu'il avait quelques illusions sur l'Amérique, et qu'il était de ceux qui rêvent leur vie plutôt qu'ils ne la vivent.

X...

« Mon cher cousin, ceci est, comme je t'en avais prévenu, pour t'annoncer que je ne suis plus. Je t'envoie l'acte de décès de Jean Werner, mort le 8 octobre à Aden. Ce faux ne m'a pas coûté très cher. Il y a partout des hommes obligeants. Ci-joint un second papier établissant que Jean Werner n'est autre que le prince Renaud. Je te prie de rendre publique la nouvelle de ma mort, ainsi que tu me l'as promis.

» Je ne veux pas te dire, même à toi, le nouveau nom que j'ai pris. Et ne va pas m'objecter que j'aurais pu disparaître et m'en aller vivre n'importe où, à ma guise, sous le nom qui m'aurait plu, sans mourir officiellement. J'ai voulu qu'il me fût difficile de redevenir le prince Renaud au cas où j'en serais tenté quelque jour. Ce jour-là, mon faux état civil m'accablerait. Toi-même, si je me présentais alors à toi sous mon vrai nom, tu ne serais plus sûr que ce soit moi. Je te mets en garde, dès à présent, contre tout avenant qui se dira ton cousin. Que veux-tu? Cela m'amuse de me survivre...

» J'ai fait une pension convenable aux parents de Lollia, à condition qu'ils s'en iraient vivre à trois cents lieues de Marbourg. A Malte, pendant l'escale, un prêtre catholique nous a mariés. Ma petite amie était toujours bonne et douce. Mais elle vénérait trop son corps. Je la chagrinais toutes les fois que j'essayais d'être son mari. Peut-être aussi regrettait-elle que je ne voulusse plus être prince.

» A Chicago, la première chose qu'elle me demanda fut de la mener au cirque. Pendant toute la représentation, elle garda ma main dans la sienne. Mais le lendemain elle disparut, en me laissant une lettre où elle m'expliquait loyalement qu'elle ne pouvait renoncer à son art, qu'elle rentrait au cirque, que c'était plus fort qu'elle et que, malgré cela, elle m'aimait bien, qu'elle souhaitait que son départ ne me fît pas trop de peine et que, d'ailleurs, elle me serait fidèle éternellement. Et je sentis qu'elle disait la vérité.

» J'en ai fini, j'espère, avec les complications sentimentales. Mon amour pour la petite Tosti n'était pas encore assez simple. J'ai trouvé une belle mulâtresse, parfaitement stupide et docile. Cela me suffit.

» J'ai découvert enfin la seule vie qui me convienne. Dans une région disponible de l'État de X..., je me suis taillé un domaine de trois mille hectares. Le site est d'une extrême magnificence. J'y cultiverai les céréales et nourrirai de vastes troupeaux, en appliquant à la culture et à l'élevage les plus récents procédés de la science et de l'industrie. Et là, vraiment, je serai prince.

» Je pense à toi très souvent, mon cher Hermann. J'ai vu, par les dernières dépêches que j'ai reçues, que tu avais rétabli l'ordre à Marbourg en y faisant régner la terreur. Ainsi, l'âpre nécessité t'a réduit aux pratiques qui nous rendaient nos ancêtres haïssables. Tu abordais une tâche de roi avec un cœur et une intelligence d'homme libre. Cette contradiction devait te perdre.

» L'injustice est pour toujours maîtresse de la vieille Europe. Les grossières objections des hommes de bon sens ont raison contre l'utopie socialiste. Et, à supposer même que, après de longues convulsions, après des révolutions sanglantes et des alternatives de république démagogique et de despotisme militaire, cette utopie soit un jour réalisée quelque part tant bien que mal, l'image, d'avance, m'en séduit peu. Chaque individu mangera à sa faim ; mais la beauté de la vie aura péri.

» Deux buts peuvent être assignés à l'humanité. L'idéal démocratique est d'assurer à tous un demi bien-être ; cela est désirable sans doute ; mais, la nature humaine étant donnée, cela ne se peut faire que par une publique et universelle compression dont pâtiront surtout les êtres d'élite et à laquelle ils succomberont. L'idéal aristocratique serait d'obtenir le développement total et harmonieux d'un petit nombre d'êtres supérieurs, dans lesquels, selon la formule elliptique d'un de vos sages, l'univers prendrait de plus en plus conscience de lui-même ; mais cela ne peut se faire que par le sacrifice ou du moins par la mise en oubli de millions et de millions de créatures inférieures : ce qui est dur, ce qui comporte, chez les privilégiés, trop d'indifférence aux maux d'autrui et ce qui, par suite, implique contradiction, car une conscience supérieure ne se conçoit pas sans une infinie bonté.

J'AI TROUVÉ UNE BELLE MULATRESSE...

» Des personnes héroïques assignent, il est vrai, à l'humanité un troisième but, qui ne serait ni le bien-être de tous ni la vie supérieure de quelques-uns. Elles disent que nous ne sommes point nés pour le plaisir, que la solution de toutes les difficultés, ce serait que chacun préférât les autres à soi-même et connût qu'il n'est pas de meilleure joie que le renoncement à toute joie. Ce rêve-là est très évidemment la chimère par excellence. Je l'écarte et m'en tiens aux deux premiers.

» Mais ces deux rêves-là, je dis qu'il faudrait pouvoir les concilier. Cette conciliation n'est pas possible dans le vieux monde, notamment dans la partie que j'en connais le mieux, et qui est l'Europe. L'idéal démocratique et l'autre y sont condamnés à la lutte éternelle. Tout ce qu'on entrevoit, c'est que le premier est en train d'y faire grand tort au second, mais sans avoir chance de triompher lui-même. Le vieux monde est trop petit ; la terre y est usée : elle ne fournit pas assez de superflu, et il en faut énormément pour que chacun ait le nécessaire. Puis ce vieux monde est trop alourdi de souvenirs, trop embarrassé dans des traditions de violence, d'autorité et de législation inutile. Il ploie sous des charges exorbitantes, et le gaspillage de l'effort humain y est démesuré. L'Europe entretient une dizaine de millions de soldats. La somme de travail et d'intelligence dépensée pour l'organisation et pour le perfectionnement des armées actuelles est incalculable. Avec les milliards que ses armées lui coûtent, l'Europe aurait pu refaire tout son matériel industriel et doubler ses moyens de communication. Mais il faudrait commencer par effacer les frontières, et c'est là ce que tout son passé, dont elle est prisonnière, interdit à l'Europe. Seule, en dépit de monstrueuses difficultés, la France pourra dans un siècle ou deux, grâce à la douceur de ses mœurs et à la générosité foncière de son esprit, approcher de l'idéal démocratique. Mais qu'elle devra souffrir auparavant !

» Ce qui est plus probable, c'est qu'il n'y a pas grand'chose à faire de ce monde décrépit. Une inquiétude stérile et morne le tourmente. En art et en littérature, il retourne, par excès de science et à la fois par anémie, au balbutiement, et il aboutit, en amour, à l'impuissance perverse. Les littérateurs distingués qui ont entrepris de lui redonner une âme n'ont pas la foi dont ils font les gestes et mènent une croisade où la Croix n'est qu'une métaphore. Tandis qu'ils découvrent l'Évangile, ils n'arrivent même pas à pratiquer la charité. Mais, eussent-ils la charité parfaite, cela ne suffirait pas. Les maux de l'humanité ne peuvent être guéris par des vertus qui ne sauraient jamais être le fait que d'une minorité imperceptible...

» C'est vers le nouveau monde que doivent tourner les yeux qui croient que l'existence de la planète Terre n'est pas un accident dénué de toute espèce de signification.

» Je n'ai pas toujours aimé cette Amérique. Au temps où je m'engourdissais dans la langueur savante de la civilisation du vieux monde et dans son atmosphère saturée de souvenirs, j'ai déploré la découverte du continent américain. Je me souvenais que cette terre neuve fut d'abord noyée dans le sang par la méchanceté et la rapacité des hommes et qu'elle s'en était vengée en empoisonnant chez nous les sources de la vie. Puis les gens qui venaient de là ne me plaisaient point. Le type du Yankee offensait ma douceur et ma naturelle indolence. Oh ! ces hommes qui ne sont au monde que pour construire des chemins de fer et des machines, exploiter des mines, perdre et refaire dix fois leur fortune, qui ne rêvent point, qui ne sont point paresseux et qui, au milieu de cette vie acharnée aux biens de la terre, gardent le besoin de se mettre en règle avec l'Inconnaissable comme avec un client ou un créancier et d'être les fidèles d'une des trente-six mille Églises que le libre examen a tirées de la Bible ! O le merveilleux amalgame du sentiment religieux et de la plus égoïste entente de la vie pratique ! O l'énorme et exhilarante hypocrisie ! J'étais scandalisé qu'il fût dans le caractère de cette race de rechercher les biens matériels avec la fureur la plus éloignée de l'esprit de l'Évangile et, en même temps, de tenir absolument à avoir Dieu pour soi dans une besogne évidemment suspecte à Dieu et à communiquer avec lui du fond de ses comptoirs.

» Je suis revenu de cette sévérité inintelligente. Ces hommes ne sont encore que dans la première période du légitime développement humain ; mais déjà, ils inaugurent la vie complète. Ils sont avides, mais non pas timides ni avares; leur idéalisme est aussi sincère et naturel que leur rapacité. Leur instinct religieux s'exerce librement : ils se font ou se choisissent leur religion. Leur commerce — c'est le mot — avec l'Éternel (donnant donnant) rappelle les relations que les très anciens hommes entretenaient avec les divinités. Et, pareillement, leur activité, leur audace, leur énergie d'initiative sont celles des hommes primitifs, de ceux qui ont tout inventé : le feu, l'airain, le fer, les vertus des plantes, la roue, la charrue, le bateau et la voile, et qui nous renieraient pour leurs fils, nous, les songeurs lâches du vieux continent. Bref, c'est comme une humanité qui recommence, dix mille ans — ou vingt mille — après l'apparition de notre espèce sur la planète.

» Cette humanité a des chances de réussir où nous avons échoué. Ici, seulement, le rêve de la gamelle pour tous et celui d'une vie complète pour quelques-uns sont simultanément réalisables. L'Amérique (je parle surtout des États Unis) est libre des servitudes de toute sorte que notre longue histoire fait peser sur nous. Le gaspillage des forces y est moindre que partout ailleurs. Pas d'armée, presque pas d'impôts, la machine gouvernementale réduite au minimum. Le paupérisme n'est connu que dans quelques grandes villes où s'entassent les émigrants. Pas de classes ni de castes. Les relations sociales ne sont ici que le résultat des rapports naturels d'intérêt ou de symapthie entre les individus ; elles ne sont pas réglées, comme chez nous, par des préjugés séculaires, à l'origine desquels on trouverait l'injustice et la violence. Ici la créature humaine est intacte ou peut le redevenir.

» La vie y est bonne, à la fois confortable et près de la nature, et ennoblie par l'audace et le mépris de la mort. Le sol, presque vierge encore, est presque illimité, et les aspects en sont d'une majesté inexprimable. Nous avons des fleuves aussi vastes que des lacs, des lacs aussi vastes que des océans, des montagnes qui ont dix fois l'étendue des Alpes et qui sont comme l'épine dorsale de la Terre. Et, pour exploiter ce monde neuf, nous avons toutes les ressources élaborées par la civilisation du vieux monde. C'est la vie patriarcale secourue et ornée par le pan-mécanisme industriel. Imagine Adam jeté sur une terre récente et toute gonflée de fécondité, non pas nu, mais ayant à sa disposition la science et les engins d'Edison. Abraham ou, si tu veux, le pasteur Eumée tue ses bœufs mécaniquement et les envoie en Europe, conservés dans les chambres frigorifiques des grands steamers.

JE PASSE MES JOURNÉES A PARCOURIR A CHEVAL DES PAYSAGES...

» Ici, tous mangent, et quelques-uns pensent noblement... Tu doutes? Je ne jure pas que cela soit encore, mais cela sera bientôt. Si le problème social et, par delà, le problème humain doit être résolu, si l'humanité n'est pas née en vain, si elle a une œuvre à faire, un but à atteindre, et si ce but doit être atteint, c'est ici qu'il le sera d'abord. Ce continent a été donné aux hommes, sur le tard, afin qu'ils y puissent profiter de ce qu'ils ont fait et souffert sur les autres morceaux de leur planète.

» Je sais les avantages du vieux monde, les trésors d'art et de poésie qu'il possède et que nous n'avons pas. Oui, nous sommes ici sans parchemins, titres ni monuments. Tant mieux ! Nous nous affranchissons de la nostalgie du passé, qui amollit, de ce sortilège du Regret dont l'âme est envahie à Rome, à Florence, à Bruges, à Munich, à Grenade, à Paris même, dans tous les lieux où se sont particulièrement accumulées les traces insignes du passage des morts. Le souvenir est toujours triste, plus triste quand il s'étend à plus de siècles... Au reste, ce monde nouveau aura aussi, quelque jour, sa poésie, toute spontanée et non livresque. Et il aura son art propre, qui sera beau (pourquoi pas?) et aussi différent de l'art ancien que ses matériaux et ses procédés mécaniques différeront de ceux d'autrefois. L'architecture métallique, qui ne fait que d'éclore, a déjà, au plus haut point, la beauté de la précision dans l'énormité, et rien n'égale la splendeur du jour mourant à travers ses réseaux de fer... Ce que je souhaiterais pour nous, ce serait d'oublier totalement l'art de l'Europe afin de le réinventer dans d'autres conditions de vie matérielle et sentimentale...

« Mais qu'ai-je besoin maintenant de représentations plastiques de la réalité? Je me sens renaître ; mon corps se fortifie. Je passe mes journées à parcourir à cheval des paysages glorieux, où l'air est aussi doux et aussi pur que celui que respirait le premier homme entre les quatre fleuves. J'assiste à des couchers de soleil qui me donnent, je ne sais comment, la sensation directe de la forme de la terre, de la figure du système astral dont elle fait partie et de l'infini cosmique. J'en jouis ineffablement sans m'y appliquer. Car je suis bien guéri des prétendues souffrances de la pensée. J'y vois une vanité insupportable. On vit très bien sans croire et sans savoir. Il n'est même pas nécessaire d'espérer. Tout homme qui se plaint de vivre et qui vit est un menteur : le suicide prouve seul qu'on a trouvé plus de douleur que de plaisir à vivre. Je donne à la songerie sans pensée ce que je donnais autrefois à la mélancolie prétentieuse. Je suis heureux.

« Je ne t'écrirai plus. Quand tu seras détrôné, ce qui ne peut tarder beaucoup, fais-moi connaître par les journaux s'il te plairait de venir me rejoindre. Je t'en donnerai alors les moyens.

« Je t'embrasse et je signe pour la dernière fois.

« RENAUD ».

XXXV

Christian XVI allait chaque jour s'affaiblissant. Toutefois, il avait tenu à revêtir pour la cérémonie de l'abdication, son uniforme militaire. Mais, le trône étant incommode et trop dur, on avait dû installer le roi, au bas de l'estrade, dans son fauteuil roulant d'infirme.

La régente entra la première, tenant par la main le petit Wilhelm, fier de son costume de colonel de la garde.

— Sire, dit-elle, bénissez votre petit-fils.

Le vieillard posa sa lourde main noueuse sur cette grosse tête d'enfant chétif :

— Petit enfant, petit roi venu si tard, que Dieu te donne l'esprit de foi, de force, de justice et de prudence ! Qu'il te fasse toujours connaître la vérité ! Et puisses-tu être moins troublé et plus heureux que ton père !

Quand la cour, en grand deuil, se fut rangée des deux côtés de l'estrade, le roi Christian, d'une pâleur de cire, sa barbe blanche étalée sur sa tunique et cachant à moitié le grand-cordon de l'Aigle-Bleu, dit, d'une voix édentée et chevrotante :

— Monsieur le grand chancelier, veuillez donner lecture de notre acte d'abdication et celui par lequel nous instituons Son Altesse royale la princesse de Marbourg régente du royaume.

Le grand chancelier, comte de Mœllnitz, debout devant une table carrée couverte d'un tapis pourpre à crépines d'or — la table royale des mélodrames historiques — déroula un parchemin d'où pendait un sceau orange plus large qu'une hostie, et, scandant les phrases d'un hochement de sa petite tête d'oiseau déplumé, il lut avec une lenteur et des intonations d'archevêque officiant :

« Nous, Christian XVI, par la grâce de Dieu, roi d'Alfanie, à tous présents et à venir, salut.

« Considérant...

Une rumeur venue du dehors couvrit sa voix. Le roi avait voulu, ce jour-là, qu'on laissât à ses sujets une certaine liberté dans la rue et qu'on leur ouvrît même ses jardins, comptant que le souvenir des deux meurtres tragiques et l'âge tendre du petit roi orphelin toucheraient l'âme enfantine du peuple. La foule s'était donc amassée sous les fenêtres de la salle du trône, simplement curieuse d'abord et incertaine de ses propres sentiments. Mais des gens s'étaient glissés à travers les groupes, semant des propos ; des mains furtives avaient distribué des feuilles qui démontraient l'injustice de la condamnation à mort prononcée, la veille, contre Audotia Latanief, l'odieux des accusations portées contre tout le parti socialiste et l'insolence du décret qui confiait la régence à la plus impopulaire des princesses... Et, maintenant, un souffle d'émeute grondait aux pieds du palais.

Wilhelmine, la tête haute, demeurait immobile sous ses voiles noirs.

Alors Christian XVI se fit rouler, dans son fauteuil de mourant, auprès de la princesse.

Le peuple se tut en voyant le vieux souverain. Ce fut un vaste silence glacé, fait de respect sans amour.

QUELQUES JOURS APRÈS ON RETROUVA LE CADAVRE...

Mœllnitz interrompit sa lecture. La clameur croissait, confuse et menaçante.

— Montrez-vous, madame, dit le roi à Wilhelmine.

Un huissier ouvrit une fenêtre, et la princesse s'avança sur le balcon.

La clameur s'engouffra, plus forte et plus distincte, dans la salle du trône. Des cris se détachèrent :

— A bas la régente !

Brusquement, la princesse rentra dans la salle ; elle alla prendre le petit Wilhelm, qui tremblait de tous ses membres et balbutiait : « Maman, j'ai peur, » souleva l'enfant dans ses bras et le présenta au peuple.

Il y eut dans la foule quelques secondes d'indécision, de rumeur hésitante et vague. Puis on entendit nettement une voix de femme qui disait :

— Il est gentil.

Une autre voix cria :

— Vive le roi !

Le cri se propagea, et se fut bientôt une clameur unanime :

— Vive le roi ! Vive le roi !

Le grand chancelier, comte de Mœllnitz, se pencha vers le ministre Hellborn, redevenu son meilleur ami :

— Oh ! parfait !... Nous le ferons voir au peuple de temps en temps.

— Pauvre petit ! dit Hellborn. Ils ont pitié de lui. Combien cela durera-t-il ?

Le lendemain, au petit jour, Audotia Latanief fut pendue. La police, tout entière sur pied, et des régiments de cavalerie assurèrent l'ordre.

Quelques heures après, on retrouvait, dans l'étang du parc d'Orsova, le cadavre de Frida de Thalberg. Un homme avait aperçu par hasard, accrochée aux roseaux de la rive, sa chevelure d'or rouge.

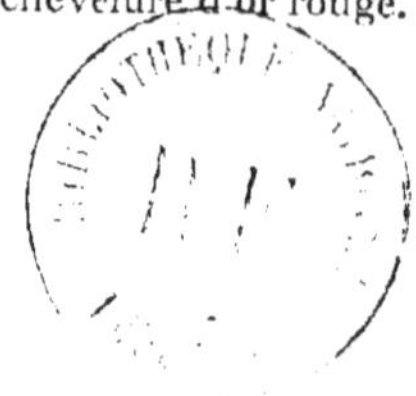

Pour paraître le 1er Octobre le N° 11 :

NOUVELLE COLLECTION ILLUSTRÉE

L'ouvrage complet, **95** centimes.

Relié, **1** fr. **50**.

L'Oncle Scipion

PAR

André THEURIET

de l'Académie Française

Illustrations de LOBEL-RICHE

Paris. — Imprimerie L. Pochy 117, rue Vieille-du-Temple. 1818-7-07.
TÉLÉPHONE 270-51